AMNÉSIA

CB007369

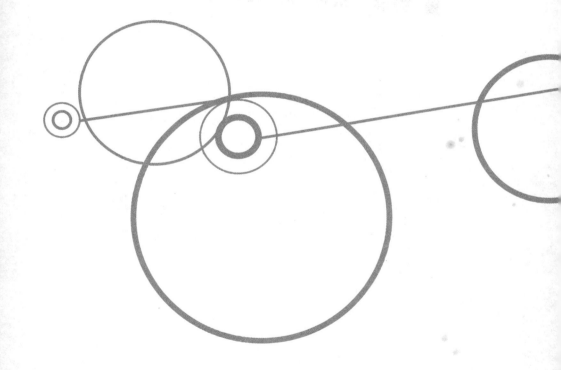

JENNIFER RUSH
AMNÉSIA

ELES FORAM PROGRAMADOS PARA ESQUECER, MAS NÃO PARA PERDOAR

TRADUÇÃO Eric Novello

GUTENBERG

SÉRIE ALTERADOS_1

Copyright © 2012 Jennifer Rush
Copyright © 2014 Editora Gutenberg
Título original: *Altered*

Todos os direitos reservados pela Editora Gutenberg. Nenhuma parte desta publicação poderá ser reproduzida, seja por meios mecânicos, eletrônicos, seja via cópia xerográfica, sem a autorização prévia da Editora.

GERENTE EDITORIAL
Alessandra J. Gelman Ruiz

EDITOR ASSISTENTE
Denis Araki

ASSISTENTE EDITORIAL
Felipe Castilho

PREPARAÇÃO
Otacílio Nunes

REVISÃO
Raquel Custódio

CAPA
Marcelo Martinez

DIAGRAMAÇÃO
Ricardo Furtado

Dados Internacionais de Catalogação na Publicação (CIP)
(Câmara Brasileira do Livro, SP, Brasil)

Rush, Jennifer
  Amnésia / Jennifer Rush ; tradução Eric Novello. -- Belo Horizonte : Editora Gutenberg, 2014.

  Título original: Altered.
  ISBN 978-85-8235-113-0

  1. Ficção norte-americana I. Título.

13-13681   CDD-813.5

Índice para catálogo sistemático:
1. Ficção : Literatura norte-americana 813.5

EDITORA GUTENBERG LTDA.

São Paulo
Av. Paulista, 2.073, Conjunto Nacional
Horsa I, 23º andar, Conj. 2301
Cerqueira César . São Paulo . SP . 01311-940
Tel.: (55 11) 3034 4468

Belo Horizonte
Rua Aimorés, 981, 8º andar . Funcionários
30140-071 . Belo Horizonte . MG
Tel.: (55 31) 3214 5700

Televendas: 0800 283 13 22
www.editoragutenberg.com.br

Para JV,
por acreditar em mim e me deixar sonhar

Agradecimentos

Minha vida mudou de uma maneira muito insana e incrível, e nada teria sido possível sem a ajuda de muitas pessoas insanamente incríveis.

Primeiro, gostaria de agradecer a meu marido, JV, por nunca duvidar de mim e por me ajudar a retomar a vida depois de meus repetidos fracassos. Obrigada por escutar enquanto eu tagarelava sobre fotos para capa, momentos de virada na trama e títulos perfeitos.

Agradeço a minha agente, Joanna Volpe, que é rápida como um raio, sempre apoiando, e que sabe o que dizer e quando dizer. Sem ela, nada disto teria sido possível. Também suspeito que eu não teria mantido minha sanidade sem sua orientação e seu estímulo.

Agradeço a minha editora, Julie Scheina, que viu algo neste livro desde o início e me ajudou a torná-lo muitíssimo melhor. Obrigada por sua sabedoria, suas palavras gentis e seu apoio inabalável de caras gatos.

Agradeço a todos os demais na Nancy Coffey Literary. Nancy, Sara, Kathleen e Pouya. Agradeço a toda a equipe da Little, Brown, por ser incrível de tantas formas incomensuráveis, e por ajudar a fazer este livro brilhar.

Agradeço a meus leitores beta: Holly Westlund, Robin Prehn e Deena Lipomi.

Especialmente a Deena, por seus comentários valiosos e e-mails de incentivo, e por ser a melhor torcida de todos os tempos.

Agradeço a minha melhor amiga, Stephanie Ruble, que esteve comigo desde o início. Viajamos por essa estrada juntas. A aventura apenas começou.

Muito carinho para Patricia Riley e Danielle Ellison, por saberem como e quando me fazer rir. Obrigada pelas dicas de revisão, os *tuítes* de #hotboyswin [carasgatosvencem] e por sua amizade inabalável.

Agradeço a meus amigos e família, pelo amor, incentivo e apoio.

Um obrigada muito especial para a equipe WSB: Tracy, Diane, Jer, Vicki, Karen, Josh e Adam. Vocês foram os melhores companheiros de trabalho que uma garota poderia desejar.

Por último, agradeço a toda a comunidade de escritores, obrigada por serem incríveis.

Escrever um livro é, às vezes, um projeto solitário, e eu não teria sobrevivido sozinha.

1

Na maior parte dos últimos quatro anos, minha entrada no laboratório não era permitida. Contudo, isso não me impediu de entrar escondida. E embora eu não precisasse mais acordar à meia-noite para visitar os rapazes, meu relógio interno continuava totalmente ajustado ao cronograma.

Eu estava sentava na beira da cama, esfregando os olhos para espantar o sono, os pés descalços enraizados no chão de madeira de lei. A luz da lua atravessava a janela, as sombras das macieiras deslizando aqui e ali.

Meu pai tinha pedido minha ajuda no laboratório há oito meses, por isso agora eu podia descer sempre que quisesse. Entretanto, ver os rapazes com permissão não era a mesma coisa, não era tão emocionante quanto me esgueirar lá para baixo no escuro.

Fazia muito tempo que eu havia mapeado as tábuas barulhentas do corredor, e agora as evitava com pulos, passando pela sala de estar e pela cozinha, saltando dois degraus por vez na escada para o porão.

A escada terminava em um pequeno anexo, onde um teclado de senha tinha sido instalado na parede, os botões brilhando no escuro. Para alguém que trabalhava para uma empresa clandestina, meu pai nunca tinha sido cauteloso com seus códigos. Quatro anos atrás, quando invadi o laboratório pela primeira vez, levei apenas uma semana para deduzir a combinação correta. A combinação não tinha mudado desde então.

Apertei os seis dígitos necessários, os botões bipando em resposta. A porta assoviou enquanto deslizava para abrir, e eu fui recebida pelo cheiro insípido de ar filtrado. Minha respiração se acelerou. Cada nervo do meu corpo zuniu de ansiedade.

Desci pelo pequeno corredor e o laboratório se abriu diante de mim. O espaço parecia pequeno e aconchegante, mas o laboratório era na verdade muito maior do que a estrutura da casa. Meu pai me contou que o laboratório tinha sido construído primeiro, e então a casa da fazenda foi construída em cima dele. A Agência tinha feito um grande esforço para fazer o programa e para os garotos desaparecerem no meio de uma fazenda em Nova York.

À direita ficava a mesa do papai, e ao lado dela, a minha. À esquerda ficava a geladeira, seguida de uma torre de arquivos e uma escrivaninha cheia de materiais de escritório. Diretamente do outro lado da entrada do corredor ficavam os quartos dos rapazes: quatro deles alinhados em uma fileira, cada um separado por uma parede de tijolos e exposto por uma folha de vidro acrílico espessa na frente.

Os quartos de Trev, Cas e Nick estavam escuros, mas uma luz fraca escapava do de Sam, o segundo quarto a partir da direita. Ele se levantou de sua cadeira assim que me viu. Meus olhos acompanharam as linhas talhadas de seu estômago nu, o arco de seus quadris. Ele vestia uma calça de pijama cinza de algodão que todos os rapazes tinham, e apenas isso.

"Ei", disse ele, sua voz reduzida ao som que os pequenos buracos de ventilação permitiam passar pelo vidro.

O calor brotou do meu pescoço para meu rosto e eu tentei parecer calma – *normal* – enquanto me aproximava. Por todo o tempo em que eu tinha conhecido os rapazes, eles haviam sofrido de amnésia, um efeito colateral acidental das alterações.

Apesar disso, eu tinha a sensação de que os outros haviam me mostrado partes profundas de quem eram. Todos eles, exceto Sam. Sam entregara apenas o que ele pensava ser necessário. As coisas que o definiam de verdade continuavam a ser um segredo.

"Oi", eu sussurrei. Não queria acordar os outros se estivessem dormindo, então andei de mansinho. De repente, fiquei mais consciente das pontas afiadas de meus cotovelos, dos calombos que eram meus joelhos, da batida forte dos meus pés. Sam tinha sido alterado geneticamente, transformado em algo mais do que humano, e isso se mostrava em cada curva de músculo eficiente de seu corpo. Era difícil competir com aquilo.

Mesmo suas cicatrizes eram perfeitas. Uma pequena marcava o lado esquerdo do peito, a pele enrugada e branca, as linhas irregulares da cicatriz se ramificando em uma forma que parecia mais deliberada do que acidental. Eu sempre pensei que ela parecia um *R*.

"Já passa de meia-noite", disse ele. "Algo me diz que você não desceu aqui para assistir a comerciais comigo."

Minha risada soou nervosa até para mim. "Não. Eu realmente não preciso de um processador de alimentos."

"Não, imagino que não precise." Ele se moveu, pressionando o braço contra o vidro acima de sua cabeça para que pudesse se curvar e chegar mais perto. Mais perto de mim. "O que você está fazendo aqui embaixo?"

Eu testei uma dúzia de respostas possíveis na minha mente. Queria dizer algo esperto, gracioso e interessante. Se fosse com Trev, poderia dizer apenas "Me entreter?" e ele teria me contado um monte de citações decoradas de suas personalidades históricas favoritas. Ou, se fosse Cas, eu teria dividido com ele um conjunto de pincéis atômicos e nós teríamos desenhado imagens ridículas no vidro. E Nick... Bem, ele raramente percebia a minha existência, então eu nunca teria descido aqui por ele, para começo de conversa.

Mas este era Sam, então eu simplesmente dei de ombros e sugeri a mesma coisa que sempre sugeria: "Eu não estava conseguindo dormir, e imaginei que talvez você gostaria de jogar uma partida de xadrez".

Juntei as mãos desajeitadamente na minha frente enquanto esperava que ele respondesse.

"Pegue o tabuleiro", disse ele finalmente, e eu sorri enquanto me virava.

Peguei o que precisávamos e puxei minha cadeira. Ele fez o mesmo do lado dele. Armei a pequena mesa dobrável e o tabuleiro, colocando as peças pretas do lado de Sam e as brancas do meu.

"Pronto?", perguntei, e ele assentiu. Movi um cavalo para F3.

Ele examinou o tabuleiro, com os cotovelos nos joelhos. "Torre. D-5." Eu movi a peça dele para a casa correta. Fizemos mais algumas jogadas, concentrados apenas no jogo, até Sam perguntar: "Como estava o clima hoje?".

"Frio. Cortante." Movi minha peça seguinte. Quando ele não respondeu imediatamente, olhei para cima e encontrei seus olhos.

De um verde comum, como a água de um rio, seus olhos não chamavam atenção, mas havia algo mais para ser observado. O olhar de Sam, em momentos quietos como esse, fazia minhas entranhas tremerem.

"O que foi?", falei.

"O céu. Que cor você usaria para desenhá-lo?"

"Índigo. O tipo de azul do qual a gente quase pode sentir o gosto."

Por algum motivo, tudo que eu falava e fazia perto de Sam parecia mais pesado. Como se sua mera presença pudesse sacudir minha alma, me fazer *sentir*. Ele saboreava cada detalhe que eu lhe dava, como se fosse seu último elo com o mundo exterior. Acho que, de certa maneira, eu era.

"Às vezes", disse ele, "eu me pergunto como era a sensação do sol."

"Você voltará a senti-la. Algum dia."

"Talvez."

Eu queria dizer *Você vai, prometo que você vai, mesmo que eu mesma tenha que te libertar.* Eu tentei imaginar como seria digitar os códigos e deixá-los sair. Eu poderia fazer isso. Talvez até impunemente. Não havia câmeras aqui embaixo, nenhum dispositivo de gravação.

"Anna?", disse Sam.

Eu pisquei, olhei para o tabuleiro de xadrez na minha frente. Ele tinha me dito sua próxima jogada? "Desculpe, eu estava..."

"Em algum outro lugar."

"Isso."

"Está tarde. Vamos terminar amanhã?"

Comecei a protestar, mas um bocejo escapou de mim antes que eu pudesse escondê-lo. "Tudo bem. Isso me dará mais tempo para trabalhar na minha estratégia."

Ele fez um som que era algo entre uma risada e uma bufada. "Vai fundo."

Eu desloquei a mesa para o outro canto e dei um passo em direção ao corredor. "Vejo você de manhã."

A luz que brilhava vindo de seu banheiro iluminou seu cabelo escuro e curto, deixando-o prateado por um segundo antes de ele recuar. "Boa noite, Anna."

"Noite." Acenei enquanto a porta do laboratório se fechava atrás de mim e aquela sensação de vazio voltava.

Eu não pertencia ao mundo dos meninos. Não que pertencesse ao mundo real também. Tinha medo demais de que, se deixasse alguém entrar na minha vida, a pessoa descobrisse meus segredos sobre o laboratório e os rapazes. Eu não queria ser o motivo de a Agência transferir o programa. Principalmente, não queria me arriscar a perder Sam. Porque, embora nossa relação se baseasse apenas em testes, no laboratório, nos meus esboços e nos jogos de xadrez à meia-noite, eu não conseguia imaginar minha vida sem ele.

2

Toda quarta-feira de manhã, meu pai fazia uma jarra de limonada – espremendo limões frescos com muito açúcar – e eu fazia biscoitos. Essa era nossa tradição, e sempre tivemos poucas.

O gelo tilintou contra o vidro quando meu pai a passou para mim. "Obrigada", disse eu, dando um gole. "Perfeita."

Ele guardou a jarra na geladeira. "Boa. Boa."

Eu mudei de posição na mesa da cozinha, olhando pela janela para a floresta além do quintal, lutando para pensar em algo para dizer. Algo para mantê-lo aqui apenas mais um minuto. Meu pai e eu não éramos bons de papo. Ultimamente, nossa única ligação parecia ser o laboratório.

"Você leu o jornal hoje de manhã?", perguntei, mesmo sabendo que ele tinha lido. "O senhor Hirsch comprou a farmácia."

"Sim, eu vi isso." Papai colocou o copo de medida na pia antes de passar a mão sobre a parte de trás da cabeça, alisando seus cabelos, que ficavam grisalhos rapidamente. Ele fazia bastante aquilo quando estava preocupado.

Eu me sentei inclinada para a frente. "O que houve?"

As rugas ao redor de seus olhos se aprofundaram quando ele colocou as mãos na beira da pia da fazenda. Pensei que fosse revelar o que o estivesse incomodando, mas ele apenas balançou a cabeça e disse: "Nada. Tenho um monte de coisas para resolver hoje, então acho que vou descer. Você vai descer mais tarde? Temos de colher uma amostra do sangue do Nick."

Papai não era do tipo que falava de como seu dia tinha sido ruim, então, embora eu quisesse pressioná-lo, não fiz isso. "Claro. Vou descer em um minutinho."

"Tudo bem." Ele assentiu antes de desaparecer da cozinha, seus passos audíveis nos degraus do porão. E, rápido assim, meu tempo acabou. O trabalho de papai o consumia infinitamente, e eu havia aceitado esse fato muito tempo atrás. Mas acho que nunca me acostumaria a isso.

Peguei o diário da minha mãe no balcão, onde o tinha deixado mais cedo naquela manhã. Nele, ela havia escrito suas receitas mais amadas, além de seus pensamentos e tudo que achasse inspirador. Havia uma seção especial na parte de trás dedicada a receitas de biscoitos. Era o único bem dela que eu possuía, e eu o estimava mais do que qualquer outra coisa.

Há poucos meses, eu tinha começado a adicionar minhas próprias notas e rascunhos às páginas em branco na parte de trás. Sempre tive medo de estragar o livro, como se meus acréscimos pudessem, de algum modo, diluir o que já estava lá. Contudo, eu também tinha anseios e ideias, e não acho que haveria outro lugar onde gostaria de registrá-los.

Corri os dedos pelas velhas manchas de comida nas páginas, lendo e relendo sua letra manuscrita pequena.

Decidi pelo biscoito favorito de Cas, abóbora com raspas de chocolate, já que ele tinha se saído bem na avaliação mental do dia anterior, e porque era meu favorito também.

Após reunir os ingredientes, comecei a trabalhar. Eu sabia a receita muito bem, mas ainda seguia as instruções de minha mãe, e as notas que ela havia feito nas margens.

Não use imitação de baunilha.
Estoque purê de abóbora perto das férias –
as lojas costumam não ter na primavera e no verão.
Nunca é demais adicionar uma porção
extra de chocolate – nunca.

Papai dizia que minha mãe comia chocolate como algumas pessoas comem pão.

Ela morreu quando eu tinha um ano, então eu não a conheci realmente. Papai também não falava muito sobre ela, mas de vez em quando uma história brotava de sua memória e eu ouvia atentamente, sem fazer nenhum som, com medo de que qualquer barulho meu pudesse quebrar o encanto.

Virei o saco de raspas de chocolate na tigela de misturar, os pedacinhos se estatelando na camada de flocos de aveia. Do lado de fora, o céu sombrio escondia o sol, e o vento tinha se intensificado desde quando eu me arrastara para fora da cama. O inverno estava a caminho. Se esse não era um dia para biscoitos, eu não sabia o que era.

Depois de misturar a massa, preenchi duas bandejas de biscoito e as coloquei no forno, ajustando o temporizador para que eles terminassem em algum ponto entre o cozido e o pastoso. Cas gostava deles assim.

Com o tique-taque do temporizador ao fundo, sentei-me à mesa, meu livro de ciências aberto diante de mim. Eu tinha chegado ao final do capítulo sobre falhas geológicas e deveria escrever um texto sobre isso. Eu tinha estudado em casa minha vida inteira, e meu pai era meu professor. Recentemente, entretanto, ele tinha me deixado por minha própria conta. Provavelmente não teria notado se eu tivesse pulado a lição, mas eu não poderia suportar o pensamento de desistir tão facilmente.

Quando os biscoitos ficaram prontos, eu não havia feito nenhum progresso e minhas costas estavam tensas. Eu tinha distendido um músculo durante a aula de luta de sábado à noite – a ideia do meu pai de uma atividade extracurricular – e ainda estava pagando por isso.

Deixando os biscoitos para esfriar, subi a escada até meu quarto. Na minha penteadeira, empurrei para o lado uma pilha de velhos rascunhos e revistas de viagem, espiando meu frasco de Ibuprofeno enfiado atrás deles.

Após engolir dois comprimidos com um gole de água, joguei o cabelo para cima em um rabo de cavalo bagunçado, deixando alguns poucos fios loiros caídos no rosto. Eu me olhei no espelho e contraí o lábio superior. Era fácil para mim fazer coisas bonitas no papel com uma caneta na mão. Na vida real não era.

Tinha acabado de passar do meio-dia quando coloquei os biscoitos frios em um prato. A caminho do laboratório, peguei o novo tubo de bolas de tênis que tinha comprado para o Cas. Eu podia jurar que o garoto era hiperativo, embora sua atenção firme na presença de comida indicasse a existência de *alguma* capacidade de concentração.

Quando entrei, meu olhar passou primeiro pelo quarto de Sam. Ele estava sentado à mesa, o arco completo de sua boca pressionado firmemente em uma linha de concentração. Ele nem se deu ao trabalho de tirar os olhos do livro que tinha à frente.

Às vezes, o Sam com quem eu passava meu tempo de noite era completamente diferente do Sam sério e atento que eu via quando outras pessoas estavam presentes. Eu agia diferente dependendo de quem estivesse por perto? Duvido que Sam se importasse se eu agisse.

Papai estava digitando no seu computador. Ele deu um meio aceno sem tirar os olhos da tela. Cas, seu cabelo loiro espetado em tufos bagunçados, veio para a frente de seu quarto quando me aproximei. Pressionou o rosto contra o vidro e estufou as bochechas como um baiacu. Quando recuou e sorriu, as bochechas ficaram com covinhas daquele jeito inocente mas travesso que apenas crianças de 5 anos conseguem ter. Bem, crianças de cinco anos e o Cas.

Apesar da taxa alterada de envelhecimento dos rapazes, causada pelos tratamentos, Cas parecia o mais novo deles. Com suas covinhas e bochechas redondas, ele tinha um rosto clássico de bebê. E sabia exatamente como tirar proveito dela.

"Abóbora?" Ele inclinou a cabeça na direção dos biscoitos.

"Claro."

"Anna Banana, eu te amo."

Eu ri e destranquei a escotilha, uma pequena abertura na parede entre seu quarto e o de Trev, e deslizei quatro biscoitos para dentro, junto com as bolas de tênis. Apertei o botão para que ele pudesse abrir a escotilha do lado dele.

"Oh, santo Deus", disse ele, então engoliu um biscoito inteiro.

"Você é o buraco negro da comida."

"Eu preciso da minha proteína." Ele afagou seu abdome forte. O gesto fez um som sólido de "tec, tec". Apesar de toda a comida que enfiava garganta abaixo, ele jamais ganhava um grama.

"Não acho que dois ovos em uma fornada de biscoitos contem como proteína."

Ele tirou rapidamente a tampa do tubo de bolas de tênis, imperturbável. "Com certeza contam."

"Você terminou aquele carro-modelo que eu trouxe para você na semana passada?" Olhei para a mesa além dele, que eu mal podia distinguir sob a pilha de lixo e projetos semiacabados. Espiei uma roda solitária em cima de uma revista de esportes. "Devo considerar essa bagunça como um não?"

Ele franziu o rosto e fez um som de "pfff". "Tenho um monte de tempo."

Em seguida, fui para o quarto de Trev. Ele estava fazendo ioga quando entrei, mas agora estava de pé junto à parede, esperando por mim. Meu olhar encontrou seus olhos e eu sorri. Eles tinham um matiz único de castanho, como a luz do fogo, quente, líquido e convidativo. Quando o desenhava, eu usava cores que raramente usava em outra pessoa. Talvez fosse esse o motivo de eu desenhá-lo na maioria das vezes. Ao mesmo tempo em que sentia que era Trev quem eu conhecia melhor, sua origem era a mais difícil de identificar. Através do brilho do suor induzido pela ioga, sua tez cor de oliva terrosa sugeria uma origem diferente da dos outros. Eu tinha sido incapaz de encontrar algo concreto em seus arquivos, mas pensei que ele talvez fosse um indígena americano, e talvez também italiano.

"Quer alguns?", perguntei, mostrando o prato a ele.

Ele arrumou o cabelo escuro para trás, com um golpe rápido da mão.

"Você sabe que eu aguardo ansiosamente as quartas-feiras."

Dei quatro biscoitos a ele, e em troca ele me passou algo pela escotilha. Quando estiquei a mão, senti a lombada macia de um livro de bolso. *Cartas da Terra*, de Mark Twain. Era um livro da biblioteca que eu tinha pegado uma semana antes. Minha inscrição era usada mais para os hábitos de leitura do Trev do que para os meus. Eu comprava seus próprios exemplares para ele quando podia, todos eles enfileirados nas prateleiras acima de sua mesa. Em ordem alfabética, é claro.

Dentro da capa, encontrei uma anotação.

Você desceu para cá ontem à noite?
O que disse ao Sam?

Olhei para trás para ver se meu pai tinha notado. Não tinha. Eu tinha divulgado vários segredos para Trev. Se eu tinha um melhor amigo aqui, era ele. Era o único que sabia o que eu sentia por Sam.

Peguei rapidamente uma caneta na minha mesa e rabisquei uma resposta.

Sim. Por quê? Ele disse algo?

Pressionei o bilhete no vidro e Trev leu. Ele escreveu uma resposta e a ergueu para mim.

Ele tem agido de modo estranho.
Ele falou com rispidez com Nick esta manhã,
após Nick falar algo sobre você e biscoitos.
E ele tem dormido cada vez menos ultimamente.
Tem algo acontecendo com ele.

Meu próximo bilhete dizia,

Eu não sei. Vou ficar de olho nele.

"Tenho certeza de que ficará", disse Trev, com um sorriso de compreensão.

Sorrindo, amassei o papel e ignorei o comentário. "Algum pedido para o próximo livro?"

"Algo sobre Abraham Lincoln?"

"Vou ver o que posso fazer."

Parti para o quarto de Sam. Ele tendia a cuidar de sua alimentação, então biscoitos nunca foram sua preferência, mas eu diminuí meu ritmo mesmo assim. Ele continuava sentado em sua cadeira, de costas debruçadas, lendo o livro *Tecnologia no século XXI*. Eu tinha pedido aquele especialmente para ele.

Havia alguns livros nas prateleiras acima dele, na maioria manuais de referência. O quarto de Sam era limpo, arrumado e vazio.

Ele olhou para cima quando passei. "Ei", disse ele.

Eu sorri. "Ei."

E foi isso.

O quarto de Nick foi o último. Ele e eu nunca tínhamos nos dado bem. Na verdade, ele me disse uma vez que não podia suportar a visão do meu rosto. Que eu soubesse, não tinha feito nada para ofendê-lo, e, se tivesse, Nick não era o tipo de pessoa que esconderia isso.

Deslizei alguns biscoitos pela escotilha. "Algum pedido? Provavelmente vou à loja mais para o fim da semana. Uma nova *Car & Driver*? Como você está de xampu?" Ele gostava daquele tipo especial feito de abacate e manteiga de karité. Eu tinha de encomendá-lo em um site que vendia somente produtos orgânicos, usando meu próprio dinheiro. Não que ele se importasse.

Quando ele não respondeu, eu murmurei: "Talvez uma pedra para afiar seus chifres?".

Ele gritou enquanto eu voltava para minha mesa. "O que acha de uma garrafa de vodca?"

Ignorando-o, sentei na cadeira, mastigando um biscoito com alto teor de chocolate. Assim como minha mãe, eu não recusava doces extras. Pelo menos eu tinha isso em comum com ela. Isso e nossos olhos cor de mel, de acordo com papai. Com minha mão livre, segurava o gráfico de testes físicos do dia anterior na minha frente e dei uma olhadela nos meninos. Biscoitos em mãos, Nick relaxou em sua cama, vendo um programa de TV sobre lobos. Sam ainda lia. Trev permanecia na frente de seu quarto, falando com Cas sobre a diferença entre chocolate ao leite e chocolate branco, a conversa nem um pouco prejudicada pelo muro entre eles.

Meu pai não quis me dizer o que o programa testava, apesar das minhas perguntas incessantes. Quando achei o laboratório pela primeira vez, só conseguia pensar nele. O que quatro meninos estavam fazendo no meu porão? Onde estavam seus pais? Há quanto tempo eles estavam lá embaixo? Meu pai sabia exatamente quanta informação me dar para saciar minha curiosidade e me manter quieta. Eu sabia sobre a Agência, é claro. Mas, mesmo que soubesse quem operava o programa, eu não sabia o *porquê*.

Meu pai disse que eu devia confiar nele, que ele sabia o que estava fazendo e a Agência também. Isso era por um bem maior.

Era nosso trabalho observar, registrar dados e fazer as mudanças necessárias nos tratamentos. Meu pai podia ter sido um pouco negligente no departamento de cuidados paternais, mas era um homem bom, e, se ele confiava na Agência e em nosso papel no programa, então eu também confiava.

Eu pensava ser mais provável que a Agência fosse financiada pelo governo. Papai estava obcecado com guerras e conflitos estrangeiros, então isso fazia sentido. Minha última teoria era que os meninos estavam sendo transformados em supersoldados. O mundo poderia usar mais heróis.

Enquanto Nick terminava seus biscoitos, preparei minha bandeja para o exame de sangue. Verifiquei duas vezes cada material. Três frascos. Uma agulha nova. Tira de borracha. Band-aids. Algodão embebido em álcool. Tudo estava lá.

Eu só tinha de ir ao quarto de Nick quarta-feira sim, quarta-feira não, mas toda vez eu ficava abalada. Eu preferia tirar sangue de um leão da montanha. Se Nick estava sendo transformado em um herói, o programa tinha dado errado com ele.

Tentei me livrar desse sentimento quando entrei em seu quarto. "Está pronto?"

"Importa se eu estou ou não?"

Fiquei tentada a dizer algo igualmente mal-humorado em resposta, mas me segurei. Eu só queria acabar logo com aquilo.

Papai tinha três regras sobre o laboratório que deviam ser seguidas sem contestação. Regra número um: Não entre nos quartos dos rapazes quando estiverem acordados. Regra número dois: Ligue o gás do sono somente quando o paciente estiver deitado em segurança. Regra número três: Espere quatro minutos para o gás fazer efeito.

Os rapazes também conheciam as regras.

Mas Nick odiava regras.

"Você pode se deitar, por favor?", perguntei. Ele zombou de mim. "*Deite-se, Nick*." A zombaria se transformou em um grunhido, mas ele finalmente fez o que pedi.

Atrás de mim, o celular de papai tocou. "Eu preciso atender. Você vai ficar bem se eu subir?"

Eu me recusava a dizer ao papai que tinha medo de Nick. Não queria que ele pensasse que eu não conseguia me virar no laboratório. Então assenti e disse: "Claro".

Com o telefone na orelha, papai saiu rapidamente.

Com Nick finalmente no lugar em sua cama, peguei minha bandeja de materiais. "Lá vou eu", avisei, pouco antes de apertar o botão da Cela quatro no painel de controle. Os respiradouros duplos no teto de Nick se abriram e a fumaça branca escapou.

Ele deu um jeito de dizer "Essa merda me dá dor de cabeça" antes de o gás alcançá-lo e seus olhos se fecharem. A tensão sempre presente em seu corpo alto e vigoroso se dissipou.

Olhei para o cronômetro pendurado em uma correia em volta do meu pescoço. Quatro minutos era tempo demais para a maioria das pessoas prenderem a respiração. Papai dizia ter 90% de certeza de que os rapazes estavam estáveis nesse ponto, e que eles provavelmente não representariam nenhum tipo de perigo para mim, mas 10% era um risco muito grande para ele.

Quando se passaram quatro minutos, eu apertei o botão para reverter os respiradouros, e o gás foi sugado de volta. Digitei o código de entrada do quarto de Nick e metade da parede veio para a frente e deslizou para o lado. O cheiro ácido de gás ainda resistia enquanto eu colocava minha bandeja no chão e me sentava perto de Nick na cama.

Era estranho vê-lo tão relaxado. Isso quase o fazia parecer vulnerável. A carranca escura tinha sumido, o que suavizava os ângulos agudos de seu rosto. Seu cabelo preto encaracolava em volta das orelhas. Se ele não tivesse sido tão irritante quando estava acordado, eu poderia ter pensado que ele era bonito.

Não levei muito tempo para encher os três frascos necessários, depois de localizar uma boa veia na dobra do seu cotovelo. Eu estava prestes a sair quando algo me chamou a atenção abaixo da bainha de sua camisa, onde um pedaço de pele nua estava exposto.

Cheguei meu cronômetro. Um minuto e trinta segundos restantes antes de o efeito do gás começar a passar. Eu abaixei a bandeja de novo e suspendi o canto de sua camisa.

Uma cicatriz descoloria sua pele, a ferida velha era branca agora. No entanto, o formato dela me fez parar. Ela quase parecia um *E*. Pensei na cicatriz de Sam, o *R* em seu peito. Como eu não havia notado a de Nick?

Porque você nunca olhava para ele.

"Seu tempo está acabando", Trev gritou de duas celas adiante.

Os olhos de Nick tremeram. Seus dedos se flexionaram dos dois lados do corpo.

Meu coração vacilou. Peguei a bandeja e segui na direção da porta quando Nick me alcançou. Seus dedos roçaram meu antebraço, mas ele ainda estava zonzo do gás e não conseguiu me agarrar. Bati forte no botão de controle e a parede deslizou de volta para o lugar enquanto Nick corria para a frente. Seus olhos azuis encontraram os meus e sua cara carrancuda voltou. Tentei parecer corajosa, embora só sentisse medo. Nick tinha os olhos mais azuis que eu já tinha visto, a cor do céu quando a noite encontra o dia. Um azul que o fazia parecer mais maduro, mais perigoso, mais *tudo*.

"Da próxima vez", disse ele, "apenas faça o seu trabalho e nem pense em me tocar, a menos que você tenha de fazer isso."

"Nicholas, pare", Sam gritou. Eu cruzei meu olhar com o de Sam enquanto ele pressionava as mãos contra o vidro, como se pretendesse abrir caminho por ele se fosse necessário. "Você está bem?"

"Desculpe", falei, sufocada, ainda sem fôlego. "Eu só..." Queria mencionar a cicatriz, queria saber se tinha ligação com a de Sam, mas o olhar tenso no rosto de Sam disse que agora não era a hora.

"Desculpe", eu disse novamente antes de me virar e carregar minha bandeja até o balcão para poder enfiar minha cabeça no trabalho.

Meu pai voltou para o laboratório cerca de uma hora depois de ter desaparecido para atender o telefone.

"A amostra de Nick está pronta", disse eu.

Um canudo meio mastigado balançava entre os dedos médio e indicador do papai. Ele tinha parado de fumar três anos antes, e os canudos tinham assumido o lugar dos cigarros.

"Foi tudo bem?" Ele colocou o canudo na boca e se sentou em frente ao seu computador.

"Tranquilo", menti. Girei na minha cadeira de modo a ficar de frente para os rapazes. Cas estava quicando uma bola de tênis no teto de sua cela. Trev tinha desaparecido no banheiro. Nick ainda assistia à TV.

Sam, por sua vez... Sam estava deitado de costas, de olhos fechados.

"Como foi o telefonema?", perguntei ao papai. "Era o Connor?"

"Era. Foi tudo bem."

Connor ligava um bocado da Agência para ver como as coisas estavam, mas só aparecia a cada dois meses para dar uma olhada nos rapazes, e para perguntar ao meu pai se ele achava que as "unidades" estavam prontas. Papai sempre dizia não. E quando eu perguntava a ele para que os meninos tinham de estar prontos, ele me dava sua resposta padrão: "É confidencial".

Sam mudou para uma posição sentada, o músculo de seu antebraço dançando. Todo dia, exatamente às duas da tarde, ele fazia exercícios. Observá-lo era como ver uma rotina rigidamente coreografada, cada movimento contado.

Olhei para o relógio digital pendurado na parede: 13h55.

Sam tirou sua camisa branca e se virou, me deixando ver a tatuagem em suas costas. Quatro bétulas cobriam a maior parte da pele, os galhos se entrelaçando nos ombros e em parte dos braços.

Curvando-se com as pernas esticadas, ele começou uma série de alongamentos antes de cair em posição de flexão. Eu tinha contado suas flexões uma vez enquanto fingia ler alguns gráficos. Ele fazia uma centena em questão de minutos e nunca diminuía o ritmo. Papai dizia que força era uma característica que ele e sua equipe tinham manipulado, e que Sam era a prova de que alterações genéticas funcionavam.

Após as flexões, Sam mudou para abdominais, os músculos de seu estômago se agrupando na subida. A duas celas de distância, Cas fazia sua própria versão do exercício, que era metade movimentos de caratê aprendidos na TV, metade dança de *hip-hop*.

Às 14h51, Sam diminuiu o ritmo, passando para o modo de desaceleração, e fez mais alongamentos. Quando terminou, pegou uma toalha em sua mesa, limpou o suor da testa e olhou para mim.

Eu corei e virei para o outro lado, fingindo encontrar algo extremamente interessante no painel de controle enquanto ele desaparecia no banheiro. Ele saiu um segundo depois e bateu no vidro.

Ergui os olhos.

"Pode me dar um pouco de água gelada?"

"E uma cerveja para mim, por favor!", disse Cas, e então acrescentou: "Mas água também seria ótimo."

Se eu estivesse sozinha, teria me levantado, enchido dois copos e os entregado a eles sem questionar. Mas, com meu pai ali, passei a bola para ele, porque ele era o chefe, mesmo eu sendo sua filha.

"Tudo bem", papai murmurou, estreitando os olhos atrás das lentes dos óculos enquanto lia um arquivo.

"Um canudo também?", Sam falou, apontando para a lata no balcão.

"Claro", disse meu pai, mal olhando para cima.

Dei a água de Cas primeiro, então fui para o quarto de Sam. Ele puxou seu copo para fora da escotilha um segundo depois. "Obrigado." Continuava sem camisa, e não pude evitar examinar a cicatriz em seu peito. Pensei em Nick.

Havia outras cicatrizes? E, se havia, por quê? Trev ou Cas as tinham também?

Quando ergui os olhos um segundo depois, encontrei Sam ainda me olhando com uma intensidade que aqueceu minha pele. "Algo mais?", perguntei.

"Não."

"Tudo bem então", falei. "Eu tenho que voltar ao trabalho. Um monte de dados para inserir. Arquivos para... arquivar."

Girei e vi meu pai olhando para mim de um modo estranho. Ele sabia o que eu sentia? Ele saberia dizer? Mas ele apenas pegou seu canudo e voltou ao trabalho. Inspirei, tentando me livrar do mal-estar. Sam tinha a capacidade de me reduzir à menina de 13 anos que eu era quando o conheci.

Passei a próxima hora fingindo organizar gráficos de testes.

3

Quando descobri os rapazes no laboratório pela primeira vez, Nick imediatamente me apavorou. Minha versão de 13 anos tinha olhado para as mãos dele, apertadas em suas laterais, traçando o caminho das veias que subiam e contornavam seus braços. Foi como se ele soubesse que me odiava desde o início.

Eu nunca mais teria voltado lá para baixo se não fosse por Sam.

A visão dele lá, a inclinação curiosa de sua cabeça, como se ele estivesse me lendo de dentro para fora, foi o suficiente para me seduzir desde então. Eu nunca tinha me sentido tão interessante, tão especial, como naquele momento.

"Qual o seu nome?", ele perguntou, ignorando Nick.

"Anna. Anna Mason."

"Anna, meu nome é Sam."

No quarto ao lado, Nick rosnou. Eu podia sentir os outros ao meu redor. Trev andava em sua cela. Cas inclinava-se contra o vidro, as pontas de seus dedos ficando brancas.

E então Nick socou a parede e eu me retraí.

"Nicholas", disse Sam, com a voz afiada.

Eu não via como aquilo poderia ajudar, mas em segundos Nick recuou. Desapareceu no banheiro, na parte de trás do seu quarto, batendo a porta atrás dele.

Os rapazes não pareciam ter muito mais de 16 anos. Só descobri mais tarde que as alterações neles diminuíam seu ritmo de envelhecimento. Eles estavam perto dos 18 na época, e ao longo dos anos seguintes envelheceriam muito pouco.

Eu queria saber o que eles estavam fazendo lá embaixo, por quanto tempo estavam naqueles quartos. Queria saber quem eram, e se estavam bem, porque não agiam como se estivessem. Mas esses pensamentos se embolaram na minha cabeça, e não consegui formular uma pergunta racional.

"Você devia ir embora, Anna", disse Sam. "Nick não está bem."

"Biscoitos me fazem sentir melhor quando estou doente."

Aquilo foi muito estúpido, mas foi a única coisa que consegui dizer. Os biscoitos me dariam uma desculpa para voltar, mais tarde. Nem mesmo Nick poderia ter me afastado de Sam, o garoto que olhava para mim como mais do que uma garotinha. E ele tentou. Foi Nick quem contou ao papai que eu invadi o laboratório pela primeira vez. Graças a ele, fiquei de castigo depois e levei alguns meses para conseguir entrar novamente sem ser pega.

Nick nunca mais me dedurou, e parte de mim se perguntava se Sam tinha sido o responsável por mantê-lo calado. E, se tivesse sido, isso significava que Sam *queria* que eu o visitasse?

Todas as manhãs – e quase todas as noites – era essa esperança que me impulsionava da minha cama e me empurrava pela escada.

Na manhã seguinte, enquanto papai atendia algumas ligações no andar de cima, espiei minha lista de afazeres. Muito arquivamento. Destruir alguns papéis. Fazer os testes mentais de Sam. Decidi fazer o último item primeiro, todo o resto podia esperar.

"Então, qual o teste esta semana?", Sam perguntou enquanto eu pegava sua pasta na minha mesa.

Olhei para ele. Sempre lutava por sua atenção, mas, quando a conseguia, achava difícil me concentrar em algo além do seu olhar.

Abri a pasta. "Língua estrangeira."

Sam puxou sua cadeira para a frente de seu quarto e eu fiz o mesmo. Coloquei a pasta no meu colo e a abri para uma tabela nova.

Próximo ao logotipo da Agência, dois círculos interconectados com uma hélice dupla dentro, escrevi o nome de Sam. Então: *11 de outubro, 11h26.*

O pacote da semana era uma série de cartões com frases em italiano de um lado e as traduções em inglês do outro. Como os rapazes sofriam de amnésia, a Agência queria saber do que eles eram capazes, que características de suas vidas antigas eles ainda possuíam.

Aparentemente, Sam tinha sido um gênio dos idiomas antes de entrar no programa. Quando o assunto era habilidades, eu só era boa em desenhar e resolver quebra-cabeças de *sudoku*.

Ergui o primeiro cartão e os olhos de Sam se moveram pelas palavras. *"Estou procurando a estação de trem."*

Correto.

Ergui o cartão seguinte.

"Que horas são?"

Passamos por cinquenta cartões no total. Eu marquei as respostas de Sam no registro. Ele acertou 100%, como de hábito.

Casualmente, após guardar meus materiais na pasta, eu disse: "Você se lembra de algo sobre a cicatriz? Aquela no seu peito?".

Ele não hesitou nem um segundo antes de responder. "Não. Mas eu tenho um monte de cicatrizes."

"Nenhuma delas parece proposital como a do seu peito."

Ele ficou em silêncio. Eu o tinha pegado em um segredo, podia ver isso em seu rosto. As cicatrizes significavam algo. "Cas tem uma cicatriz como essa?"

"Anna." Meu nome foi dito como um alerta, mas me serviu de combustível.

"O que elas significam?"

Ele se virou de costas para mim. Suas costas estavam curvadas, as escápulas de seus ombros se erguendo sob a camisa. Eu podia ver os pontos afiados dos galhos de árvores tatuados escapando de suas mangas.

Conte-me, Sam.

Senti os rapazes mudando de posição, se movendo na nossa direção.

"Não agora", Sam sussurrou.

"Como assim?"

Os outros se afastaram, e o nervosismo que eu sentia sumiu junto com eles.

"Acho que já terminamos, Anna", disse Sam.

Afastei sua pasta com uma pequena batida petulante da gaveta do arquivo, porque ele tinha me dispensado e eu não queria ir embora.

Na porta do laboratório, digitei o código com pequenos golpes, me prometendo que não invadiria o laboratório mais tarde. Que me manteria afastada o máximo que pudesse para que ele visse como o laboratório poderia ser entediante sem nossos jogos de xadrez, sem nossas conversas noturnas sobre o mundo lá fora.

No entanto, isso era uma punição mais para mim do que para ele. E eu sabia que não aguentaria mantê-la.

4

Naquela noite, no jantar, peguei minha tigela de chili, corri a colher por ela e formei a imagem de um oito. Papai estava sentado em minha frente à mesa da sala de jantar, sua colher batendo contra o lado de sua tigela. Atrás da gente, um jogo de futebol americano passava na TV. De vez em quando, papai olhava para cima e verificava a pontuação. Entretanto, ele nunca ficava exageradamente animado com os jogos, não como os caras na TV. Um bom jogo e eles pulariam da cadeira, seus braços erguidos de modo vitorioso sobre a cabeça.

Eu não conseguia ver papai fazendo algo daquele tipo, nem pelo futebol, nem pela ciência, nem mesmo se ele ganhasse na loteria. Papai era equilibrado, contido em relação a tudo. Eu pensava que sua falta de emoção vinha da perda de minha mãe.

Mamãe gostava de esportes. Pelo menos era isso que meu pai dizia. Então, talvez ele assistisse ao jogo por causa dela.

"Pai?"

"Hm?" Ele mergulhou um biscoito no chili.

"Os rapazes já foram marcados?"

Ele fungou. "Claro que não."

"Você já notou que Nick e Sam têm cicatrizes? Umas que se parecem com letras?"

"Eles têm um monte de cicatrizes." Um anunciante na TV disse algo sobre o segundo tempo, mas eu não ouvi o que veio em seguida. Papai colocou a colher em sua tigela e olhou para mim. "Aliás, eu estava para te falar... Vamos limitar o número de coisas que damos para Cas, tudo bem? Por que não trazer um livro para ele, como você faz com os outros? Ele nunca termina nenhum de seus projetos, e a sala dele está uma bagunça..."

"Cas não é o tipo de pessoa que curte um livro."

"Bem..." Papai passou as mãos pela nunca e suspirou. "Tente apenas dar algo em que ele realmente consiga se fixar." Ele franziu a explosão de rugas em torno de seus olhos.

"Isso é realmente sobre o Cas ou tem algo mais?"

A multidão na TV comemorou atrás de nós.

"Não. Não é nada."

"Connor está vindo para uma visita?", perguntei. Ele lutou com a embalagem dos biscoitos, evitando olhar para mim. "Pai?"

"Sim. Amanhã. Ele e o Riley."

Connor era o chefe da Agência, e Riley o segundo em comando. Juntos, eles supervisionavam meu pai e o programa.

"Querem inspecionar o grupo", papai continuou. "Ver como estão progredindo."

"Eles vão levar os rapazes desta vez?"

Embora eu quisesse que os rapazes fossem liberados, o laboratório, os registros e os testes tinham se tornado minha vida tanto quanto a deles. Agora, eu não sabia como me sentir quanto à partida deles.

Papai deu de ombros. "Só vou saber disso quando for a hora."

"Para onde eles iriam?"

"Também não sei."

Eu não conseguia imaginar Sam no mundo real comprando uma rosquinha numa cafeteria, lendo um jornal no banco da praça. Os outros, talvez. Cas era como qualquer outro garoto festeiro catando meninas. Nick era o exemplo perfeito de um atleta babaca, com a arrogância e o rosto bonito para combinar. E Trev uma vez me disse que, se chegasse a sair, gostaria de ir para a escola estudar literatura inglesa.

Mas Sam...

"Eles vão ser libertados um dia?"

Papai tirou os óculos e esfregou o septo do nariz. "Eu não sei, Anna. De verdade. Eu não sei."

Senti o fim da conversa e calei a boca. Nós terminamos de comer. Eu lavei os pratos e limpei a mesa, enquanto papai desmaiava na sala de estar. Joguei um pouco de roupa suja na lavadora.

Naquele momento, já passava das oito e estava escuro lá fora. No andar de cima, no meu quarto, passeei pelos canais de TV e não achei nada que valesse a pena assistir. Eu não tinha nenhum livro novo para ler. Como a maioria das tarefas estava feita, decidi desenhar algo novo no diário de minha mãe.

Deitei de barriga na cama e abri no último desenho que tinha feito. Era uma garota na floresta, ramos de macieiras pendendo, pesados por causa da neve. A silhueta da garota estava borrada, sumindo, se curvando, como tiras de fumaça. Como se ela estivesse desaparecendo a cada nova rajada de vento. Estar perdida ou quebrada tinha sido um tema recorrente nos meus desenhos durante cerca de um ano, quando comecei a fazer licenciatura em artes nos fins de semana na universidade.

Não foram as aulas que abriram minha nova veia de inspiração, mas sim a conversa que tive com Trev mais tarde.

Minha avaliação final feita pelo instrutor disse que eu tinha talento bruto, mas que ainda não tinha realizado todo o meu potencial, que faltava inspiração na minha arte. Eu tinha descido para o laboratório para arejar as ideias, e Trev, como sempre, tinha me tirado da beira do precipício.

"Não entendo", eu disse a ele, inclinando-me contra a parede entre o quarto dele e o de Cas. "Falta de inspiração?", suspirei. "O que isso significa?"

Trev veio até o vidro e espelhou minha posição relaxada, de modo a ficarmos lado a lado. "Quer dizer que você só desenha o que você vê, não o que você sente."

Eu passei meus braços ao redor do peito e olhei para ele. "Os desenhos da minha mãe têm um monte de emoção."

Seus olhos cor de mel se suavizaram. "Mas você não conhece sua mãe. Só conhece o que ouviu, e sabe que sente falta dela. E quanto ao que você quer? Suas esperanças? Seus sonhos? Pelo que você é apaixonada?" Ele se virou para me olhar totalmente de frente. "Seu instrutor estava dizendo para você cavar mais fundo."

O olhar no rosto dele passou de um entendimento aberto para algo protegido, como se estivesse me incitando em silêncio. Como se estivesse segurando o que queria dizer porque uma resposta franca tornaria aquilo muito fácil.

Repousei minha testa na parede e olhei para o teto, para as marcas nas telhas. Trev gostava de envolver seu conselho em filosofias complexas. Nada nunca era simples com ele.

O problema era que eu não sabia o que queria da minha vida. Quais eram as minhas paixões? Os rapazes. O laboratório. Papai. Cozinhar. Mas desenhar uma torta de abóbora soava bastante entediante.

Talvez Trev tenha lido a confusão no meu rosto, pois ele acrescentou: "Comece com suas frustrações. O que acha disso? É mais fácil canalizar raiva ou aborrecimento".

Quando voltei para o meu quarto naquela noite, abri meu caderno de desenho e olhei fixamente para uma página em branco. O que me frustrava? Minha mãe ter morrido, sim, mas eu precisava de algo novo.

E então a resposta me veio: Nick. Nick me frustrava.

Logo, meu lápis começou a deslizar pelo papel em um ritmo alarmante. Enquanto desenhava, eu sentia: um fogo no meu braço, uma sensação de formigamento na ponta dos dedos, como se estivesse sangrando aquela paixão na página.

Quando terminei, tinha um dos melhores desenhos que já havia feito. Nele, Nick estava de pé no meio de uma rua deserta, garrafas quebradas ao redor dele, líquido derramado por todo lado enquanto ele olhava para fora da página, com uma expressão irritadiça no rosto. Eu estava tão orgulhosa do desenho que quase considerei mostrar a ele, mas então percebi que ele provavelmente tomaria como ofensa, ou automaticamente o odiaria.

Contudo, eu o mostrei ao Trev na noite seguinte. Ele olhou do desenho para mim e assentiu em aprovação. "É isso mesmo", disse ele em voz baixa, para os outros não ouvirem, de modo que pudéssemos manter o desenho entre nós. "Continue a desenhar assim e você se transformará na próxima Vanessa Bell."

Eu zombei, mas por dentro estava radiante. Vanessa Bell era uma pintora brilhante, uma das minhas artistas favoritas. Ela também era a irmã mais velha de Virginia Woolf, a escritora favorita de Trev. Aquele era o melhor elogio que ele poderia me fazer.

Meus desenhos mudaram após aquilo. Para melhor.

Agora eu virava para uma página em branco e olhava, olhava, olhava. Às vezes era fácil começar a desenhar, em outras eu precisava de um empurrão. Nem sempre podia contar com Trev para me estimular. Peguei uma edição da revista *Traveler* na minha cômoda e passeei pelas páginas brilhantes. Parei em um anúncio de página dupla de uma calma vila italiana.

Comecei desenhando os prédios, o relance de luz das velhas lâmpadas de rua. Adicionei um café italiano tradicional com mesas pequenas de dois lugares, vasos na janela repletos de flores, bicicletas com cesta e toldos em caracol.

Antes que me desse conta, tinha me desenhando andando na rua de paralelepípedos, Sam ao meu lado. Passei os dedos pelas linhas e o grafite manchou.

Eu frequentemente me pegava desenhando fantasias como essa, onde Sam não estava mais trancado no laboratório e eu não estava mais presa ao laboratório por causa dele. Com meu lápis, podia libertar a nós dois.

Mas eu não podia evitar me perguntar o que Sam iria querer se pudesse escolher sua própria vida. Será que ele teria escolhido isso? Iria querer ser algum tipo de soldado perfeito para servir ao seu país?

O que ele queria agora que não podia lembrar seus motivos de estar aqui?

Peguei a revista e desci. Passei na ponta dos pés pela sala de estar e desci para o porão, de modo a não acordar papai. A porta do laboratório se abriu deslizando quando digitei o código.

Eram quase 10 horas, e as luzes dos quartos dos rapazes estavam apagadas. Hesitei logo depois da passagem do corredor. A revista de repente ficou incômoda na minha mão. Comecei a me virar.

Uma luz se acendeu atrás de mim. Parei e me virei.

Sam estava de pé atrás da parede de vidro, descalço e sem camisa, em sua tradicional calça cinza de moletom. "Ei, Anna", disse ele, mas as palavras saíram incertas, pesadas. Seus ombros pendiam tortos. Quando dei um passo adiante, ele coçou a mandíbula e olhou para baixo.

Sam estava... inquieto?

"Oi."

"Ouça. Desculpe por hoje de manhã. Não tive a intenção de ser rude com você."

Cruzei os braços e a revista ficou amassada. "Não foi nada."

Ele assentiu, então apontou para a revista. "O que é isso?"

Eu a levantei, de repente incerta de meus motivos para ter descido ali. "É que... você não tem nenhuma imagem na sua parede."

Uma ruga apareceu no centro de sua testa. "Você desceu aqui para perguntar sobre minhas paredes limpas?"

"Sim." Passei os dentes no lábio inferior, olhando para os outros quartos, esperando os rapazes acordarem, ao mesmo tempo esperando que isso não acontecesse. "Por que você não pendurou alguma coisa?"

"Não sei. Não parecia haver nenhum sentido."

Avancei. "Se você pudesse ir para qualquer lugar do mundo, para onde você iria?"

Seus olhos se moveram da revista em minhas mãos para o meu rosto. "O que está acontecendo?"

"Apenas responda a pergunta."

Eu queria saber tudo sobre Sam. Queria que ele me confiasse seus segredos. E, como ele não se lembrava da maior parte de sua vida antes do laboratório, perguntar-lhe sobre isso era o mais perto que eu chegaria.

"Acho que gosto de água."

"Do oceano?"

"Não importa de que tipo."

Ergui a revista. A capa tinha um refúgio de uma ilha tropical. "Talvez isso?" Eu a folheei até parar em uma imagem de duas páginas do oceano. Arranquei as páginas e as coloquei na escotilha. "Pegue-as."

"Por quê?"

Eu dei de ombros. "Para ter esperança."

Ele segurou as imagens e as estudou. Após um longo momento excruciante, ele perguntou: "Você tem fita?"

Procurei na minha mesa e puxei um rolo de fita adesiva. Passei-o pela escotilha.

"Para onde você iria se pudesse ir para qualquer lugar?", ele perguntou.

Eu sabia que queria fazer coisas, ver coisas, mas o quê e onde eu não sabia. Enfiei a mão no bolso da minha calça jeans. Pensei na vila italiana que havia desenhado. "Provavelmente em algum lugar na Europa."

"Onde *estamos*, exatamente?"

"Você quer dizer... você não sabe?" Nunca conversávamos sobre isso. Eu apenas pensava que ele sabia. "Treger Creek, Nova York. É pequeno. O tipo de lugar onde todo mundo conhece todo mundo."

"Os meus arquivos dizem onde eu estava antes daqui? Em que estado eu vivia?"

Tentei olhar para qualquer lugar que não a nudez de seu torso. Ele era facilmente uns 15 centímetros mais alto que eu, então era difícil olhá-lo nos olhos. "Não nos arquivos que li, mas há outros lá em cima."

"Você poderia dar uma olhada? Acho que ajudaria minha perda de memória se eu soubesse alguns detalhes da minha vida antes daqui."

Eu havia tentado entrar nas torres de arquivos do andar de cima no inverno anterior, mas papai tinha me flagrado. Eu nunca o tinha visto tão furioso quanto naquele dia, nem mesmo quando invadi o laboratório. Eu não tinha ousado tentar novamente.

Mas as coisas eram diferentes agora. Primeiro porque eu tinha permissão de estar no laboratório, o que me dava permissão para ler os arquivos, certo? E segundo... bem, Sam estava me pedindo que olhasse.

"Sim." Eu assenti. "Eu posso fazer isso."

"Obrigado." Ele nivelou os ombros. Qualquer sinal do desconforto anterior tinha sumido.

Empurrei uma mecha de cabelo para trás da orelha. "Bem... acho que preciso ir. Teremos de terminar aquela partida de xadrez mais tarde. Amanhã, talvez?"

"Claro. Boa noite, Anna."

"Noite."

Olhei para trás e o vi prendendo as páginas da revista acima de sua mesa. Pensei na forma estranha como ele se mexeu quando se desculpou, e não pude deixar de sorrir.

"Ah, aliás", disse eu, antes de digitar o código para partir, "Connor virá amanhã... então... só pensei que você deveria saber."

Sua expressão ficou sombria. "Obrigado pelo aviso. Odeio visitas de surpresa."

"Eu também."

O código para entrar no laboratório era 17-25-10. Dezessete era o aniversário da mamãe, 25 a data de aniversário de casamento deles, e 10 era por causa de outubro, o mês em que se casaram. Papai, sendo extremamente previsível, definiu a senha para a torre de arquivos no escritório como 10-17-25. Só precisei de quatro tentativas para descobrir.

Quando a gaveta se abriu, os trilhos chiaram e eu congelei, escutando. O resto da casa estava em silêncio, exceto pelo tique-taque do relógio acima da lareira de papai.

Encontrei os arquivos de Sam na segunda gaveta. Havia cinco pastas verdes de tamanho A4, e dentro de cada uma delas havia pastas menores em papel manilha. Peguei as duas mais de trás e sentei com elas no sofá de couro.

Como não vi nada que valesse a pena na primeira pasta, apenas registros e tabelas básicas, passei para a segunda. Foi onde encontrei pequenas informações sobre a vida de Sam no início do programa.

Havia anotações em papel comum, em uma caligrafia pouco legível que eu mal reconheci:

Sam mostra sinais extremos de agressão e rebeldia em relação a qualquer um no programa.

E depois:

Sam assumiu perfeitamente o papel de líder. Os outros o aceitaram sem hesitação. Precisamos continuar a isolar essa característica para replicar em futuros grupos.

Passei rapidamente por mais algumas páginas, parando quando algo me chamou a atenção.

Sam fugiu novamente. Alertas enviados a todos os canais apropriados. Possíveis pseudônimos - Samuel Eastlock. Samuel Cavar. Samuel Bentley.

Sam tinha fugido? Por que ele teria feito isso? E mais de uma vez?

Pelo visto, sua relação com a Agência era mais antiga do que eu tinha imaginado. Sentindo que estava perto da informação que Sam queria, analisei as pilhas de papel, procurando o nome de uma cidade, algo concreto que pudesse dizer a ele sobre sua vida antes de tudo isso.

Sam e equipe encontrados na cidade de Port *Apagado*.
OPERAÇÃO ALPHA começará em breve.

Port... porto. Sam tinha dito que gostava de água. Mas o que era a OPERAÇÃO ALPHA?

Continuei lendo, mas uma hora depois eu tinha passado por dois arquivos e, de fato, não tinha nada para mostrar além de mais perguntas. Eu tinha acabado de pegar outra pasta quando ouvi o sofá da sala de estar ranger.

Papai.

Eu me apressei, endireitando os arquivos. Fui para a torre para recolocá-los no lugar, mas abri acidentalmente a terceira gaveta de cima para baixo. Um arquivo vazio me chamou a atenção, uma etiqueta velha ainda presa por fora.

O'BRIEN, ela dizia.

Papai tossiu.

Enfiei o arquivo de Sam na gaveta correta e me certifiquei de que havia trancado enquanto a fechava. Subindo na ponta dos pés pela escada, cheguei ao segundo andar sem fazer barulho e finalmente soltei a respiração que estava prendendo.

Papai nunca daria uma olhada em mim de noite, mas, ainda assim, vesti o pijama depressa e subi na cama. Senti os lençóis frios ao toque. Fiquei acordada um tempo, olhando o teto. Não conseguia parar de pensar no arquivo de Sam.

Para começo de conversa, por que ele precisava de mim para olhá-lo? Por que o papai não tinha preenchido os espaços em branco para Sam muito tempo atrás?

A menos que a Agência não quisesse que Sam soubesse algo sobre seu passado. E, se esse fosse o caso, eu estava violando o protocolo ao compartilhar os detalhes.

Eu não gostava de ir contra o papai, mas Sam merecia saber sobre seu passado, não merecia?

5

Ajustei meu despertador para as 6 horas da manhã seguinte, pensando em entrar sorrateiramente no laboratório antes de o papai acordar. Mas devo tê-lo desligado sem perceber, porque só levantei às 8 horas. Quando desci a escada, papai já estava no laboratório. Fiquei de certa forma aliviada, pois ainda não tinha certeza de quanto contar ao Sam.

Com o estômago reclamando, joguei um par de fatias de pão na torradeira. Engoli alguns Ibuprofenos e massageei o músculo que estava sarando em minhas costas. Não dormir na noite anterior não tinha me feito nenhum bem, e faltavam só alguns dias para minha próxima aula de luta. Eu estava no curso havia vários anos, e o instrutor não era o tipo de cara que facilitava para mim.

Não que eu estivesse reclamando. Sempre deixava a sala de treino me sentindo forte, ágil e poderosa. Às vezes desejava que os rapazes pudessem me ver na aula, queria que eles soubessem que eu era capaz de algo além de preparar biscoitos e preencher tabelas.

Enquanto esperava minha torrada ficar pronta, fiquei na pia, observando os galhos das árvores balançarem ao vento. Ao longe, uma trilha de poeira subia atrás de uma fileira de SUVs pretos viajando por nossa estrada de terra.

Eu me endireitei. *Connor.* Tinha me esquecido que ele vinha hoje.

Subi correndo a escada, tirei o pijama e vesti rapidamente um jeans e uma camisa de manga comprida. Calcei um par de tênis enquanto as caminhonetes paravam na entrada da garagem e estacionavam onde conseguiam encontrar espaço. Riley foi o primeiro a sair de seu veículo; atrás dele veio Connor, seguido de vários agentes.

Os homens seguiram Connor para a lateral da casa. Ele não se deu ao trabalho de bater antes de abrir a porta da antessala, e eu encontrei Riley e ele nos degraus da cozinha.

"Bom dia", disse Connor, me disparando um sorriso de dentes artificialmente brancos. Alto e lindo, ele era carismático em todos os níveis, e frequentemente me enchia de elogios que eu sabia que não eram verdadeiros.

Eu tentava evitá-lo sempre que ele vinha para uma verificação porque ele fazia minha pele arrepiar, mas esta visita era diferente. Eles nunca tinham aparecido com uma comitiva antes. E certamente não vestidos assim.

Os agentes vestiam jaqueta preta com acolchoado de proteção nos cotovelos e nos ombros. A gola das jaquetas era alta e justa e ainda mais apertada por uma correia.

Sobre a jaqueta, eles vestiam um colete preto grosso. Revólveres pendiam da cintura de suas calças pretas, e as mãos deles estavam escondidas em luvas pretas com placas de borracha nos dedos.

Eles se agruparam na porta entre a cozinha e a sala de jantar, esperando mais orientações. Além de Connor e Riley, contei um total de sete homens e uma mulher, dois agentes por rapaz.

Nenhum deles fez contato visual comigo, mesmo quando eu os encarei. Aquelas eram roupas à prova de bala? De repente, eu estava em alerta total.

"Venham comigo." Connor liderou sua equipe até o porão. Eu os segui silenciosamente por trás, com medo de ser pega e ser mandada de volta.

Riley digitou o código de entrada no laboratório e a porta se abriu. A voz de papai se ergueu enquanto cumprimentava Connor, e depois Riley.

"Arthur." Connor segurou o ombro de papai. "OB nos informou esta manhã que estamos encerrando o projeto. Vamos levar as unidades."

Papai não disse nada. Os agentes se dividiram em pares em frente de cada cela. Connor e Riley murmuraram algo para papai enquanto Sam encarava os homens em seu quarto, punhos cerrados. Captei os olhos de Trev e vi pânico.

"Não." A palavra saiu antes que eu pudesse pará-la. Todos se viraram para mim, parada na entrada do corredor.

Os rapazes se mexeram em seus quartos. Aproximaram-se, como se quisessem se agrupar, não fosse pelas paredes entre eles. Sam me olhava.

"O que você disse?", Riley disparou. Ele era bem mais velho que Connor, impaciente, sem brincadeiras.

Eu ruborizei sob a atenção e o brilho das lâmpadas fluorescentes. "Você não pode... ainda... quer dizer... eles não estão prontos. Nós ainda podemos..."

Sam balançou a cabeça e eu fiquei quieta.

"Ela tem razão", papai acrescentou. "Eles não estão prontos."

Connor deu a papai aquele tipo de sorriso que você dá a alguém quando está cansado de suas desculpas, quando acha que sabe mais do que eles. "Sempre que falo com você, eles não estão prontos. Estou começando a pensar que vocês ficaram muito ligados."

Papai começou a contestá-lo, mas eu fui mais rápida. "Ainda precisamos conduzir mais alguns testes."

Connor veio na minha direção, passou um braço em torno dos meus ombros. "Sei que você se empenhou bastante aqui embaixo com Arthur nesses últimos meses, e isso não passará em branco. Quanto tempo falta para você concluir a escola?"

Só faltavam seis meses para eu concluir os estudos em casa e eu disse isso a Connor, embora não tivesse ideia de por que isso importava.

"Venha me ver quando tiver terminado. Encontraremos um lugar para você. Eu a manterei perto de mim. Parece bom?"

Sam balançou a cabeça novamente, mas Connor não percebeu. Cas continuava na frente de seu quarto, braços cruzados sobre o peito. Nick girava a cabeça para a frente e para trás, os ossos de seu pescoço estalando. Trev curvou as mãos em punhos frouxos.

Connor cravou os dedos no meu ombro enquanto nos virava na direção dos quartos. "Acho que você seria uma ótima aquisição para a Agência", ele continuou, mantendo os olhos nos rapazes. "Você gostaria disso?"

Meus braços e pernas ficaram fracos e leves. "Mmm..." Eu estava saturada com o cheiro de sua colônia, doce e almiscarada ao mesmo tempo.

Havia coisas que eu queria fora desse laboratório. Queria viajar, visitar os lugares das minhas revistas. Mas nunca tinha imaginado minha vida sem Sam e os outros nela. Se eu trabalhasse para a Agência, trabalharia perto de Sam? Isso realmente importava? Se ele partisse hoje, ia se esquecer de mim?

"Você não precisa achar um lugar para mim."

"Que bobagem. Eu *quero* você lá. Será um prazer." Connor passou a mão por seu cabelo loiro e perfeitamente arrumado, como se verificasse se ele estava no lugar. "Os rapazes claramente respeitam você. Olhe para eles."

Riley, papai e os outros agentes se viraram para os rapazes.

"Para onde você vai levá-los?", perguntei.

"Isso é confidencial", disse Riley.

"Para a sede", disse Connor, e Riley pareceu contrariado. Eu me perguntei se Riley odiava que alguém mais novo que ele fosse seu chefe.

Papai pigarreou. "Eu serei transferido?"

Connor se afastou de mim. "ALPHA está em andamento. Você pode cuidar disso."

Alpha? Isso estava nos arquivos de Sam. OPERAÇÃO ALPHA.

"Este programa está ligado aos rapazes", papai respondeu. "Não há programa sem eles."

"Arthur", disse Riley, pondo forte ênfase no nome de papai, "isso é algo que será discutido mais tarde."

Os ombros de papai caíram.

Eu tentei cruzar meus olhar com o dele, enviar a ele uma mensagem silenciosa: *Lute pelos rapazes. Não deixe Connor levá-los!* Entretanto, ele evitou me olhar, evitou olhar para qualquer um.

"Então", disse Connor, "podemos começar?" Embora a entonação fosse de uma pergunta, ninguém esperou pela resposta. Os agentes arrumaram os ombros, e Connor olhou para papai e disse: "Posso confiar na sua cooperação?".

Papai assentiu. "É claro."

As luzes no teto pareceram me cegar. Olhei para todos os arquivos empilhados na mesa do papai, na mesa que eu chamava de minha perto da dele. Esse era *nosso* canto, *nosso* trabalho.

Diga algo, papai, pensei. Os rapazes tinham estado aqui durante anos. O laboratório era a casa deles. Aqui não era melhor que algum prédio da Agência?

"Como você gostaria de proceder?", papai perguntou.

"Coloque-os sob o gás de uma só vez", disse Connor. "Meus homens assumirão a partir daí." Ele bateu palmas, e papai correu para o painel de controle.

Continuei imóvel perto da entrada do corredor, olhando para Sam, de boca aberta, palavras não ditas presas atrás dos meus dentes. O olhar dele se desviou para o tabuleiro de xadrez no canto de trás do laboratório e algo parecido com arrependimento passou por seu rosto.

"Senhorita?", a agente falou. Eu pisquei. "Talvez seja melhor esperar lá em cima."

"Vou ficar." Apertei os lábios e saí do caminho.

"Não sei se essa é uma boa ideia..."

"Anna tem tanto direito de estar aqui quanto qualquer um de nós", disse Connor com uma piscada. Ao mesmo tempo em que fiquei agradecida de ele não ter me expulsado, estava incerta de por que estava me defendendo.

Eu me virei e cruzei o olhar com papai, e sua expressão me fez parar. Era um olhar que dizia um milhão de *me desculpes*, nenhum dos quais eu jamais ouviria: *Desculpe-me por colocá-la nesta confusão. Desculpe-me até mesmo por você ter uma desculpa para estar aqui. Desculpe-me. Desculpe-me. Desculpe-me.*

Eu queria dizer, *Quem se importa comigo? Não os deixe levar os rapazes.*

Papai, porém, não disse nada. Nenhuma palavra.

6

Connor apertou os botões de controle e os respiradouros dos quartos se abriram, expelindo o gás. Riley ficou no centro do laboratório, com a mão pousada sobre a coronha de sua arma. Os rapazes caíram onde estavam. Esperamos os quatro minutos necessários. Ninguém se moveu.

Cerrei e abri os punhos. Connor tinha quebrado a segunda regra de papai. Eu não entendia por que eles simplesmente não podiam escoltar os rapazes para fora.

À medida que os quatro minutos se esticavam ao máximo, como uma fita de borracha pronta para disparar, eu me concentrei em Sam. Ele tinha caído do outro lado de sua cama, então, de onde estava, eu podia ver apenas suas pernas. Quando ele acordasse, provavelmente já teria ido embora, em seu caminho para a sede. Onde quer que fosse.

Ele pensaria em mim quando acordasse? Se soubesse que a noite anterior seria nossa última noite juntos, eu teria passado mais tempo com ele.

Teria dito quanto ele significava para mim, que eu não deixava de pensar nele nem por um segundo. Cada músculo em meu corpo se tensionou de ansiedade enquanto eu percebia que acordaria de manhã e não haveria ninguém lá. Eu já podia sentir o vazio se instalando.

"É hora", disse papai.

Os respiradouros se fecharam e as portas dos quartos se abriram. Os homens entraram enquanto o laboratório era preenchido pelo aroma pungente do gás se dissipando.

Eu me afastei da parede, fiquei mais perto do quarto de Sam. A semana seguinte deveria ser sua semana de exame de sangue. O fato de que eu não poderia vê-lo de perto, pessoalmente, tocá-lo, mexeu com sentimentos que eu não sabia que tinha.

Um homem ficou na frente do quarto de Sam como um guarda, enquanto seu parceiro se agachava ao pé da cama. O segundo homem prendeu os pulsos de Sam nas costas com uma braçadeira plástica antes de puxar uma seringa de um bolso interno de sua jaqueta. Ele retirou a tampa laranja. Então, congelou.

"Mas que diabos?" Ele passou por cima das pernas de Sam. "Droga." Ele sacou a arma do coldre enquanto Sam se balançava para trás, jogando o pé para cima entre as pernas do homem.

Prendi a respiração. O homem caiu de joelhos. O que estava de guarda se atrapalhou com a arma. Sam pulou no ar, passando seus pulsos amarrados sob os pés, colocando as mãos em frente dele em um rápido movimento.

"Cela três! Cela três!", Riley gritou.

Sam tomou a arma do primeiro agente e a segurou com as duas mãos. Ele não vacilou. Mirou. Atirou. O sangue se espalhou pela parede. O homem desabou. Senti o gás, amargo, no fundo da garganta. E me enfiei do lado da fileira de torres de arquivo.

Sam atirou de novo. O homem de guarda caiu. Alguém gritou. Papai se atirou na direção do painel de controle. Os homens no quarto de Cas vieram correndo para o laboratório, armas preparadas. A mulher que guardava o quarto de Trev se agachou na parede divisória. Sam apontou para as luminárias no teto e apagou três fileiras, enquanto um dos agentes no quarto de Nick tentava um tiro de revide.

O tiro não pegou em Sam. A sala mergulhou em uma semiescuridão sombria.

Riley levou um tiro, a arma faiscando à minha esquerda. Farelo de concreto caiu da parede. Eu mal conseguia identificar Sam na quina frontal de seu quarto, arma em punho. "Pow. Pow". Dois corpos atingiram o chão. O som me enraizou no lugar.

"Ligue o gás de novo!", Connor gritou, e papai tateou os controles.

A mulher saltou de seu esconderijo, e Sam a matou com um aperto do gatilho. Outro agente entrou correndo, enfiando um soco na mandíbula de Sam. Enquanto Sam cambaleava para trás, ergueu a arma e enfiou uma bala na testa do homem.

Riley correu para a saída enquanto Sam eliminava os dois últimos guardas.

Eu era a próxima. Sam atiraria em mim. De propósito ou por acidente, eu não sabia.

Mãos me agarraram, me derrubando no chão, um braço fechado em torno do meu pescoço. Pensei que fosse papai tentando me salvar, mas o cano da arma batendo em meu crânio disse outra coisa. A colônia de Connor preencheu o meu nariz.

"Sam!", Connor gritou.

Sam ficou rígido. Embora eu não pudesse ver nada mais, podia ver aquilo – a silhueta afiada dele no escuro. Minha cabeça girou.

"Baixe a arma." Connor me puxou em direção à porta. Ele era louco se pensava que Sam desistiria assim. Talvez eu tivesse passado os últimos anos da minha vida tentando fazer a vida de Sam um pouco melhor, mas ele não trocaria sua liberdade pela minha.

Papai pairava indeciso perto dos controles. Com as mãos ainda atadas juntas, Sam soltou a arma no chão. Sua mandíbula ficou tensa, como se o seu cérebro não concordasse com o que suas mãos estavam fazendo.

Ele estava jogando fora sua liberdade em troca da minha vida. Perceber isso me deixou fria e quente ao mesmo tempo. Eu não suportaria ver a injustiça daquilo registrada em seu rosto. Não sabia o que nada daquilo significava, nem o que Sam pretendia fazer uma vez que se libertasse do laboratório, mas, se eu tinha de escolher um lado, escolheria o de Sam.

Aquela era a minha chance. E eu sempre soubera minha resposta.

Lancei um cotovelo para trás, acertando Connor no estômago. Ele se dobrou, e sua arma deslizou pelo chão. Sam atirou. A primeira bala acertou Connor no ombro. Eu me abaixei enquanto uma segunda bala o acertava no flanco. Ele caiu. Riley atirou do corredor e Sam se apertou contra o chão.

"Tire-me daqui!", Connor ordenou enquanto Riley disparava outra leva de tiros.

A porta do laboratório silvou ao se abrir. Sam se ergueu até ficar agachado. Mirou. Eu me pressionei com mais força contra a parede.

Riley enganchou os braços sob Connor e o arrastou para fora. Sam apertou o gatilho novamente, mas a câmara respondeu com um "clique" vazio.

"Rápido! Rápido!", gritou Connor.

A porta se fechou atrás deles, nos fechando com um *baque* definitivo. O teclado apitou do outro lado, e as trancas deslizaram para o seu lugar.

Eu me levantei tremendo. Meu estômago se contorcia de náusea. Olhei para o meu pai no canto oposto. *E agora?*, pensei. Mas papai apenas ficou lá, seus dedos se contorcendo como se precisasse de um canudo para segurar.

Sam baixou a arma e entrou em ação. Roubou um canivete de um dos homens mortos e o abriu, então o usou para cortar as braçadeiras plásticas em seus pulsos. Foi ao quarto de Cas e o sacudiu até acordá-lo. Cas se sentou, tonto. Sam seguiu adiante, acordando os outros. Eu permaneci na entrada do corredor, incerta do que fazer comigo.

Engoli em seco contra o sentimento de mal-estar na parte de trás da língua, como se pudesse vomitar ao menor estímulo.

"Precisamos ir", Sam disse a Cas. "Duvido que tenhamos muito tempo..."

"Espere." Papai deu um passo à frente. Os rapazes ficaram tensos. "Não vou impedi-los" – papai ergueu as mãos –, "mas vocês precisam pensar no que estão fazendo. Vocês têm um plano?"

Sam pegou outra arma do chão. "Meus planos começam com a gente dando o fora daqui."

"Eu posso ajudá-los." Papai ergueu um molho de chaves. "Peguem meu carro. Ele não tem um dispositivo de rastreamento, mas vocês precisarão trocar de veículo logo. Se Connor estiver gravemente ferido, vocês têm meia hora, no máximo. Há um abrigo secreto não muito longe daqui. Tenho certeza de que foi para lá que Riley o levou."

Sam pegou as chaves oferecidas. "Cas, junte as armas. Trev e Nick, verifiquem a parte da frente."

"A porta está trancada...", comecei.

"Cinco, zero, cinco, nove, sete, três", Sam me interrompeu.

Aquele não era o código que eu usava para entrar e sair do laboratório. Não que eu pensasse que Riley ou Connor tinha nos trancado usando o código normal.

Nick me lançou um olhar perfurante enquanto passava, e eu me espremi ainda mais perto da parede. Trev digitou os números e a porta do laboratório se abriu.

"C-Como...", balbuciei.

Sam liberou o pente da arma. Ao ver que estava vazio, ele o jogou de lado e catou um novo nas roupas de um homem morto. Encaixou-o no lugar com um "snick, clack". "O teclado bipa quando você digita os números. Você só precisa saber que tom vem de qual número."

Olhei para ele. Ele tinha descoberto a combinação só de ouvir? Enquanto estava sendo alvejado por tiros?

"E agora?", disse Cas. Ele e Sam olharam para papai.

A linha do pomo de Adão de papai afundou enquanto ele engolia, e me perguntei se ele também sentia como se fosse vomitar. "Prossigam", disse ele.

Eu dei um passo. "Prossigam com..."

Sam apontou a arma para papai e atirou.

Um arfado vibrou no fundo da minha garganta e a raiva me pôs em movimento. Eu queria que a arma se fosse antes que Sam machucasse mais alguém, embora não houvesse ninguém além de mim.

Sam me viu chegando e arremessou a arma para Cas, que a agarrou facilmente no ar. Eu lancei um soco, que pegou primeiro na mandíbula de Sam, depois em seu ombro, antes de ele agarrar meus pulsos e me girar. Ele me empurrou contra a parede entre seu quarto e o de Nick, o tijolo cravado de balas espetando minhas costas.

"Não será fatal!", ele gritou. "Ele ficará bem."

Lutei por ar, mas ele veio pouco, como se eu estivesse me afogando, como se o pânico tivesse preenchido minha boca e meu nariz. Engasguei. Sam inclinou minha cabeça para trás e o ar fluiu para dentro dos meus pulmões. Isso não estava acontecendo. Aqueles homens não estavam mortos. E papai não tinha levado um tiro. E eu não estava tão perto de Sam que podia sentir sua respiração no meu rosto.

Fechei meus olhos e inspirei do modo controlado que meu instrutor tinha me ensinado. Nunca pensei que precisaria usar as aulas, não assim. Devagar, a histeria retrocedeu. Sam me endireitou, colocou as mãos em ambos os lados do meu rosto e me forçou a olhar para ele. Eu pisquei, as bordas da minha visão desfocadas e pontilhadas de preto, mas podia ver a pedra verde de seus olhos e isso me lembrou de tantas noites passadas ali embaixo com ele.

Pensei que podia confiar nele. Pensei que ele era meu amigo.

"Por que você atirou nele?", falei sufocada. "Ele nunca fez nada para machucá-lo."

"Quando Connor perceber que fugimos, vai pensar que seu pai foi ferido no fogo cruzado. Assim, ele não será um cúmplice."

Reuni a pouca coragem que me restava e cerrei os dentes. "Então você vai atirar em mim também?"

Ele levantou a cabeça e suspirou, exasperado. "Não", respondeu. Curto e grosso. Nenhuma explicação. Eu não tinha certeza do que aquilo significava, nem se me importava.

Ele e Cas revistaram os homens deitados no chão, pegando qualquer coisa que pudesse ser útil. Eu corri para o meu pai, evitando o rastro de sangue espalhado por onde ele passara. Até onde eu podia perceber, ele tinha sido baleado na perna direita, logo acima do joelho.

Peguei a mão dele na minha. "Você está bem?"

Ele tentou se endireitar, mas estremeceu. "É claro."

"Eu devo pressionar isso? Ou amarrar algo em volta?"

"Estou bem. De verdade."

Segurei um soluço. Minhas mãos ainda estavam tremendo. "Você não está bem. Nada disso está bem."

A porta do laboratório deslizou de novo para se abrir e Trev e Nick apareceram. "Três homens lá fora, na frente", disse Trev. "Armados. Parece que estão esperando por nós."

"Então precisamos sair daqui", Nick adicionou.

Papai me empurrou. "Você precisa ir com eles."

"O quê?" A frase saiu em um guincho.

Papai chamou Sam sobre meu ombro. "Leve-a com você, por favor. Não pedirei nada além disso."

"Não vou deixar você", disse eu.

"Anna. Escute." Papai se ergueu, endireitando o corpo. "Fique com Sam. Não volte aqui. *Jamais*. Você entendeu?"

"Não vou deixar você", repeti.

"Você não pode estar aqui quando Connor voltar. Você tem de ficar longe dele."

"Mas..."

"Vá." Ele me empurrou e eu cambaleei. Trev me pegou e colocou um braço reconfortante sobre meus ombros. Nick fez um barulho de resmungo.

"Samuel?" Papai fez um gesto para Sam e ele se abaixou ao seu lado. "Vá para West Holicer Lane 4344, Elk Hill, Pensilvânia. É um local seguro. Lá haverá alguém para ajudá-los."

Sam assentiu e ficou de pé. "Obrigado", disse, antes de nos conduzir na direção da porta.

Eu me retorci para longe de Trev e passei os braços em torno do pescoço do meu pai.

"Encontrarei você depois", disse ele. "Eu prometo. Nesse meio-tempo, não telefone. Não será seguro."

Eu fiquei de pé, tentando obedecer, mas paralisada pelo medo de deixá-lo ali assim, de desaparecer com alguém que tinha acabado de matar oito pessoas na minha frente.

A porta do laboratório se abriu, e o ar limpo dispersou o cheiro de morte e gás rançoso. Olhei para papai enquanto deixava o laboratório, até que o corredor bloqueou meu campo de visão.

7

"Me explique a situação", disse Sam, assim que chegamos ao topo da escada.

Trev enfiou uma arma na cintura de sua calça e apontou para a frente da casa. "Janela grande na sala de estar. Há um homem parado lá." Ele apontou na direção da cozinha. "Um homem escondido no jardim. Tiro certeiro pela janela acima da pia. O terceiro está lá fora, perto da garagem."

Eu não sabia que Connor tinha mais agentes do que aqueles trazidos para o laboratório. Ou era isso ou ele tinha chamado reforço. E se eles já estavam lá, quanto tempo levaria até que mais deles chegassem?

"Cas, saia pela frente", disse Sam. Cas assentiu e desapareceu pelo corredor. Eu o vi indo embora. A visão dele habitando o espaço que tinha sido somente meu e de meu pai foi desconfortável. "Nick, você cobre a garagem?"

Nick desapareceu no pequeno banheiro do outro lado do corredor.

"Eu vou com Cas", disse Trev, e então esperou a autorização de Sam antes de partir.

Sam e eu fomos para a cozinha. Minha pilha de livros escolares estava no meio da mesa da cozinha. Minhas revistas *Artist* não lidas repousavam próximas a uma caixa de pão. A xícara vazia de café do papai permanecia na pia, suja. Tudo parecia surreal.

Repousando as mãos na borda da bancada, Sam se içou agilmente. Empurrou a lata de farinha e uma caixa de chá para o lado, deslizando para mais perto da janela acima da pia. "Abra a porta de trás e grite. Diga que precisa de ajuda."

"Mas..." Ele me silenciou com um olhar. E a arma em suas mãos encerrou qualquer pensamento de protesto adicional. Eu me movi para a porta de correr, levantei a trava e a arrastei até abri-la. "Socorro! Por favor! Alguém me ajude!"

O homem no jardim se ergueu, fixando os olhos firmemente em mim. A janela se abriu, a arma deslizou para fora e Sam puxou o gatilho. A cabeça do homem balançou para trás com o impacto da bala e uma nova onda de calor se espalhou por mim.

Mais dois tiros seguiram o de Sam. Poucos segundos depois, os rapazes se reagruparam na cozinha. "Limpo", disse Trev, e meu estômago ondulou. Mais morte. Todos eles mortos. E eu tinha ajudado.

"Onde estão os arquivos?"

Alguém me sacudiu.

"O quê?"

"Onde estão os arquivos?", disse Sam. "Onde Arthur os guarda?"

"No final do corredor." Eu apontei. "No escritório." Repeti de cabeça o código para a sala de arquivos, e os rapazes me deixaram.

Eu me inclinei sobre a porta de correr. O homem da Agência estava caído de cara na grama. Sem respirar. Sem se mover. *E se ele tivesse filhos? Uma esposa?* Ele devia ter se arrastado para fora da cama naquela manhã achando que voltaria para casa de noite para a vida que vivia. Mas não voltaria. Não agora. Por minha causa.

Senti a culpa daquela decisão direto no meu âmago.

"Anna", Sam disse atrás de mim.

"Sim?"

"Estamos partindo."

Eu me virei para encará-lo. "Você pegou os arquivos?"

"Eles sumiram. Riley deve tê-los levado."

Entorpecida, segui Sam pelo corredor. Nick me olhou de cara feia enquanto me empurrava para passar por mim. Trev e Cas se apressaram atrás dele, a animação deles tão intensa que eu quase conseguia senti-la. Pularam para fora. Sam e eu os vimos pela porta de tela da antessala.

Cas correu circulando três vezes a garagem antes de cair de joelhos e fingir que beijava o cimento. Trev olhou para o quintal, a floresta, o campo, absorvendo os acontecimentos, com as mãos nos quadris.

Eu fiquei onde estava, imaginando se poderia descer a escada e ir até papai antes que Sam me impedisse. Ele me impediria? Papai ficaria com raiva?

"Precisamos ir", disse Sam.

Olhei na direção da porta do porão.

"Anna", ele repetiu, o comando mais forte da segunda vez.

Vesti uma jaqueta e saí. Trev fuçou dentro de um dos SUVs e saiu com um pacote embrulhado para cada menino. "Parece que há algumas roupas e um par de sapatos aí."

Cas rasgou seu pacote e os sapatos caíram. "Santo Deus, eu tenho sapatos de verdade! Chega de sapatos de prisão!"

Nick bufou, um olhar de desdém endurecendo seus olhos. "Calce-os de uma vez para podermos ir. Ninguém mais está preocupado por termos ficado tempo demais aqui?"

"Acalme-se", disse Trev. "Estamos bem de tempo."

"E como você sabe disso?", Nick retrucou.

Cas vestiu uma camisa branca de manga comprida, depois enfiou os pés nos tênis. Os outros seguiram seu exemplo, embora Sam tivesse encontrado uma das velhas camisas de flanela do meu pai penduradas na antessala e a vestido sem que eu notasse. Ela era azul-marinho, com listras brancas e vermelhas e botões perolados. Ele escondeu a arma nas costas.

Eu perambulava entre a casa e a garagem, tentando permanecer pequena e discreta, porque não tinha certeza de qual era o plano ou se o fato de ter testemunhado essa fuga representava um risco. Se chegasse a esse ponto, Trev me defenderia? E Cas?

Trev apontou para o carro de papai. "É aquele que vamos pegar?"

"Quem vai dirigir?", disse Nick.

"Eu dirijo." Sam puxou as chaves do bolso. Disparou um olhar na minha direção. "Anna?"

Engoli em seco. "Quem *é* você? Como você sabia como usar uma arma daquele jeito? Como..." O que mais ele tinha escondido de mim? "Você realmente tem amnésia?"

As chaves bateram umas nas outras quando ele deixou o braço cair ao seu lado. "Sim, mas não vou ter essa discussão com você justo agora. Precisamos ir."

Nick resmungou. "Deixe-a."

"Ei, você", disse Cas. "Desarme os torpedos, soldado."

Nick estreitou os olhos.

"Estou indo", falei. "Apenas... me dê um segundo. Por favor?"

Sam suspirou. "Um minuto."

No meu quarto, peguei o diário de minha mãe na penteadeira. Não sabia para onde estava indo, nem *por que* estava indo, mas, se estava partindo com uma promessa feita ao papai de nunca mais voltar, eu queria levar esse livro comigo. Era a única coisa com a qual eu me importava mais do que com meus desenhos, e eu não podia suportar a ideia de deixá-lo para trás. No mínimo ele serviria como uma ligação com o meu lar.

Quando saí da casa, Sam já tinha ligado o carro e o colocado na direção da estrada. E daí se eu nem sabia se ele tinha carteira de motorista? Sentei em um banco da frente vazio e prendi devidamente o meu cinto de segurança, enfiando o diário em segurança no meu colo.

Sam olhou para ele antes de passar a marcha e pisar no acelerador.

Quando chegamos ao fim da nossa longa estrada de cascalho, ele pisou no freio. "Em que direção fica a cidade?"

"À direita."

Ele virou e pisou fundo no acelerador novamente, levantando poeira. Agarrei o livro, e a sensação da capa gasta foi reconfortante.

Existia um motivo para os rapazes terem permanecido naqueles quartos todos esses anos, mas eu não sabia mais qual era. Pensava que a Agência queria criar o soldado perfeito. Se era esse o caso, então tínhamos fracassado. Soldados perfeitos não matam seus comandantes.

Uma dor ardia atrás dos meus olhos, e eu tentei entender tudo aquilo. Se o tratamento de Sam tinha dado errado de alguma forma, então por que papai tinha me obrigado a partir? E por que tinha insistido que eu ficasse tão longe quanto possível do Connor?

Papai sabia de algo que eu não sabia. E Sam... parte de mim queria acreditar nele. Ele não tinha me matado. Ele não tinha matado o papai, embora *tivesse* atirado nele.

"Então, qual é o nosso plano?", disse Cas, me tirando dos meus pensamentos.

Sam olhou para Cas no espelho retrovisor. "Largar o carro. Encontrar um novo."

"Nós vamos nos separar?", Trev perguntou.

"Você quer se separar?"

Trev deu de ombros e coçou a parte de trás da cabeça. "É mais difícil rastrear partes de um todo. Mas, acima de tudo, estou só feliz de estar livre. Então, o que quer que a gente decida, tudo bem para mim."

"Precisamos permanecer juntos", Nick murmurou.

"Cara." Cas colocou as mãos na parte de trás do meu banco e se inclinou para a frente. "Quando vi Connor aparecer com todos os empregados dele, tive certeza de que seu plano já era."

Eu me virei. "Vocês estavam *planejando* fugir?"

Sam não disse nada. Nem mesmo olhou para mim. Eu o encarei, boquiaberta. Eu tinha contado a ele sobre a visita de Connor. Eu o tinha preparado para a fuga. E se não tivesse dito nada? Se eu pudesse, teria feito diferente?

Apenas 30 centímetros me separavam de Sam. Eu sempre quisera estar com ele no mundo externo, mas não assim. Uma imagem do laboratório, do sangue e dos agentes mortos voltou a mim, e meu estômago se apertou.

"Quando vocês estavam planejando fugir?"

"Na semana que vem", disse Cas. "Durante o exame de sangue de Sam."

Arregalei os olhos. Teria sido eu a pessoa do lado errado de uma bala? "E o gás?"

"Canudos", disse Cas.

Franzi a testa.

"Ele juntou vários deles", Cas explicou. "Passou-os pelos respiradouros entre o quarto e o banheiro. Você notou que a porta do seu banheiro estava fechada? Foi porque ele a selou. O gás entra, Sammy cai e fingi estar desacordado, mas na verdade está usando os canudos como um *snorkel*."

"Você realmente fez isso?" Ele não respondeu, mas não importava. Tudo fazia sentido agora. Era por isso que ele vinha pedindo canudos, e tinha pedido um rolo de fita adesiva na noite passada. Eu não tinha me importado em pedir de volta a ele.

Eu tinha lhe fornecido as ferramentas para a fuga e interferido quando Connor tentara pará-lo. Era tão fugitiva quanto eles, agora. Talvez por isso papai tivesse me mandando embora, para escapar de uma evidente punição.

Deus. Eu tinha sido uma total idiota. Tinha jogado tudo fora por Sam, por um garoto. Pensei que estava do lado dele. E não tinha considerado a possibilidade de libertá-lo algumas noites atrás, durante nossa partida de xadrez? De alguma forma, aquilo não parecia tão certo quanto eu tinha pensado. Não devia acontecer assim.

"Brilhante, não?", disse Cas, e deu um tapinha no ombro de Sam. "Eu sabia que havia uma razão para manter você por perto."

"Como se você tivesse outras opções", Sam replicou.

Cas sacudiu um ombro antes de voltar para o seu banco. "Só estou comentando."

Nick bufou. "Vocês poderiam parar com isso? Ele vai acabar ficando convencido."

A viagem para a cidade pareceu levar o dobro do que levava normalmente. Sam largou o carro de papai no estacionamento atrás da Pizzaria Emery. Trev recebeu ordens de ficar comigo na rua principal, enquanto Sam e os outros procuravam um novo veículo.

O frio do ar de outubro atravessava o material fino da minha jaqueta. Dei uma olhada em Trev. Ele ainda parecia o amigo com quem eu compartilhava segredos, aquele que amava ler biografias e que tinha um vasto arquivo memorizado de citações famosas. Algo nele, porém, nele parecia fora do lugar agora. Talvez fosse a arma que eu sabia estar escondida em suas costas.

"Anna", ele começou. "Desculpe por você ter..."

"Eu tenho tempo de usar o banheiro?", eu o cortei e apontei para a drogaria do outro lado da rua.

Ele pareceu desconsolado, mas assentiu. "Sim. Acho que tudo bem."

Lá dentro, com a porta fechada atrás de mim, respirei fundo e tentei esfriar a queimação em meus olhos. Lavei as mãos, analisei o reflexo no espelho. Eu não tinha tomado banho naquela manhã, e meu cabelo loiro parecia sem vida, como trigo seco e rachado. Meus olhos pesavam. Eu parecia cansada, mas, surpreendentemente, não mais perturbada, como tinha ficado ao ver Sam matar aquelas pessoas. Eu ainda parecia ser a Anna.

Mas não me sentia em nada como ela.

Encontrei Trev no corredor de ração animal. Nós começamos a nos dirigir para a frente da loja.

"Você sabe que não precisa ter medo de mim", disse ele. "Eu continuo sendo o mesmo cara."

Franzi a testa. "Não estou com medo de você."

Ele inclinou a cabeça na minha direção. "A distância entre nós diz que talvez você esteja."

Mentalmente, calculei quantos centímetros nos separavam. Um metro e meio. Talvez dois.

"Não foi nada de propósito."

O cabelo preto e longo balançou no rosto de Trev, impedindo uma visão clara dos seus olhos cor de âmbar. Eu sempre tinha confiado nele. Em outra vida, ele poderia ter sido facilmente o menino por quem toda garota tem uma quedinha, porque era esperto, gentil e bonito.

Eu ainda confiava nele. Não confiava?

Lá fora, Sam nos encontrou na esquina. "Encontre Cas e Nick no estacionamento nos fundos", ele falou para Trev. Trev olhou na minha direção antes de sair em corrida leve.

O cheiro penetrante de fermento que subia da padaria vizinha fez o meu estômago roncar, um lembrete de que eu não tivera a chance de comer minha torrada antes de Connor aparecer. Um lembrete de que nada era como devia ser.

"Você vai mesmo roubar um carro?", perguntei, enquanto seguia Sam na direção oposta à de Trev.

"Sim. A menos que você tenha um para pegarmos."

"Não", eu disse. "Eu só... Só não sei se me sinto confortável com tudo isso."

Ele me deu uma olhada. "Agora não é o momento para sua moralidade dar as caras."

Eu parei de andar. "O que você quer dizer com isso? Minha moralidade nunca se foi." Quando ele não respondeu, eu prossegui irritada. "Sabe, estou começando a imaginar se você foi realmente o cara que eu conheci. Porque não vejo moralidade no *seu* rosto. Não consigo ver nada de você. O que aconteceu com o Sam que era meu amigo?"

Ele se aproximou, baixou a voz. "Nunca fomos amigos, Anna. Eu fui um prisioneiro no seu porão por cinco anos. Antes disso, suspeito que estive na Agência por mais alguns anos." Uma veia inchou no meio de sua testa. "Eu queria fugir, então fiz o que precisava para ganhar sua confiança. Se você estivesse no meu lugar, teria feito a mesma coisa."

Suas palavras me feriram. "Não, não teria. Você poderia ter me pedido." Abri os braços. "Tudo que você precisava fazer era pedir ajuda."

Ele começou a dizer algo e então fechou a boca. O olhar de surpresa em seu rosto me disse que nunca tinha passado pela cabeça dele se abrir comigo. Senti meu peito oco, como se todas as coisas boas que havia vivenciado com Sam nos últimos anos tivessem sido arrancadas e despedaçadas. Minha vida no laboratório era uma mentira.

Lágrimas borraram minha visão. Eu era uma idiota por ter pensado que ele se importava. Uma idiota por ter pensado que havia algo especial em mim. Porque não havia. Eu era só mais uma ferramenta que ele tinha usado para fugir do laboratório.

"Nós temos de ir", disse ele, sua mandíbula apertada enquanto ele olhava para todos os lugares menos para mim.

Pensei em correr para a drogaria e implorar por socorro. Papai precisava de mim. Papai *gostaria* de me ter por perto. Para Sam, eu não era nada além de um fardo.

Eu poderia fugir disso, o que quer que isso fosse. Poderia deixar Sam para sempre.

"Anna?" Ele coçou o lado da cabeça, estreitou os olhos. Eu me perguntei se ele tinha percebido a indecisão me congelando no lugar. Ele não me empurrou, não me puxou. Ele me deu a oportunidade de escapar naquele exato momento.

Mas eu não fui.

Não podia ir.

E o que isso me tornava? Patética. Triste. Desesperada. Papai tinha me feito prometer que eu não voltaria para a casa da fazenda. Eu realmente não tinha nenhum outro lugar para ir.

"Aponte o caminho", disse eu.

E foi o que ele fez.

8

Sam tinha vários critérios a que um veículo precisava atender antes de ele pensar em roubá-lo. O veículo tinha de ser grande o suficiente para todos nós, tinha de ter um motor grande e ser discreto. Foi Cas quem escolheu o SUV azul-marinho.

Sentei no banco do passageiro, desabei, me perguntando se alguém notaria a gente roubando um veículo grande, se alguém chamaria a polícia. Mas nós chegamos à estrada sem incidentes e Treger Creek sumiu no retrovisor.

Agora, de fato, não havia mais como voltar atrás. Quanto mais nos afastávamos de casa, mais apertado ficava o nó no meu peito. Corri meus dedos pela lombada rachada do diário de minha mãe, feliz de tê-lo pegado.

"O que é isso?", Sam perguntou, apontando para o livro.

Eu o puxei para mais perto. "Era da minha mãe."

"Sura", disse Sam, e eu assenti. Foi estranho ouvir alguém mais falar o nome dela. Papai quase nunca falava.

Sam seguiu para o sul, dirigindo a mais de 90 quilômetros por hora. Os arredores brilhavam como um borrão de cores. Para manter a mente em alguma coisa além do que estava acontecendo, tentei pensar nos lápis coloridos que usaria se fosse desenhar a paisagem. Carmim queimado. Verde cádmio. Escarlate para as folhas que estavam começando a mudar.

"Então", disse Cas, "alguma ideia de para onde Arthur nos mandou?"

Senti o peso do olhar de Sam. "Esse endereço soa familiar para você?"

Balancei a cabeça. "Não conheço ninguém na Pensilvânia. E não havia menção a ela nos seus arquivos."

"Provavelmente é uma armadilha", disse Nick. "Arthur é parte do programa. Não sei por que estamos confiando nele."

Fui tomada por irritação e me virei para encarar Nick. "Meu pai nunca quis machucar nenhum de vocês."

A carranca sombria voltou. "Isso não quer dizer que não seja uma armadilha."

"Você prefere ficar aqui?" Sam olhou pelo retrovisor, fazendo contato visual com Nick. "Posso parar o veículo para que você possa pular fora."

"Sim", Cas adicionou, "você pode pegar carona pelo caminho cruzando o país. Basta mostrar seu abdome. Aposto que alguém irá parar."

Nick bufou. "Calem a maldita boca."

"Droga", disse Cas. "Você é mal-humorado. Estamos livres! Você devia estar dançando Macarena!"

"Eu preferia tacar fogo em mim mesmo."

"Excelente." Cas esfregou as mãos. "Alguém tem *marshmallows*?"

Sam os ignorou e digitou o endereço que meu pai tinha dado a ele no sistema portátil de navegação no painel. Uma voz feminina agradável nos disse para onde ir. Levamos quase três horas para chegar à fronteira com a Pensilvânia. Enquanto Cas e Trev discutiam todas as coisas que queriam comer agora que estavam livres, Sam se concentrava na estrada. Nick dormiu no banco de trás.

Eu me inclinei para mais perto da janela do lado do passageiro. Nunca havia estado na Pensilvânia, mas ela parecia exatamente como pensei que seria, a terra ondulando como o mar. Marquei pinceladas na minha cabeça para me manter ocupada.

Ninguém disse isso, mas acho que todos nós nos sentíamos observados. Como se Connor estivesse nos esperando dar um passo em falso para dar seu próximo passo. Eu só queria encontrar o abrigo secreto sobre o qual meu pai tinha falado com Sam.

Uma placa no alto da estrada mostrava SAÍDA 28. Seguimos por ela e continuamos pelo sudoeste por outra meia hora antes de o sistema de navegação nos conduzir para uma rampa. Sam saiu, virando bruscamente para a direita, a força da virada me lançou em sua direção. Passei o olho sobre seu braço, apoiado no compartimento central, a manga de sua camisa enrolada até o cotovelo. Menos de 48 horas atrás eu estava no laboratório, estudando-o pelo vidro, estudando sua cicatriz.

"O que são as letras? As cicatrizes", esclareci. Os outros ficaram quietos no banco de trás.

"Ãhn ãhn", Nick murmurou. Aparentemente, ele não estava dormindo de fato.

"Ela leu alguns dos nossos arquivos", disse Sam. "Algo pode surgir se ela souber o que são as letras."

Cas bateu os dedos na traseira do banco de Sam. "Sim. Qual o problema se ela souber?"

"Estamos esquecendo que ela passou os últimos cinco anos do outro lado da parede", disse Nick. "Você quer minha opinião? Não conte nada a ela e largue-a na próxima cidade."

"Não pedi a sua opinião", Sam o alertou.

"Estou bem aqui, sabia."

"Ninguém vai se livrar de você", disse Trev. "Não é ele que toma as decisões."

Nick passou o braço sobre o assento do banco traseiro. "Oh? E você toma?"

"Parem." A voz de Sam cortou a discussão e os rapazes ficaram em silêncio. "Você já viu o *R* no meu peito", disse ele, mantendo sua atenção na estrada. "Existem outras letras. Um *R*, um *O*, e um *D*."

"Eu tenho um *L* no quadril e um *V* no joelho", disse Cas.

"Eu tenho dois *Rs* e dois *Es*", disse Trev.

Quando olhei para Nick, ele lançou um olhar destruidor na minha direção e eu me virei de volta.

"Não se importe com ele", disse Cas. "Ele não sabe soletrar."

Trev conteve uma risada silenciosa.

"Nick tem um *I* e um *E*", disse Sam. Ele ligou a seta enquanto mudava de faixa e acelerou para ultrapassar uma caminhonete.

Repassei as letras das cicatrizes de cabeça, contando-as. Doze no total. Quatro meninos. Isso dava três letras para cada um, se eles as tivessem dividido por igual. Mas não tinham. Trev e Sam tinham quatro; Cas e Nick, duas. Desejei ter uma caneta para anotar as letras. Embora, supus, Sam já tivesse feito isso milhares de vezes.

"Elas poderiam ser um código?"

Ele balançou a cabeça. "Não que eu saiba."

Viajamos um pouco mais antes de as reclamações de fome de Cas se tornarem demais para aguentarmos. Sam pegou a próxima saída da estrada, seguindo placas que nos direcionaram ao posto de gasolina mais próximo. Parou em uma bomba de gasolina, com a loja fortemente iluminada na nossa frente. O relógio no painel do veículo dizia que eram 7h10. O sol tinha se posto uma boa hora atrás, deixando o céu em um tom de azul desbotado.

Cas foi o primeiro a sair do veículo. Saltou para dentro do posto.

"Pegue", disse Sam, dando a Trev duas notas de 20 dólares. Eu não quis saber onde ele tinha conseguido o dinheiro. "Coloque um pouco de gasolina na caminhonete. Use o resto com comida."

Nick saiu pela traseira para encher o tanque. Trev enfiou o dinheiro no bolso e me disse: "Precisa de alguma coisa?".

"Uma garrafa de água? Talvez alguns biscoitos ou algo parecido."

Trev olhou para Sam e Sam assentiu.

Soltei o sinto de segurança e arqueei as costas, alongando os músculos doloridos. Quando sentei de volta, o silêncio se instalou à minha volta. O motor do carro estalava enquanto esfriava. Sam não se moveu um centímetro. O silêncio desconfortável deslizou pela minha pele, me deixando inquieta, até eu não poder aguentar mais.

"Quando os rapazes pedem a sua permissão", disse eu, "isso tem a ver com a manipulação genética?"

"Acho que sim." As luzes da loja iluminavam seu perfil. Tão perto dele, pude ver um pequeno inchaço no septo de seu nariz, como se ele tivesse sido quebrado antes.

"Você é o líder ou algo parecido?", perguntei, me lembrando do termo *alpha* no seu arquivo.

"De certa maneira."

"O que exatamente fazem as alterações? Você ao menos sabe?"

Ele olhou para longe, na direção da borda mais distante do estacionamento, e um suspiro escapou de seus lábios. "Elas me tornam algo mais do que humano, mas não posso saber como, exatamente, até descobrir quem eu era antes."

"E você acha que o endereço que meu pai te deu é um começo para descobrir o seu passado?"

"Sim."

Através das janelas da loja, vi Cas e Trev se aproximarem do guichê e largarem um monte de comidinhas na frente do caixa. Cas adicionou um pouco de carne seca, por via das dúvidas, antes de voltar sua atenção para nós, no carro. Eu também podia sentir Nick nos observando da bomba de gasolina. Eles sabiam que Sam estava desconfortável.

"Vocês estão todos conectados", disse eu, só então percebendo aquilo. "É como se vocês soubessem o que os outros estão sentindo sem dizer nada de fato."

Isso me lembrou de quando Sam e eu começamos a jogar xadrez. Ele tinha me dado dicas aqui e ali, porque eu não sabia de absolutamente nada. Ele era um gênio no quesito estratégia.

"Não se trata apenas do jogo", ele me disse uma noite no fim de dezembro. Isso foi muito antes de eu ter permissão de descer lá, quando cada respiração minha parecia ampliada pelo laboratório, como se o som pudesse viajar pelos respiradouros e acordar meu pai.

"As peças são apenas uma pequena parte", Sam prosseguiu. "Você também precisa conhecer o seu oponente. Estudá-los quando estão calculando o próximo movimento. Às vezes, você pode dizer onde estão indo mesmo antes de eles saberem."

Sorri. "Isso não é verdade."

Ele pendurou um braço no encosto de sua cadeira. "Então, pague para ver."

"Eu sempre perco. É difícil provar que você está certo quando não temos nada para fazer uma comparação."

Uma lasca de risada escapou dele. "Tudo bem. Acho que você tem razão."

Eu olhava para ele agora, seus olhos cobertos pelas sombras. Ele sempre tinha sido bom em me ler. Melhor do que eu era em lê-lo. Mas agora eu me perguntava se isso tinha mais a ver com as alterações do que com leitura de expressões faciais. Ou com me conhecer de um jeito que era importante, um jeito que nos tornava amigos.

Eu queria perguntar se ele podia sentir o que eu estava sentindo, especialmente agora, mas bem lá no fundo eu não queria saber. Não queria passar vergonha.

"Como é? A conexão. Como ela funciona?"

Ele apoiou um cotovelo no braço de apoio da porta. "Parece ser baseado em instinto, e é mais difícil de ignorar quando um de nós está desconfortável ou em perigo. Eu geralmente sentia algo quando você tirava sangue dos outros, como se eu precisasse estar lá para protegê-los, gostasse eu ou não. É difícil me concentrar no que eu tenho para fazer quando preciso pensar em todo mundo. Em última instância, as decisões que tomo precisam ser as melhores para o grupo."

Ele tinha me usado todos esses anos, sabendo que em algum momento minha confiança os ajudaria em sua fuga. Embora doesse saber disso, eu podia enxergar a lógica. Podia ver quão fundo sua necessidade de proteger os outros tinha chegado. E isso acontecia por causa das alterações que tinham sido programadas nele. Ele não tinha escolha.

"E agora?", disse eu. "Em quem você está pensando agora?"

Ele abriu os lábios e eu me calei, querendo ouvir sua resposta mais do que tudo. Queria saber se eu estava sob sua proteção. Apesar de que, se estivesse, não tinha certeza do que isso significaria para mim, ou mesmo como isso me faria sentir.

Principalmente, queria saber se ele pelo menos pensava em mim.

Justo naquela momento, Cas entrou no SUV. "Santo Deus, olha só o que eu achei!" Ele bateu na minha porta com um sorriso gigante no rosto, segurando um pacote de bolinhos recheados. "Viu só?"

Eu ri. "Vi." Eu me virei de volta para Sam enquanto ele ligava o carro. "O que você ia dizer?"

"Nada."

Os rapazes embarcaram. O rádio nos interrompeu, tocando a música pop que Cas amava, e pude ver Sam se fechando de novo.

Talvez ele não tivesse me respondido, de qualquer maneira.

Enquanto viajávamos mais para o sul, folheei o diário de minha mãe, tentando passar o tempo, embora eu tivesse decorado as anotações fazia muito tempo.

Corri os dedos pelos ângulos de sua escrita, a marca deixada pela caneta como uma lembrança dela.

Fui ao lago hoje. Foi agradável me afastar do trabalho.
Ultimamente, me sinto menos conectada com o que estava fazendo.
O que eles fariam se eu partisse?

Papai me contou que ela costumava trabalhar para uma empresa médica.

Passei para a última página que ela havia escrito, algumas dezenas de páginas de trás para a frente.

Estou indo embora. Para sempre.
Eu tenho de acreditar no que meu coração está me dizendo,
e ele me diz para partir. Estou assustada e feliz.
Estou liberada.

"Vire à direita", o sistema de navegação entoou. "Em. Um. Ponto. Nove. Quilômetros."

Sam virou conforme as instruções.

Não havia muitas casas em Holicer Lane. Conforme seguíamos, a estrada subia mais, indo sinuosa para um lado e para o outro, como uma cobra. Árvores inclinavam-se pela rua, criando um túnel que escurecia a noite. Os faróis dos veículos brilhavam nas fitas reflexivas da caixa de correio da casa seguinte, e um amarelo metálico brilhou enquanto passávamos.

Li o número: 4332.

"Vire à esquerda", disse a navegação minutos depois. "Você chegou ao seu destino."

Sam parou no meio da rua. A casa que procurávamos estava morta e escura. Nem uma única luz brilhava nas janelas. A calçada estava vazia, a porta da garagem fechada. Um velho jipe repousava ao lado da garagem, mas a grama ao redor dos pneus era alta, como se o jipe não se movesse há um tempo.

Nosso veículo parou, o som do motor era o único entre nós cinco.

"E agora?", disse Trev.

Sam subiu no toco de uma calçada e deixou o carro ligado. Por via das dúvidas. Não precisou dizer isso para que eu soubesse o que estava pensando. Talvez este não fosse um abrigo secreto, no fim das contas. Talvez meu pai o tivesse enganado.

"Fique no carro", disse ele.

"Está vazia", eu disse. "A casa."

Ele se inclinou pela porta aberta e me lançou um olhar, por cima do ombro. "Como você sabe?"

Eu não sabia. Nem sabia por que tinha dito alguma coisa. Meu instinto me disse que ela estava vazia. "Não vou ficar sentada no carro."

Como se minha teimosia lhe desse uma desculpa, Cas saltou do veículo. "É isso aí, cara. Nós estamos viajando faz uma eternidade. É hora de alongar os glúteos."

Sam desligou o SUV e se dirigiu para a casa.

Os rapazes e eu o seguimos.

A casa era simples, com dois andares, pouca personalidade e ainda menos tinta. As sombras se aprofundavam sob as lascas ainda penduradas no velho tapume de madeira. A débil porta de tela tinha sido mantida aberta por uma lata de leite enferrujada, a tela rasgada em um canto.

Sam testou a porta de dentro, e ela se abriu sem chiar. Entramos em uma lavanderia. O cheiro de sabão pairava no ar. Sam tirou sua arma de trás da camisa de flanela.

Mais para dentro, uma cadeira de sala de jantar repousava caída sob seu encosto. A porta de um armário estava aberta, como se alguém o tivesse vasculhado e não houvesse tido tempo para fechá-la. Os pelos da minha nuca se arrepiaram. O piso estalou sob nossos pés. Uma torneira pingava na cozinha e um velho relógio de pêndulo tilintava no corredor.

Dobrei uma quina para a sala de estar. Sam seguiu pelo corredor. Cas me acompanhou, enquanto Nick desaparecia com Trev nos fundos da casa.

"O que você acha que aconteceu aqui?", perguntei.

Uma xícara de chá pela metade repousava em uma mesinha próxima de uma poltrona. Uma pilha de revistas tinha sido chutada e espalhada como cartas pela mesa de café. Um jornal dobrado estava no chão. Verifiquei a data: era do dia anterior.

"Eu não sei", disse Cas. "Se este era um abrigo secreto, não é mais."

Um bilhete adesivo tinha sido preso em uma mesinha perto de um telefone sem fio. Eu o tirei do tampo de vidro e fiquei estarrecida na mesma hora.

A caligrafia. Ângulos apertados e cursivos. Eu conhecia aquela caligrafia.

Falar com P às 6h.

Devolvi o bilhete ao seu local na mesa e inspirei profundamente. Não podia ser. Não era.

Segui para a cozinha, mas congelei ao passar por uma coleção de arte na parede sobre o sofá. Minha pele ficou arrepiada. A obra emoldurada mais à direita era uma pintura em aquarela das bétulas tatuadas nas costas de Sam.

"O que é isso?", Cas perguntou.

"A tatuagem de Sam", disse eu, me dando conta de que Cas provavelmente não a tinha visto de verdade, já que os rapazes nunca tinham permissão de sair de seus quartos.

Peguei o quadro na parede e inspecionei a parte de trás. Ele estava selado em todos os lados.

Cas apontou para a mesinha. "Quebre-o."

"Mas..." Não tive certeza do que me impediu. Não havia ninguém ali, e isso era claramente uma pista. Mas quebrar algo que não era meu parecia errado.

"Certo." Cas agarrou a pintura. "Eu faço."

Com um movimento rápido, ele bateu a moldura contra a borda da mesa e o vidro quebrou. A pintura deslizou para fora, e com ela veio um bilhete. A meia folha de papel enrugada flutuou para o chão e eu a peguei no ar enquanto os outros se reuniam atrás de nós.

"O que aconteceu?", Trev perguntou. "Não devíamos tocar em nada, por via das dúvidas."

"Anna encontrou algo." Cas me cutucou, como se fôssemos companheiros de equipe que marcaram um ponto juntos. "Então, o que está escrito?"

Passei os olhos pelo bilhete e suspirei.

9

Algumas horas antes, eu passava meus dedos pelas palavras familiares escritas por minha mãe em seu diário. Aqui, agora, estavam palavras novas, palavras estranhas que eu não tinha memorizado, mas eram estranhamente similares. Parecia sua letra de mão.

"Anna?" O olhar que Sam me lançou – testa comprimida, lábios franzidos – mostrou que ele sabia que algo estava errado. Então comecei a ler alto, evitando de propósito as perguntas antes que ele tivesse chance de fazê-las.

"'Sam, se você está lendo isso, significa que não estou aqui para passar eu mesma a mensagem para você. E se não estou aqui, isso deve significar que ou estou morta ou tive de partir correndo.

Como não estou aqui, darei a você a chave que você me deu. Você precisará de uma luz UV. Há uma na cozinha. Primeira gaveta à direita.'"

Eu e Sam nos entreolhamos. "É isso."

Enquanto ele pegava o bilhete, um carro parou na entrada da garagem, o brilho de seus faróis cintilando pelas cortinas da janela da frente, nos iluminando. Houve uma fração de segundo em que ninguém se moveu. E então todos se moveram, menos eu.

Uma porta de carro bateu. "Senhora Tucker?", alguém chamou. "Você está em casa?"

Corri atrás de Sam, mantendo meus passos leves e silenciosos.

Uma batida soou na porta. "Senhora Tucker? Chancy disse que você não apareceu para a reunião de hoje à noite."

Estiquei minha cabeça para dentro da cozinha. Sam se escondeu no vão da porta da lavanderia, a cadeira virada agora em suas mãos, erguida sobre seu ombro. Sangue correu pelas minhas orelhas enquanto a porta de trás se abria num estalo.

Percebi movimento dentro do banheiro. Nick, agachado, pronto para atacar. Minha boca ficou seca.

"Senhora Tucker? Você está aí?", disse o homem, sua voz agora inquieta.

Ele avançou lentamente pela lavanderia, subindo o degrau para a cozinha, e então: "Mãos ao alto!"

Sam balançou a cadeira. Ela explodiu ao acertar o homem, lascas tilintando contra o chão. Uma arma bateu na bancada, e então caiu no chão. Não era de Sam. Era a arma do homem, a arma do *policial*.

O policial caiu de joelhos. O sangue escorreu da ferida aberta em sua testa. Ele se arrastou atrás da arma, agora um metro atrás dele, enquanto Nick saía do banheiro brandindo uma lixeira metálica. Ele a posicionou no chão, inclinou-se para trás como em uma tacada de golfe, mirando a cabeça do policial.

"Pare!"

Nick congelou no meio do caminho e franziu a testa para mim.

"Ele é um policial", revelei. Como se isso explicasse de alguma forma.

"E daí?"

O homem cuspiu sangue no chão, então limpou o excesso do canto de sua boca.

"Ele é inocente."

"Não sabemos isso", Nick retrucou.

Cas apareceu atrás dele. "Ninguém lá fora", disse ele, e Sam fez um aceno definitivo. Onde estava Trev?

"Não confie em ninguém", Nick argumentou, ainda segurando a lixeira como uma arma. Uma mecha de cabelo caiu em sua testa.

Sam agarrou o policial pela gola da jaqueta e suspendeu o homem, deixando-o de pé. Ele bateu com o sujeito na geladeira, prendendo-o no lugar. O homem fez uma careta.

"O que você está fazendo aqui?", Sam proferiu.

"Eu vim ver se a senhora Tucker estava bem."

"Por quê?"

"Ela não apareceu na reunião de comes e bebes da cidade." O homem olhou de Sam para mim, e depois de volta para Sam. "Ela nunca perde uma sem avisar a alguém."

Se a senhora Tucker era a mulher para quem papai tinha nos enviado e ela tinha sumido, será que Connor a tinha pegado? Ela estava conectada de alguma forma à Agência?

Trev veio por uma porta lateral. "Eu não vi nada pela rua. Nenhuma emboscada da polícia." Suor brilhava na testa dele.

Nick jogou a lixeira no banheiro. "Vamos dar o fora daqui."

"Geralmente não fico do mesmo lado do velho rabugento", disse Cas, "mas eu concordo com ele."

Sam afrouxou o punho que segurava o policial. "Alguém pegue a luz UV. E vejam se algum de vocês consegue encontrar o molho de chaves do jipe na garagem."

Cas foi até a fileira de chaves penduradas em ganchos separados perto da porta. Trev se espremeu para passar por mim e abriu a primeira gaveta em busca da luz. Puxou uma pequena caixa e verificou seu conteúdo. "Achei."

Cas balançou um molho de chaves. "Vou ver se consigo ligar o jipe." Ele desapareceu do lado de fora.

O policial caiu contra a geladeira. Não era muito velho. Vinte e muitos, talvez. O cabelo era estilo militar, como o de Sam, exceto pelo fato de o policial ser loiro, bronzeado e ligeiramente em forma, enquanto Sam era alto e tinha os ombros largos.

"Não conhecemos a senhora Tucker", disse Sam, "e não viemos aqui com a intenção de machucar ninguém. Nós vamos sair daqui e você não vai nos seguir."

O policial confirmou a ordem com um lento movimento de cabeça, e Sam o deixou ir. Trev e Nick seguiram para a porta. Sam me fez andar para a frente. Eu me desviei da pilha de lascas, contornando o policial. Enquanto passava ele tentou me alcançar, mas Sam foi mais rápido.

Sam agarrou o pulso do homem e lhe deu um soco. O policial desabou no chão com um gemido.

"Vá", disse Sam, me empurrando pela lavandeira. Pela porta. Pela saída da garagem. "Pegue o diário de sua mãe."

Eu o peguei no SUV enquanto Cas dava a volta com o jipe.

Sam levantou o capô da viatura policial e arrancou as mangueiras; algo sibilou em resposta. Nick arrancou o computador, quebrou o rádio.

Trev entrou no jipe enquanto Cas liberava o assento de motorista para Sam.

Eu entrei no lado do passageiro.

Cinco segundos depois, Sam estava atrás do volante do jipe. Ele atravessou o pátio acelerado, arrancando chumaços de grama com o giro dos pneus. Quando estávamos fora das colinas, bem longe da casa, ele pisou no freio.

Eu me segurei com uma mão no painel. Trev acertou a traseira do meu banco com um grunhido. Uma nuvem de poeira rodou ao nosso redor, dançando no brilho dos faróis.

"Mas que diabos?", disse Nick.

Sam se virou de lado. Inclinou-se na minha direção e respirou estremecendo. "O que você não está me contando sobre o bilhete?"

Minha boca ficou seca. "Nada."

"Não se faça de idiota."

Eu não podia dizer a ele o que pensava ter visto, que a caligrafia era similar à da minha mãe. Estava muito cansada, muito estressada. Vendo coisas.

"Não estou *me fazendo* de nada."

Arranquei qualquer traço de emoção do meu rosto enquanto Sam me analisava. Antes que eu soubesse o que ele estava fazendo, o diário de minha mãe estava aberto em seu colo, o bilhete lado a lado com suas páginas. Tentei pegá-lo, mas Sam me empurrou.

Agora ele veria como eu estava louca. Saberia que eu tinha visto minha mãe onde era impossível ela estar. Bem que eu gostaria que fosse isso.

Quando ele olhou nos meus olhos um momento depois, eu me encolhi.

"É a letra da sua mãe."

"Puta merda", disse Cas.

Trev se inclinou para a frente para ver por si mesmo.

"Ótimo", Nick murmurou.

Balancei a cabeça. Minha mãe estava morta. MORTA. Meu pai não mentiria sobre algo dessa magnitude. Além disso, a senhora Tucker, ou quem quer que ela fosse, conhecia Sam. Seria impossível que minha mãe o conhecesse.

"É só uma coincidência", disse eu, humildemente.

Trev pigarreou. "As coisas raramente são coincidências. Isso é uma desculpa preguiçosa."

Eu o olhei de cara feia. Não era para ele estar do meu lado? "Não estou tentando dar desculpas." Ele, mais do que todos os rapazes, sabia quanto eu queria minha mãe viva. Eu não queria ter esperanças, porque doeria mais quando eu descobrisse que não era verdade. "Minha mãe está morta. É um fato, não uma desculpa."

Eles olharam para mim no escuro sombrio.

Eu não tinha energia nem confiança para discutir com eles. A dúvida encheu minha cabeça. *Realmente* parecia a letra dela. E eu deveria saber. Tinha passado quase todos os dias dos últimos cinco anos lendo o diário de ponta a ponta, várias vezes.

Se ela estivesse viva...

Eu me esforcei para imaginar novamente a casa. A cozinha. A cor das paredes. O cheiro da sala de estar. Tentei ver as coisas com as quais a "Senhora Tucker" tinha se cercado, tentando decidir se eu via minha mãe.

No entanto, isso não teve utilidade. Eu não tinha prestado atenção suficiente até encontrar o bilhete preso, e então já era tarde demais.

"Deveríamos ir", eu disse. "O policial provavelmente já chamou reforços agora." Quando ninguém se moveu, eu gritei: "Sam! Anda logo!".

Sam arrancou para a estrada e nos colocou em direção à autoestrada.

Há poucos meses, Trev e eu tivéramos uma conversa sobre mães e famílias em geral.

"Famílias são importantes", ele tinha dito. "Famílias definem quem você se torna."

Pensei no meu pai. Se ele definisse quem eu me tornei, eu seria uma viciada em trabalho sem vida fora do laboratório. Às vezes isso não parecia tão ruim, desde que Sam e os outros estivessem lá.

"Você sente falta de sua mãe?", Trev perguntara.

Apoiei o quadril na parede de vidro. "Sinto falta da ideia dela."

"Você e eu somos a soma de um vazio deixado pela ausência de alguém que amamos."

"Eu nem sei o que isso significa."

Ele sorriu. "Significa que eu entendo a sua dor."

Se eu pensava que não tinha nada em comum com os rapazes, aquela conversa com Trev tinha provado o contrário.

"Você já pensou no que diria ou faria se finalmente conhecesse a sua mãe?", perguntei.

Trev respondera sem hesitação. "Eu memorizaria tudo a respeito dela — a aparência dela, o cheiro — de modo que, se a perdesse novamente, sempre a teria."

Havia tantas coisas que eu não sabia sobre a minha mãe. Ela era um mistério para mim tanto quanto Sam. Embora eu tivesse seu diário, isso não era o mesmo que tê-la.

Eu queria que fosse verdade. Que ela estivesse viva. Queria ter uma segunda chance de vê-la pessoalmente. Desenhá-la em minha mente e memorizá-la.

"Nós provavelmente deveríamos parar durante a noite, não acham?", disse Trev, enquanto ele e Cas dividiam um resto de bolinhos recheados Twinkie.

"Precisamos nos distanciar mais dos policiais", disse Sam. "Conseguiremos um quarto em breve."

"Então, que tal falarmos de comida?", disse Cas. "Particularmente algo que comece com *sor* e termine com *vete*."

Um carro passou no lado oposto da estrada, seus faróis iluminando o rosto de Sam. Uma placa suspensa da autoestrada avisou que rumávamos para Brethington.

Eu me inclinei entre os bancos e olhei para Cas. "Você nunca para de comer?"

Ele deu de ombros. "Não. Por quê?"

"'Manter o corpo saudável é uma obrigação...'", disse Trev, falando uma de suas citações. "'Caso contrário, não seríamos capazes de manter nossa mente forte e limpa.'"

Cas bufou. "Quem disse isso? O irritante do Dalai Lama?"

"Buda."

"Ah, claro, não foi George Washington quem disse 'Cuidado ao ler livros sobre saúde. Você pode morrer de um erro de impressão'?"

"Oh, boa essa", disse eu.

Trev suspirou. "Foi Mark Twain que disse isso."

"Perto o suficiente." Cas cruzou os braços.

Eu o cutuquei no joelho. "O que faríamos sem você?"

"Morreriam de tédio."

"Ou aproveitaríamos o silêncio", Trev acrescentou enquanto olhava pela janela.

Após as 9, Sam saiu da autoestrada e rumou para uma cidade pequena. Paramos no primeiro hotel que vimos, uma rede básica nacional que ficava atrás de um shopping. Trev e eu fizemos a parte do check-in, e mentimos sobre nossas informações pessoais. Isso pareceu funcionar especialmente bem após darmos 20 dólares extras ao balconista.

Encontramos os outros na entrada lateral do hotel. "Quartos 220 e 222." Trev segurava os cartões. "Como vamos nos dividir?"

Sam pegou uma chave para si. "Anna e Cas comigo."

Trev olhou para mim. "Tudo bem para você?"

"Hum…"

"Anna, fica comigo", Sam repetiu.

Trev ergueu as mãos. "Tudo bem. Acalme-se."

Os outros entraram. Corri na frente de Sam, parando-o na porta. "O que foi aquilo? Trev só estava sendo gentil o suficiente para perguntar a minha opinião. Algo que você parece estar tendo dificuldade de fazer."

Ele se inclinou e falou em voz baixa. "Prometi ao seu pai que manteria você em segurança. Não posso fazer isso se você nem ao menos estiver no mesmo quarto que eu."

Franzi a testa. "Não acho que foi isso que meu pai quis dizer."

"O que foi, então?"

Meu pai tinha pedido a Sam para me proteger de *todo mundo*? Até dos outros rapazes? "Deixa para lá", disse eu. Estava cansada demais para discutir quais eram as intenções do meu pai. Além disso, na verdade não tinha certeza do que ele queria conseguir me mandando embora.

Uma vozinha na minha cabeça disse que talvez ele quisesse que eu conhecesse a minha mãe. Talvez ele soubesse exatamente para quem estava nos enviando, e o que isso significaria. Mas por que mentir todos esses anos? Qual seria o propósito de mantê-la afastada de mim?

Sacudi o emaranhado de perguntas dos meus pensamentos e puxei a porta aberta. Um tapete marrom silenciou nossos passos nas escadas. Nick e Trev já estavam dentro de seus quartos quando Sam e eu nos juntamos a Cas na nossa porta.

Sam me deixou entrar primeiro. Segurei meu diário em uma das mãos e tateei em busca do interruptor com a outra. Havia duas camas de casal diretamente na minha frente. Uma cadeira e mesas. Uma TV. O carpete marrom seguia desde o corredor até a soleira do pequeno banheiro, onde aparecia um azulejo branco encardido.

Cas passou por mim e se jogou na cama, o estrado rangendo em resposta. "Santo Deus, estou completamente exausto."

"Na verdade, acho que isso é overdose de açúcar", disse eu.

Ele afofou os travesseiros. "Bem, se for, vale a pena."

Sam sentou-se à mesa no canto e abriu o pacote contendo a luz UV. Sentei na cadeira na frente dele. "Já teve alguma ideia sobre aquilo?"

"Não." Ele acendeu a luz e a lâmpada brilhou, roxa.

Atrás de nós, Cas vasculhou a gaveta da mesinha. "Uma Bíblia, dois catálogos de telefone, cardápio de entrega. Impressionante." Ele bateu a gaveta.

Sam desaparafusou o topo da luz UV e a capa plástica tilintou contra a mesa enquanto ele a baixava. "Está pronta para falar sobre o que achamos na casa?"

Esfreguei os cantos dos olhos. "Não há nada a ser dito sobre isso."

Ele tirou as baterias da lanterna. "Isso não é verdade e você sabe disso."

"Anna leva essa coisa de ser inocente a um novo patamar", Cas interveio. "Você se lembra daquela vez que a convencemos de termos desenvolvido nosso próprio idioma?" Ele soltou uma gargalhada. *Pavaloo dunkin roop*, que significa..."

"'Posso comer algum suíno amazônico?'", recitei. "Eu me lembro. Mas isso era principalmente você tentando se fazer de convincente, e eu raramente acreditava em uma palavra do que você falava, de qualquer modo."

"Uma decisão sábia", disse Sam.

"Ei, pera aí" Cas saltou pela borda da cama e ficou de pé. "Na era medieval eu teria sido cultuado devido a minhas histórias. Eles dariam o meu nome a um castelo."

"Duvido muito."

Ele balançou a cabeça enquanto seguia para o banheiro. "Preciso de um pouco de paz e tranquilidade. Talvez eu tome um banho de banheira quente e demorado. Com espuma." Ele fechou a porta, mas não conseguiu trancá-la. Não que já tivesse se preocupado em ser visto alguma vez.

A água correu pelos canos quando Cas abriu a torneira. Aquele era o único som no quarto. Aproximei o diário de minha mãe.

"Então?", disse Sam.

Relaxei a postura. "Tudo bem, certo. Admito que a caligrafia é similar à da minha mãe, mas isso não significa que..."

"A inclinação dos *Es* é idêntica nos dois textos." Ele inspecionou a lâmpada de luz UV enquanto falava. "Os *Ls* e *Ds* são exagerados. Os *Ss* se curvam para trás e fazem um laço. Eles são iguais."

Ele levantou a lâmpada sobre a cabeça, deixando a luz do teto brilhar pelo vidro.

"Meu pai nunca teria mentido sobre algo imperdoável assim. Além disso, você não disse que confiava nele?"

"Sim, mas isso não quer dizer que ele sempre foi sincero. Como nossas memórias, ou a falta delas. Eu não engoli nem por um segundo que isso é um 'efeito colateral' dos tratamentos."

"Então como..." Eu me interrompi enquanto seguia sua linha de raciocínio. "Você acha que suas memórias foram alteradas propositalmente?", zombei. "Sem chance. Primeiro de tudo, como isso seria possível? E segundo... não. Meu pai não faria isso."

Sam colocou a lâmpada na mesa e me olhou nos olhos. Pude ver as linhas verdes sombrias em suas íris. Eu tinha passado tanto tempo olhando para ele através da parede de vidro que era impressionante vê-lo sem nada além de ar entre nós. Imaginei como seria desenhá-lo agora, em cores totalmente vívidas. As linhas que usaria para criar o perfil forte de sua mandíbula, o formato de ponta de flecha de seu nariz. A curva de seus lábios.

"Por que ficamos trancafiados por tanto tempo?", ele perguntou, sua voz uniforme e serena. "Você já se perguntou isso?"

Puxei as mangas da minha camisa. "Vocês estavam sendo transformados em soldados."

Ele colocou a lâmpada no bocal da luz, tirando seus olhos de mim por apenas um segundo. "Se você está tentando fazer uma superarma, você não a tranca em um porão por cinco anos. Você a coloca em campo, testando e alterando até que ela esteja perfeita."

"Talvez fosse isso o que eles estavam fazendo. Vocês receberam tratamentos o tempo inteiro. E os registros... nós estávamos monitorando o progresso de vocês."

Ele encaixou uma peça final no lugar. "Nós quatro... nossas primeiras memórias são exatamente as mesmas. Se a amnésia era um efeito colateral dos tratamentos, não teria como ela ter apagado tudo até o exato mesmo momento no tempo."

Apagado. Eu tinha lido o termo no arquivo de Sam na noite anterior. Não queria acreditar naquilo, mas fazia cada vez mais sentido.

"O que tudo isso tem a ver comigo e com minha mãe?"

Ele ligou a luz negra novamente e ela brilhou entre nós. "Não sei, mas se sua mãe está conectada à Agência, então você também está, e precisamos descobrir por quê."

Suspirei e esfreguei os olhos com as palmas das mãos. Eu não podia aguentar mais. Murmurei algo sobre estar cansada e me arrastei para a cama. Só queria estar sozinha para navegar pelos meus pensamentos. Não que isso fosse ajudar. Sam havia levantado um monte de boas dúvidas que eu estava com medo demais de enfrentar. E todas se apoiavam no simples fato de a caligrafia no bilhete deixado para ele ser terrivelmente similar à caligrafia da minha mãe. Talvez realmente fosse uma coincidência. Talvez estivéssemos exagerando na dimensão da conexão.

Eu precisava descansar. As coisas estariam mais claras de manhã.

Mas não cheguei tão longe. Sam me acordou com um cutucão duas horas depois. "Ei", disse ele. "Levante. Encontrei algo."

11

Eu me ergui apoiada nos cotovelos. "O que houve?"

Um fio de luz da lua brilhava no pé da minha cama. Aquela era a única luz no quarto. Eu mal podia ver o rosto de Sam com ele de pé perto de mim.

"Venha para o banheiro."

Eu saí debaixo das cobertas, colocando os pés no chão. Só eu e Sam estávamos no quarto. "Onde está o Cas?"

"Reunindo os outros."

Segui Sam e, assim que entramos no banheiro, ele fechou a porta. A escuridão total me desorientou. Eu não gostava de lugares fechados, escuros e pequenos, e o banheiro era do tamanho de um *closet*. Tropecei para trás, colidindo com o toalheiro. "O que está acontecendo?"

A luz negra se acendeu, iluminando levemente os traços fortes do rosto de Sam. "Eu não vou machucá-la", disse ele, soando quase ofendido. Empurrou a luz na minha mão, então tirou sua camisa e a jogou no balcão. "Mire a luz no meu cóccix."

Fiquei lá parada por tempo demais, olhando da luz na minha mão para as costas nuas de Sam, convencida de que estava presa em algum tipo de sonho maluco.

Eu nunca tinha estado tão perto da tatuagem de Sam. Da copa das árvores à grama na base, a tatuagem cobria boa parte de suas costas e braços. Quem quer que tivesse feito o trabalho havia sombreado tudo com perfeição, reproduzindo os detalhes sutis e as descamações onduladas da casca da bétula. Só encontrei uma falha: as sombras das árvores estavam todas erradas. Seus tamanhos e formas não correspondiam às árvores às quais estavam ligadas, e as duas sombras à esquerda se uniam, mas as árvores correspondentes se sobrepunham.

Movi a luz para lá e para cá sobre a tatuagem, da maneira que Sam havia me instruído. "O que estamos procurando, exatamente?"

"Olhe na grama."

Eu me abaixei. "Não estou vendo..." Algo brilhou na luz escura e eu engasguei com a respiração. A escrita era miúda e desbotada, mas brilhava como um daqueles colares de néon que toda criança usa em um desfile de Quatro de Julho.

"Como isso é possível?", disse eu.

"É tinta ultravioleta, tatuada na pele sobre a tatuagem visível. Leia", disse Sam. "Por favor."

Com o tempo, as linhas tinham perdido a clareza e as letras ficado borradas, mas consegui entender a primeira palavra. "Rosa. Rosa alguma coisa."

Ouvi a porta do quarto ser aberta e as vozes dos outros bramindo na porta do banheiro. "Onde ele está?", perguntou Trev.

"Deve estar no banheiro com a Anna", respondeu Cas.

Uma batida soou na porta. "Anna? Sam?", disse Trev. "Vocês estão bem?"

"Nos dê um minuto", Sam respondeu. Para mim ele disse: "O que mais?".

"Há mais duas palavras." Cheguei mais perto, reajustando o halo de luz. "Como você sabia que deveria procurá-las?"

"As cicatrizes em forma de letras me fizeram pensar nisso. Eu deveria saber que meu corpo era a única coisa que poderia levar comigo se a Agência apagasse minhas memórias. Quando mirei a luz ultravioleta nas minhas costas, pude ver algo, mas não dava para ler."

"Por que não pediu para Cas ajudá-lo?"

Ele não respondeu por um longo tempo, e o silêncio me deixou ansiosa. Eu tinha a sensação de que as paredes estavam se fechando sobre mim. Mas eu estava lá, com Sam. Tão próxima que podia sentir o calor do seu corpo. Da mesma maneira que queria escapar do espaço confinado, também não queria que aquilo terminasse.

Finalmente ele disse: "Não estou no clima de aguentar o sarcasmo do Cas neste momento." Ele suspirou alto. "Além disso, tive de enviá-lo para buscar os outros."

"Acho que a última palavra é *Ohio*", falei, desejando que o arrepio que escalava minha coluna se dissipasse. "A do meio...", tentei montar a palavra letra por letra, desejando juntar tanto dela quanto eu pudesse, como uma palavra cruzada. "C. E. M ou N, talvez. E? T. E. K... Não, R. I." Repassei as letras na minha cabeça, balbuciando-as enquanto investigava a palavra de novo. *CEMETÉRIO*.

"A letra E é um I", disse Sam.

"*Cemitério*. Cemitério Rose, Ohio."

Sam pegou sua camiseta, esbarrando em mim. Seus olhos encontraram os meus na luz fraca. "Desculpe."

Tirei o cabelo do rosto. "Sem problema, estou bem."

"Obrigado por fazer isso." Ele pegou a luz negra das minhas mãos e a desligou, mergulhando-nos novamente na escuridão.

"Você sempre pode pedir minha ajuda." Assim que as palavras escaparam de meus lábios, fiz uma careta. Aquilo havia soado tão fraco e patético. *Por favor, precise de mim, Sam.*

Quando ele respondeu, sua voz saiu rouca. "O que eu disse ontem na frente da drogaria..."

"Você não tem de se explicar."

"Eu sei, mas eu preciso que você..."

"Sam?", Trev o interrompeu, e Sam se afastou. Empurrou a porta para abri-la e ficar frente a frente com Trev. Alguém acendera a luminária e sua luz se derramava pelo banheiro, levando embora a escuridão e a intimidade que havia sido criada.

"Encontrou algo?", perguntou Trev, me encarando. Minhas bochechas ficaram vermelhas.

Sam puxou a camiseta por cima da cabeça. "Sim. Façam as malas. Vamos partir."

"Para onde diabos iremos agora?", Nick ralhou. "E por que no meio da noite?"

Sam colocou a camisa de flanela de volta e desenrolou as mangas. "Não vou ficar sentado aqui até amanhecer para vocês poderem dormir. Esperei tempo demais por isso. Agora, peguem suas coisas e vamos embora."

Sam nos encontrou no jipe após fazer o check-out. Ele passou duas lanternas em mau estado para Cas.

Cas pressionou o botão de uma delas e um círculo de luz brilhou no painel. "O que faremos com elas?"

"Estamos indo a um cemitério." Sam deixou o estacionamento.

"E onde fica esse cemitério?", perguntou Cas.

"É o Cemitério Rose em Lancaster, Ohio. Pedi para o atendente do hotel pesquisar."

Nas três horas que se seguiram, viajamos em total silêncio. Inclinei a cabeça contra a janela, fechei os olhos e adormeci. Quando o carro parou de novo, reclamei do meu pescoço dolorido. Além das duas horas escassas de sono no hotel, eu tinha estado apertada em um veículo quase um dia inteiro.

"O que estamos procurando, exatamente?", perguntou Trev atrás de mim.

Olhei para o cemitério escuro fora da janela do jipe, silhuetas confusas surgindo aqui e ali.

"Não sei." Sam repousou os braços no topo do volante. "Vamos começar verificando as lápides."

"Cara", disse Cas, "isso vai levar uma eternidade."

"Se nos dividirmos, só levaremos uma ou duas horas."

Os outros pareciam indecisos, mas naquele ponto não tínhamos realmente uma escolha. Anos antes, quando Sam plantara a pista da tatuagem visível em UV, aquilo tinha sido algo que ele sabia que seria capaz de descobrir. Então, se a resposta estava lá, nós descobriríamos.

Descemos do veículo, seguindo a estrada de cascalhos do cemitério. Embora eu soubesse que era apenas minha mente pregando peças, o cemitério parecia mais assustador que o mundo lá fora e eu não conseguia me livrar dos arrepios que me subiam pela pele.

"Nick, vá para a parte mais ao fundo", disse Sam. "Trev, faça o oposto. Cas, siga para a direita. Ficarei com a esquerda. E Anna..."

"Fico aqui com a parte do meio, se você quiser."

"Cas, dê uma das lanternas à Anna."

Aceitei alegremente a oferta.

Os outros se dispersaram e, silenciosamente, me xinguei por querer parecer forte e útil. Agora, estava parada sozinha no meio de um cemitério às 4 da manhã.

Fui até o fim de uma fileira de túmulos. Estátuas de mármore se erguiam da linha denteada de lápides, e suas formas pálidas pareciam brilhar na escuridão. Passei por um anjo com uma cascata de cabelos de mármore caindo sobre os ombros. Os olhos dele eram duas órbitas brancas, mas eu ainda tinha a sensação de que ele me observava.

Um arrepio desceu depressa pelas minhas costas e eu me abracei, resistindo. Lia os nomes nas lápides enquanto passava, e os sentimentos gravados abaixo.

BEVERLY BROKLE. 1934–1994. ESPOSA E MÃE AMADA.

STUART CHIMMER. 1962– 999. SENTIREMOS SUA FALTA.

Papai tinha prometido nos últimos anos que visitaríamos o túmulo da minha mãe em Indiana assim que ele conseguisse dar uma pausa no laboratório. Eu nunca tinha realmente contado com as férias, sabia que elas não aconteceriam. Mas agora me perguntava se o túmulo ao menos existia.

Se minha mãe estava viva, por que tinha me deixado? Ela não me queria? Eu queria poder ligar para o meu pai e confrontá-lo. Queria respostas.

Assim que cheguei ao final da primeira fileira, comecei a segunda, correndo a lanterna por tudo, procurando algo que não se encaixasse. Li algumas gravações estranhas. Como a de Michael Tenner, que tinha a epígrafe "EU MATEI O GATO. DESCULPE, AMOR". E a lápide de Laura Basker, na qual eu li "NÃO CHOREM POR MIM. NÃO HÁ ROUPA PARA LAVAR NO PARAÍSO".

Não achei que a pista plantada por Sam fosse sobre roupa suja, mas fiz uma anotação mental sobre as lápides curiosas, de qualquer maneira. No momento em que cheguei à parte de trás da minha seção, não havia achado nada que se destacasse, e contei um total de oito túmulos com o nome Samuel nas lápides.

Percebi Cas seguindo para a direita, seus ombros curvados enquanto inspecionava um monumento grande com uma cruz saindo do topo. Desliguei a luz da lanterna e a enfiei no bolso, vagueando para encontrá-lo.

"Encontrou alguma coisa?"

"Nada." Ele se afastou do monumento e correu a mão pelo cabelo loiro, deixando-o com pontas despenteadas. "Isso parece um bocado inútil, não é? Não diga a Sam, mas acho que é uma cova sem saída. Trocadilho intencional."

Sorri. "Sim, mas demorei um pouco para perceber a pista da luz UV. Só estamos trabalhando nisso há uma hora mais ou menos."

Cas ergueu as sobrancelhas. "E você quer passear por um cemitério durante oito horas? Eu não. Quero uma maldita pizza."

"Você não está nem levemente curioso para saber o que isso tudo significa?"

Ele pegou um galho embolado nas ervas daninhas e o torceu. "Não sei. Quem se importa com quem eu era antes? Talvez eu fosse um esnobe de um country clube que achava que o mundo girava em torno dele."

Bufei. "Duvido. Pelo visto, Sam acha que isso é importante."

"Talvez." Cas olhou na direção dos passos que se arrastavam entre as folhas atrás de nós.

"Encontraram alguma coisa?", disse Nick.

"Um galho."

"Não, seu idiota, acharam alguma coisa *importante?*"

Um apito curto e estridente soou pelo cemitério.

Trev.

Corremos para a parte de trás. Eu me inclinei, passei por baixo do braço de uma cruz celta e fui atrás dos rapazes no túmulo. No alto, os galhos desfolhados de uma árvore antiga estalaram com o vento. Meu cabelo voou no meu rosto e eu me virei, ficando de frente para o vento, de frente para Sam.

"O que houve?", ele perguntou, a luz da lua atingindo as gotas de suor em sua testa.

Trev apontou para uma lápide pequena de granito, a face dianteira lisa e brilhante. "Não há datas."

Li o nome gravado – SAMUEL CAVAR – e engoli em seco. "Samuel Cavar é um pseudônimo que você usava", eu disse para Sam. "Li isso no seu arquivo."

"*Cavar* não é um sobrenome, e sim uma palavra em espanhol, o verbo 'cavar'", disse ele.

Cas ergueu suas mangas. "Bem, então, *mis amigos,* acho que iremos *cavar* os segredos desse túmulo."

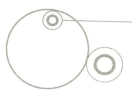

12

Sam invadiu uma garagem de manutenção na parte de trás do cemitério, onde encontrou duas pás. Cas, Trev e Nick se revezaram cavando junto de Sam. Sam ainda não tinha largado a pá. O suor cobria a frente de sua camisa. A calça estava endurecida de terra. Se ele tinha enterrado algo ali anos atrás, enterrara fundo. Somente sua cabeça e seus ombros se encontravam visíveis sobre o buraco.

"Você não acha que está desenterrando um corpo, não é?", disse eu, desligando a lanterna. O céu havia clareado para um tom frio de cinza, e o sol ameaçava despontar no horizonte.

"Duvido." Ele jogou mais terra no monte, e então enfiou a pá de novo no solo. Um som ecoou quando a ponta metálica da pá acertou algo metálico enterrado. Cas jogou a pá de lado e se abaixou sobre as mãos e os joelhos. Ele e Sam limparam o solo úmido, revelando uma caixa.

Espiei dentro do buraco.

"O que é isso?", Trev perguntou, mudando seu peso de um pé para o outro.

Sam colocou sua mão na borda do buraco e se içou para fora, os bíceps salientes. "Puxe-o para cima", disse para Cas.

Cas puxou a caixa e passou-a adiante. Eu me abaixei perto de Sam enquanto, com algum esforço, ele abria a tampa. As dobradiças estavam enferrujadas e cheias de lama, mas assim que ele as movimentou elas se abriram facilmente. Dentro da caixa repousavam uma chave e uma pilha de papel dobrada em três, amarrada de modo firme com barbante. Sam retirou o barbante e desdobrou o documento, deixando nele borrões de impressões digitais.

O papel era velho e quebradiço, mas a escrita continuava legível. Não pude deixar de ler por cima do ombro dele, a adrenalina correndo como um choque pelas minhas veias. Então era isso. Era isso o que procurávamos desde ontem.

Pelo que entendi, era a escritura de uma casa, o que explicaria a chave. Espiei as informações pertinentes. O endereço: Whittier, Michigan. A pessoa indicada como proprietário era Samuel Marshall. Outro pseudônimo, provavelmente. O que fez com que eu me perguntasse: *Qual seria seu nome verdadeiro?*

"Alguma coisa aí te soa familiar?", perguntei a ele.

"Não."

"Mas isso significa algo, não é? Quer dizer... é um passo."

Ele assentiu de um jeito praticamente imperceptível.

Atrás de nós, os rapazes encheram o buraco em uma fração do tempo que levaram para cavá-lo. Cas e Trev assentaram a terra remexida. Nick caminhou para o lado de Sam. "Então, o que descobriu?"

Sam levantou a escritura. "Pode ser um abrigo secreto."

"Claro, que nem o último?"

"Ninguém está te obrigando a ficar, Nick. Se você tem algum outro lugar para ir, pode partir quando quiser."

Nick se inclinou contra o tronco de uma árvore próxima e cruzou os braços sobre o peito.

Enquanto Trev cuidava do buraco, substituindo a grama arrancada, Cas disse "preciso dar uma mijada", e desapareceu. Sam devolveu as pás à cabana de manutenção, me deixando a assistir sem jeito enquanto Nick se zangava.

"Acho que ele está fazendo o melhor que pode." Minha declaração foi pontuada por uma nuvem branca da minha respiração.

Nick enfiou as mãos nos bolsos da calça. Ele devia estar congelando sem uma jaqueta. "Autopreservação é mais importante do que desvendar essas pistas, como se fosse alguma bosta de jogo de tabuleiro."

"É difícil se proteger quando você não sabe nem mesmo quem você é ou por que era parte do programa, para começo de conversa."

Nick empurrou a árvore com um pé e fixou os olhos azuis metálicos em mim. "Eu posso não me lembrar de quem eu era antes disso tudo, mas posso apostar que não era tudo uma porcaria de um mar de rosas."

Os contornos de sua carranca se suavizaram, mas só um pouco. Vendo uma abertura, eu disse: "Seus pais podem estar lá fora em algum lugar, procurando-o".

"Ou talvez não. Talvez nunca tenham nem se importado." Ele se afastou antes que os outros voltassem, me deixando com a dúvida: ele estava certo? As respostas para as perguntas seriam piores do que não saber de nada?

Depois de deixarmos Lancaster, nuvens sombrias bloquearam o sol, lançando contra o para-brisa. Em casa, papai assistia à previsão do tempo todas as manhãs. Quando levantava cedo o suficiente, eu preparava um pouco de café e me juntava a ele na sala. Mas eu sempre sabia qual era a previsão, assistisse ou não ao programa. Meu pai sempre me avisava da previsão se achasse que era importante.

Incomodava-me o fato de não ter me preparado para esse clima, sem contar que não estávamos em Nova York. Eu estava tão acostumada a saber de tudo. A previsão do tempo. Meu horário de aula para o dia. Minha lista de afazeres no laboratório. Agora não sabia mais de nada. Nem mesmo de onde viria a minha próxima refeição.

Usando o mapa que Sam tinha comprado no posto, seguimos rumo a Whittier, uma cidade pequena com o charme do campo perfeito para um cartão-postal nostálgico. Um grande outdoor sobre a estrada principal dizia que o festival Pumpkin Palooza da cidade estava marcado para o fim de semana seguinte. Havia espantalhos montados como sentinelas na frente das pequenas lojas.

A faixa do centro da cidade desapareceu atrás de nós conforme seguíamos mais e mais para o norte. Quando começamos a descer pela rua indicada na escritura, Sam esticou a mão e desligou o rádio que tocava uma música *pop*. O silêncio inflou como um bote salva-vidas, preenchendo o espaço entre nós. Apertei minhas mãos. O que faríamos se essa casa fosse um beco sem saída?

Nós andamos para cima e para baixo pela longa rua de terra, verificando as caixas de correio. Nenhum dos endereços batia com o da escritura da casa, mas talvez isso fosse de propósito. Finalmente, vimos uma pista coberta pela vegetação levando de volta aos bosques, a entrada localizada onde deveria estar o endereço, entre os números 2156 e 2223.

Enquanto Sam tomava a trilha, Nick encaixou uma bala na câmara de uma das armas. Cas e Trev seguiram seu exemplo, todos eles trabalhando em perfeita sincronia.

Cerca de um quilômetro e meio para dentro da estrada, as árvores escassearam, dando lugar a uma clareira. Havia uma casa de campo no meio. Mesmo na sombra das nuvens tempestuosas e no seu estado de abandono, ela ainda parecia acolhedora. O exterior de telhas de madeira cortada estava gasto e havia esmaecido para o tom perfeito de vermelho. Algumas cadeiras de jardim enferrujadas repousavam em uma varanda curva, um vaso de flores vazio esquecido entre eles. O galho de uma árvore morta aparecia pendurado para fora da varanda, como se tivesse caído lá em uma tempestade e nunca tivesse sido removido.

As janelas estavam escuras e cobertas por uma fina camada de poeira e sujeira. O único carro na entrada era o nosso. O lugar parecia vazio, mas apesar disso, *dava a sensação* de vazio, a solidão pairando no ar como fumaça de tabaco antigo, esperando por alguém para ser soprada para longe.

"E agora?", perguntei. A chuva continuava a estalar contra o para--brisa, as gotas ficando mais pesadas e mais frequentes.

"Nick e Cas, contornem por trás", disse Sam. "Vou entrar pela porta da frente. Trev, fique aqui com a Anna."

Eu não queria ficar à toa no veículo nem fazer busca pela casa. Estava com medo do que faria se encontrasse mais evidências sobre minha mãe.

Os rapazes saíram do veículo com o tipo de agilidade silenciosa que não combinava com o tamanho deles. Nick e Cas contornaram correndo, armas mantidas aos seus lados. Sam seguiu pela direita, para a garagem pequena que ficava separada da casa. Verificou sua janela solitária antes de saltar para a varanda frontal da casa e deslizar junto à parede.

Na porta dianteira, pegou a chave que havia encontrado no cemitério e tentou abrir a fechadura. A chave serviu, a porta foi aberta e ele desapareceu do lado de dentro.

"O que você acha?", sussurrei.

Trev apoiou um cotovelo no joelho. "Parece seguro."

"Mais do que aquela na Pensilvânia."

"Concordo." Senti que ele me observava. "Não há nada errado em ter esperança."

Eu me virei. "De quê?"

"Sua mãe."

Não soube o que responder a ele. Ouvir alguém mais falar sobre minha mãe a tornou mais real, como se fosse possível ela estar dentro da cabana, esperando por mim.

"E se ela não estiver viva?" Caí bruscamente contra o banco. "E se toda essa torcida for em vão?"

"'Em tudo é melhor ter esperança do que desespero.'"

"De quem é essa citação?"

Trev sorriu, cruzando as mãos. Ele adorava quando eu pedia mais informações, dando a ele a oportunidade de se exibir. "Johann Wolfgang von Goethe."

"E a do Aristóteles? Aquela sobre esperança?"

Os olhos dele perderam o foco enquanto buscava a citação que eu queria. Pude perceber o momento em que ele se lembrou, o brilho voltando aos olhos cor de âmbar. Nunca tinha conhecido ninguém com uma expressão real de lâmpada como a de Trev.

"'A esperança é o sonho do homem acordado.'"

Deixei as palavras ecoarem na minha cabeça. A citação me lembrou daquela sensação que temos quando começamos a acordar de um sonho que não queremos deixar escapar. A sensação esmagadora no centro do seu peito, como se fosse perder uma peça importante de si que nunca mais será recuperada.

Era isso a esperança. Apegar-se a algo sem a certeza de que aquilo um dia seria seu. Mas você tem de aguentar de qualquer forma, porque sem isso qual seria o sentido?

Isso se adequava perfeitamente à minha vida de várias formas. Ainda mais agora.

Sam reapareceu na varanda frontal e acenou para nós, o que, pensei, revelou o suficiente do que havia encontrado. Se minha mãe estivesse lá dentro, ele teria saído para me alertar. Então, ela não estava esperando. E, embora tivesse dito a mim mesma que não acreditava que ela estaria lá, eu acreditava de fato. A ansiedade queimava e estalava.

Entramos numa sala onde umas poucas poltronas ficavam de frente para uma lareira de tijolos. Um sofá descansava encostado à parede. Teias de aranha pendiam como musgo espanhol de uma lamparina de bronze.

Uma cozinha grande ocupava o canto de trás do outro lado da casa. Uma mesa comprida e retangular preenchia o espaço à direita da porta de entrada. Diretamente na minha frente, uma escada levava ao segundo andar.

Um trovão se seguiu à luz de um relâmpago, o estrondo baixo reverberando pelo piso de madeira polida. A chuva continuava a bater ruidosa contra a janela, lavando a sujeira. Fechei meu casaco quando o vento bateu e penetrou pelas frestas da casa.

"É seguro?", perguntei quando Sam se aproximou.

"Até onde posso dizer, sim."

Meus ombros relaxaram. Tínhamos deixado o laboratório fazia apenas um dia, mas parecia que estávamos em fuga desde sempre. Estar em uma casa de verdade, enfiada no meio do nada, drenou parte da ansiedade reprimida dos meus ossos.

Caí no sofá e fui recebida por uma nuvem de poeira. Tossi, e limpei o ar balançando a mão. O lugar precisava de uma boa faxina. Meus dedos coçaram para fazer algo. Limpar a antiga casa era minha responsabilidade, e me preocupei com isso agora que tinha ido embora. Não podia imaginá-la sobrevivendo por conta própria sem mim para cuidar dela. Ou talvez o que realmente quisesse dizer era que não podia imaginar meu pai sobrevivendo sem mim para tomar conta dele.

Ele estaria preocupado comigo da mesma forma que eu me preocupava com ele?

Pulei do sofá, sem repouso, e me juntei a Cas na cozinha. Uma teia de aranha se esticava sobre o cabelo dele. Eu a prendi, segurando-a na frente dele para que pudesse vê-la. "Às vezes acho que você é um caso perdido."

Ele colocou um braço ao meu redor. "Por isso tenho você. Você é boa em nos manter na linha."

"E quando diz *nos manter* quer dizer manter *você*."

"Claro. Tanto faz." Ele saiu do meu lado e testou os acendedores do fogão. Nada aconteceu. "Droga. Estou morrendo de fome."

"Você está sempre com fome."

"Estou acostumado a ter três refeições consistentes por dia."

"Se a casa tiver ficado intocada por anos, e é o que parece ter acontecido, duvido que tenha algo utilizável." Contornei o balcão da cozinha em forma de L e fui para a janela que dava para a garagem. "Você já foi lá fora?"

"Não. Mas topo uma aventura. O que me diz?"

Eu sorri. "Estou dentro."

Os outros estavam na sala de estar, inspecionando a fogueira e a chaminé. Cas avisou a Sam aonde estávamos indo antes de sairmos pela porta de trás. Corremos pela varanda para a porta ao lado da garagem. Um beijo de chuva acertou meu rosto, e protegi os olhos com uma das mãos. Cas acertou o ombro na porta e ela se abriu, raspando o piso de concreto. Uma luz fraca penetrou furtivamente pelas duas pequenas janelas, mas foi suficiente para vermos com o que lidávamos.

"Veja." Corri para o canto mais à esquerda. "Uma grelha. Podemos fazer um churrasco."

Não faltou alegria na expressão de Cas enquanto ele acariciava a cúpula preta de metal que formava a cobertura da grelha. "Você faz alguma ideia de há quanto tempo não como um bife grelhado? Ou uma coxa de frango assada?"

Ergui as sobrancelhas. "Hm... muito tempo?"

Ele me ignorou. "Todos esses malditos comerciais de churrasco na TV. Balançando-o bem na frente do meu rosto como uma banana maldita na frente do macaco."

"Como você sabe o gosto de um molho de churrasco? Você nunca provou no laboratório."

"Um homem nunca esquece o gosto de churrasco. Provavelmente, provei *antes* de ir para o laboratório." Ele levantou a cúpula da grelha e cheirou. "Ó, Deus, isso cheira a carvão e a carne chiando."

"É incrível que você não pese 130 quilos."

Ele puxou a manga de sua camisa suada e enlameada e flexionou o bíceps. "Toda aquela comida resultou nesta silhueta esbelta, fique você sabendo."

Olhei para a espessura de seu braço, a largura de seus ombros. "Esbelta significa 'magro'."

"Mas também significa ter um corpo definido. O que obviamente eu tenho."

Isso eu não podia contestar.

Deixei-o babar sobre a grelha enquanto analisava o que mais poderia ser útil. Algumas ferramentas de jardim tinham sido organizadas em ganchos revestidos de borracha na parede mais distante. Placas de tamanhos diferentes estavam empilhadas embaixo das ferramentas. Diretamente em frente, vi uma caixa de força e um dispositivo volumoso no chão abaixo dela. "O que é isso?"

"Um gerador."

Olhei por cima do meu ombro e encontrei Cas remexendo em torno de uma área de sótão construída abaixo da parte mais alta do telhado.

"Como você chegou aí?"

Ele indicou a pilha de placas. "Pulei."

"Você é um belo de um macaco. Agora venha ver isso."

Ele se dependurou de ponta-cabeça na borda do sótão, girou e então ficou balançando lá por um segundo em uma elevação com as palmas para cima, as linhas dos músculos se enrijecendo em seus braços antes de ele se soltar. "Uau. Sou fodão ou não? Eu nem sabia que podia fazer isso."

Permaneci lá, boquiaberta. "Então, por que fez? Podia ter se machucado!"

"Porque me deu vontade." Ele cutucou o gerador em forma de caixa com o pé. "Parece que ele estava conectado à caixa de força. Bom saber." Ele torceu a tampa de combustível. "Não tem muito, entretanto, e considerando que estamos falidos..."

"Vamos ter de nos virar sem ele", adivinhei.

Ele assentiu, mas deu mais uma olhada significativa para a grelha. "Pelo menos temos aquela belezinha."

"Quer que te ajude a carregar isso para fora? Poderíamos colocá-la na varanda de trás."

"Está de brincadeira? Eu cuido disso." Ele posicionou as mãos embaixo da grelha e a pegou sem muito esforço. Mais uma evidência de que ele era mais forte do que qualquer garoto de sua idade e do seu tamanho.

Passamos a hora seguinte esfregando a grelha com uma velha escova de arame que encontramos na cozinha. Sam acendeu a fogueira. Nick e Trev coletaram madeira na floresta que nos cercava. Ninguém mencionou por quanto tempo planejávamos ficar, mas a julgar pela lenha agora empilhada na varanda de trás, poderíamos sobreviver pelo menos uma semana sem ter de nos preocupar com calor. Ainda assim, a comida era um problema. Não tínhamos dinheiro nem mantimentos.

Nós nos reunimos na sala de estar para debater uma estratégia depois de anoitecer.

Sam permaneceu perto do fogo, os braços firmemente cruzados.

Ele ainda estava coberto de sujeira do cemitério. Até onde eu podia ver, não tínhamos água corrente para nos limparmos.

Cas se sentou no braço de uma das poltronas, um pé apoiado onde sua bunda deveria estar. "Ninguém achou dinheiro por aí por acaso, achou?"

Sam balançou a cabeça. "Se deixei algum, não seria fácil de encontrar. Isso pode levar algum tempo."

"Eu faria ponto na esquina para descolar um bife", disse Cas.

Não pude deixar de rir. "Quer saber? Você ficaria lotado de clientes."

Sua boca se esticou em um sorriso lascivo. "Se vier comigo, estaremos ricos pela manhã."

"Muito engraçadinho."

"Cas e eu vamos à cidade", disse Trev. "Veremos o que podemos arrumar."

"E o que eu devo fazer, chefe?" Em vez de se juntar a nós, Nick se recostou no batente da porta entre a sala de estar e a sala de jantar.

"Você fica de guarda."

Enquanto Sam explicava a Cas e a Trev os detalhes – que soavam bastante com um "roubem o que puderem carregar sem serem pegos", mas não nessas palavras, – fui verificar a cozinha.

Sam mencionara mais cedo que havia uma despensa, mas metade da comida estava vencida. Queria ver por mim mesma o que havia dentro dela. Não era como se eu tivesse outra coisa para fazer.

A despensa era um armário comprido enfiado embaixo da escada. Como vinha luz suficiente das janelas da cozinha, não precisei de uma lanterna para começar a fazer o inventário. Galões de água acompanhavam os rodapés. As prateleiras mais baixas estavam cheias de itens médicos e de emergência, com pilhas, fósforos e álcool antisséptico.

As outras prateleiras tinham grãos duros, feijões e massas. Havia sacolas seladas a vácuo com sal, açúcar e comida liofilizada. Caixas com leite em pó, misturas em pó para sopas e cereais.

Comecei a verificar as datas de validade. Os cereais e feijões tinham estragado fazia algum tempo, mas considerei que escaparíamos ilesos às massas e misturas de sopas.

Era típico de Sam estar preparado para tudo. A comida provavelmente sobreviveria a um apocalipse.

A porta escureceu atrás de mim. "Encontrou algo útil?", perguntou Sam.

Eu me virei e pressionei minhas costas contra a prateleira. "Sim."

Ele entrou comigo, e de repente a despensa não parecia mais tão grande. Pegou um saco de aveia em flocos, roçando meu braço no percurso. O calor ondulou de onde ele havia me tocado, embora não tivesse sido de propósito e houvesse camadas de roupas entre nós.

Eu me afastei para o lado, mas isso consumiu cada grama do meu autocontrole. "Já se lembrou de algo?", perguntei. "A casa parece familiar?"

Ele largou a aveia. "Está sendo difícil decifrar o que é real e o que é meramente sensação de *déjà vu.*"

"Trev diria que não existe isso, que é a mente relembrando algo do passado."

"Trev acha que existe um significado mais profundo em tudo."

"Pior que é." Juntei as mãos atrás de mim. "O que desencadeou o *déjà vu*?"

Eu só podia ver um lado de seu rosto na luz filtrada do dia enquanto ele me olhava. "Há um amassado na parede do outro lado da geladeira, como se algo tivesse batido ali." Rugas de preocupação percorreram sua testa. "Pensei que me lembraria de eu mesmo ter feito aquilo."

Dei um passo na direção dele. "Você se lembra de mais alguma coisa?"

A preocupação desapareceu, substituída por alguma outra emoção. Um momento de desconforto, ou apreensão, ou talvez os dois. "Não. Só isso." Ele se afastou do canto. "Estarei no andar de cima se precisar de mim", disse ele e escapou antes que eu pudesse perguntar algo mais.

Eu podia não ter a capacidade de ler Sam tão bem quanto ele me lia, mas o conhecia o suficiente para saber que havia um segredo ali, um que ele ainda não desejava compartilhar. E eu queria descobrir o que era.

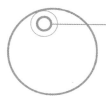

14

Não falei muito com Sam nos dias seguintes. Ele estava muito preocupado em virar a casa do avesso procurando pistas. Joguei muito 4 em Linha com Cas depois que encontramos o jogo enfiado em um armário da cozinha. Incrivelmente, embora não fosse geneticamente modificada para a grandeza, venci quase todas as partidas. Era provável que isso tivesse mais a ver com o fato de Cas não conseguir se concentrar em um jogo por tempo suficiente para traçar uma estratégia, mas percebi que tinha conseguido o que podia.

Trev e eu fizemos o inventário de alguns dos armários no primeiro andar e achamos um canto com romances empoeirados e cobertas comidas por traças. Eu não via muito Nick. Quando não estava cuidando do fogo ou coletando gravetos, estava ajudando Sam. Embora nem sempre concordassem, os dois trabalhavam bem juntos porque não perdiam tempo com papo furado.

Na nossa terceira tarde na cabana, em um dos quartos no andar de cima, deitei sobre a barriga ouvindo Trev ler passagens de O Compromisso do Duque. Ele estava recostado na cabeceira da cama, o livro aberto na mão esquerda. A capa mostrava uma garota em um vestido grande e fluido, envolta pelos braços de um duque pensativo de cabelos compridos.

Trev fez um som que era algo entre uma respiração e uma risada. "Você vai gostar dessa aqui."

"Vamos ouvi-la."

Ele lambeu os lábios. "'Ele tentou desesperadamente olhar para Margaret com uma expressão firme de desprezo, mas ela parecia tão vulnerável, tão triste diante dele, que ele foi até ela imediatamente. Eles se abraçaram, o peito dela arfando contra ele.'"

Rolei sobre as costas e ri. "Ó, Deus, não posso aguentar mais."

O livro foi fechado numa batida. Um segundo depois, Trev se ajeitou perto de mim. Ambos olhamos para o teto de tábuas largas. No andar debaixo, a fogueira crepitou e estalou quando alguém a cutucou. Cas, provavelmente. Até onde eu sabia, Nick e Sam se encontravam na garagem inspecionando o sótão.

"Alguma vez você imaginou que escaparia do laboratório?", perguntei.

Trev cruzou as mãos sobre o estômago. "Não do jeito que aconteceu. Às vezes pensava que você nos deixaria escapar. Nunca conseguia decidir se isso seria uma coisa boa ou ruim. Ruim para você, talvez."

A luz de citrino do sol brilhou pela janela e em seu rosto. Seus olhos pareciam brilhar quando me virei para ele. "Eu queria, se isso serve de consolo. Pensava nisso o tempo inteiro."

"Eu sei que sim."

Debrucei-me sobre o cotovelo. "Sério?"

"Sam estava trabalhando para chegar ao seu subconsciente. Soubesse você disso ou não. Tivesse ele intenção ou não. Se ele não tivesse planejado escapar, uma hora ou outra você faria isso. Por ele."

Fios longos do meu cabelo fizeram cócegas em meu braço quando pendurei a cabeça para trás.

"Por você também. Por todos vocês."

Ele sorriu quando me olhou, mas não procurei seus olhos. "Obrigado, mas acho que você está mentindo."

"Não estou." Peguei um fio solto no cobertor. "Então, quando essa situação toda passar, seja lá o que isso for, o que você acha que vai fazer?"

"Quer dizer, se eu tiver uma escolha?"

"Sim. Se pudesse fazer qualquer coisa."

Ele considerou a pergunta. "Bem, acho que gostaria de ir para Nova York. Quero estudar literatura em algum lugar, mas imagino que não ter identidade nem registros escolares possa ser um problema."

Eu tinha estado tão concentrada em Sam e no que minha vida seria sem ele que não tinha tirado um tempo para considerar como me sentiria ao também perder Trev. O sofrimento foi imediato, e premente. "Vou sentir sua falta, se for."

Ele sacudiu a mão, descartando a ideia. "Não vou a lugar nenhum. Não importa quanto eu queira."

"Sai dessa. Um dia você será livre. Só me prometa que não me deixará para sempre."

Houve uma longa pausa, e pensei que ele talvez não fosse me responder. Seus olhos brilhavam como se algum pensamento muito distante tivesse evocado emoções esquecidas. Contudo, ele piscou antes que eu pudesse perguntar a respeito, e o que quer que tenha estado lá desapareceu. "Eu prometo."

Caí sobre as costas de novo. "Acho que é assim que nos sentiríamos se fôssemos normais, se tivéssemos ido juntos à escola e estivéssemos prestes a ir para faculdades diferentes."

"Acho que sim."

"Você não tem uma citação para isso?"

Ele suspirou e fechou os olhos. "Não, mas queria ter."

Na nossa quarta manhã na cabana, Sam me chamou do lado de fora e me passou uma das pistolas que tinha roubado de um agente da Agência. Queria que eu aprendesse a usá-la caso precisássemos nos separar.

Eu não tinha pensado nisso nem *queria*. Se Connor me capturasse e me pressionasse por informações, eu provavelmente cederia fácil. Saber como manusear uma arma era uma boa ideia, mas será que algum dia eu teria coragem de usá-la? Por mais que não gostasse do Connor, não acho que o mataria. Não acho que conseguiria matar alguém, aliás. Ainda me sentia culpada por ajudar o Sam a matar aquele homem no jardim atrás da casa da fazenda.

"Você já usou uma arma?", perguntou Sam. Vestia um casaco antigo que tinha encontrado em um dos armários no dia anterior. Tinha cor de madeira cortada e coube nele perfeitamente. Quanto mais tempo passava desde a fuga do laboratório, mais ele se parecia com uma pessoa real e menos com algum experimento. Ele também estava incrivelmente perto; perto o suficiente para que minha nuca se arrepiasse cada vez que ele respirava.

"Nunca segurei uma arma", respondi. Ela não era tão pesada quanto imaginei que seria.

"Aqui." Ele pegou a arma de volta e apontou para um botão na lateral. "Pressione-o para soltar a câmara." Ele demonstrou, e o pente deslizou da armação. "Esse é o slide", prosseguiu, apontando para o topo da arma. "Puxe-o para trás para ter certeza de que a arma está vazia, ou para primeiro encaixar uma bala na câmara. Como ela é semiautomática, você só precisa fazer isso uma vez. Entendeu?"

Não. Mas não contaria isso a ele.

O sol se derramou sobre as copas das árvores, e eu olhei para a luz. Reajustei meu peso enquanto pegava a arma e carregava totalmente a câmara.

"Carregue o pente", Sam instruiu.

Empurrei o carregador para dentro, ouvi-o travar. Eu me atrapalhei com o slide no início, mas finalmente consegui usá-lo sem parecer muito desajeitada, e uma bala deslizou para dentro da câmara.

"Agora atire." Suas palavras pairaram entre nós em uma nuvem de ar denso.

Segurei a arma diante de mim e puxei o gatilho sem hesitar. Não queria que Sam pensasse que estava assustada. O recuo fez meus braços saltar para cima, me dando um susto. Endireitei os ombros e me preparei antes de disparar uma nova rodada, e depois outra. Não acertei nada, mas tudo bem. Eu não estava mirando. Não ainda.

Torrei rapidamente muito mais balas, esvaziando o pente.

"Isso é bom." Sam apontou para a arma. Eu queria continuar, aperfeiçoar minha mira, mas nosso suprimento de munição não era infinito. Entreguei a arma a ele.

"Como você sabe usar uma arma?", perguntei, repetindo a pergunta que ele não havia respondido poucos dias atrás.

Ele pegou um punhado de balas do bolso de seu casaco. "Há coisas das quais me lembro de fazer, ações físicas. Atirar com uma arma é uma delas. Dirigir é outra." Ele substituiu as balas que eu tinha usado. Plenamente carregada. Sempre pronto. "Idiomas estrangeiros, equações complicadas, marcar saídas, ler as pessoas."

Eu o segui pelos degraus até a varanda de trás. Ele segurou a porta aberta para mim e, depois que eu entrei, exalou de alívio por sair do frio. Nick tinha abastecido a fogueira de manhã e a cabana estava confortavelmente aconchegante.

"O que mais você pode fazer?", perguntei.

Sam colocou a arma na bancada, perto do saco de biscoitos recheados que Cas tinha pegado algumas noites atrás quando ele e Trev foram à cidade.

Trev estava sentado à mesa lendo uma história de faroeste que encontrara enfiado perto de *O Dilema do Duque*. As páginas mal se aguentavam na lombada. Ou ele estava procurando pistas ou estava extremamente entediado. Quando chegamos, ele nos olhou.

"Você vai contar a ela sobre os testes?", perguntou.

Eu me sentei perto dele, esfregando as mãos para me livrar da dormência. "Que testes?"

Sam se inclinou sobre o balcão que separava a cozinha da área de jantar. "No laboratório, fazíamos testes para descobrir o que conseguíamos fazer. Trev gerenciava os dados."

"Mas... meu pai inspecionava seus quartos a cada dois meses. Ele teria encontrado as anotações, não teria?"

Trev sorriu. "Fala sério, Anna. Olhe bem com quem você está falando."

Em um primeiro momento, fiz uma careta incerta do que ele queria dizer, mas então entendi. "Você memorizou os dados." Ele assentiu. Sabia que Trev era bom em decorar citações e poemas, mas memorizar resultados de pesquisa? Isso era muito mais impressionante.

"Então, o que descobriu?"

Uma tora estalou ao queimar na lareira. O atiçador foi arrastado contra o piso dela. Nick. Mais provavelmente nos ouvindo.

Sam e Trev se entreolharam de modo quase imperceptível antes de Trev responder. "Sam é o mais forte de todos nós. Cas tem as melhores habilidades motoras, mas a pior memória. Nick tem uma boa resistência, mas está longe de ser tão rápido quanto Sam..."

O atiçador de fogo bateu contra seu suporte. Nick definitivamente estava nos escutando. Perguntei-me onde estaria Cas, e então me lembrei de que tinha ido para a garagem bisbilhotar.

"Pelo visto eu tenho a melhor memória fotográfica", Trev continuou. "Uma memória boa de modo geral, na verdade. Todos nos lembramos de dirigir, atirar, usar alguma tecnologia. Às vezes, temos lampejos de outras lembranças, mas nada substancial."

Observei se Sam demonstraria alguma reação. Ele tivera um lampejo outro dia. Aquele não tinha sido o primeiro? Além de seu comentário sobre gostar de água, ele nunca havia mencionado memória alguma. Nenhum deles havia.

"As de Sam são as piores", disse Trev. "As recordações. É por isso que ele não dorme muito bem."

"Você nunca me contou...", me endireitei no meu assento. Todas aquelas noites em que eu entrava às escondidas no laboratório, Sam sempre estava acordado. "Por que não falou nada a respeito?"

Ele deu de ombros. "O que eu diria?"

"Se estava se lembrando de coisas, talvez isso significasse que sua memória estava voltando. Eu poderia tê-lo ajudado, ou talvez meu pai pudesse..."

"A menos que nossas memórias tenham sido deliberadamente arrancadas de nós", ele me cortou, repetindo a velha teoria compartilhada mais cedo. "Então mencioná-las apresentaria um risco ao programa, e eles teriam corrigido o problema."

E com "problema" ele se referia a si mesmo.

"Era muito ruim? Do que você se lembra? E os outros?"

Nick apareceu na porta. Todos os rapazes tinham encontrado roupas nos armários para se trocar por qualquer coisa que servisse neles. Enquanto tudo ficava bem em Sam, a camisa azul de Nick era pequena demais. Ele tinha os ombros mais largos do que os de Sam, e talvez fosse uns 3 ou 5 centímetros mais alto. A camisa estava aberta, revelando uma camiseta branca por baixo.

Alguma conversa silenciosa se passava entre eles. Sam passou a mão na barba escura e cerrada que cobria seu rosto antes de se virar. "Vou dar uma corrida."

Eu me balancei e fiquei de pé. "Justo agora? Mas..."

"Volto mais tarde", disse ele.

A porta bateu atrás dele e seus passos ecoaram escada abaixo. Eu me virei para Nick. "Por que vocês fizeram isso?"

Ele estalou a junta de um dos dedos. "Você acha que tem algum direito sobre as minhas memórias? Sobre a minha vida antes disso? Não tem."

Trev se levantou atrás de mim. "Anna, pare."

"Por que vocês me fazem parecer o vilão da história? Como se eu não pudesse guardar segredos ou algo do tipo."

Nick bufou. Sua expressão ficou rude. "E daí se pudesse? Você é a *filha* do *inimigo*. Nunca deveríamos ter trazido você, para começo de conversa."

Eu fui na direção dele, mesmo sem saber o que planejava fazer. Socá-lo? Arrancar os olhos dele? *Uma enterrada árdua dos dedões, não desista, mesmo se isso fizer você se contorcer.* Era o que meu instrutor costumava dizer.

Ainda bem que não chegamos a esse ponto. Trev se colocou entre nós. *Não,* dizia o olhar em seu rosto. *Vocês estão sendo ridículos.*

Eu bufei resignada enquanto Nick estalava outra junta dos dedos. A tensão no ar era palpável. Se não fosse por Trev, eu tinha quase certeza de que Nick teria brigado comigo.

E essa era uma briga que eu jamais venceria.

15

Naquela noite, após o jantar, escapei para um dos quartos com um lápis que peguei no fundo de uma gaveta. A sala virada para o leste tinha um banco de janela com uma velha almofada xadrez e um travesseiro solitário. Era suficiente.

Eu me enrolei por lá, esticando um cobertor de lã por cima do colo. O andar de cima era mais quente que o de baixo, mas perto da janela havia um frio leve. Abri o diário de minha mãe na próxima página em branco.

Em todo aquele tempo que passava no laboratório, lá em casa, eu me perguntava com frequência como seria o mundo do lado de fora, qual seria a sensação de desenhá-lo. Usar a página arrancada de uma revista como inspiração não era o mesmo que ver algo com meus próprios olhos. Cada lugar tem uma energia especial. Paisagens respiram. Árvores sussurram.

No laboratório, tinha me permitido fantasiar sobre deixar minha pequena cidade um dia, mas isso geralmente terminava de forma abrupta, a realidade me puxando de volta, de volta a Sam. Não seria a mesma coisa sem ele. Fora da casa na fazenda, eu tinha a sensação de que faltava algo. Como se houvesse peças de mim deixadas naquelas paredes do porão, ligadas a Sam e aos outros.

Agora que estava livre no mundo, com um lápis na mão, eu queria imortalizar o que sentia. Comecei a desenhar algo do cenário maravilhoso de Michigan, mas em poucos minutos percebi que minha mão tinha outras ideias. O esboço começou a tomar a forma de minha mãe. Eu só possuía uma foto dela, e tive de roubá-la do escritório de meu pai, mas reciclei a imagem em toneladas de desenhos.

Na fotografia, ela estava sentada à margem de um lago, um cobertor de lã esticado embaixo dela. Um lenço roxo escuro envolvia seu pescoço, e seu cabelo estava preso em um coque.

Eu havia analisado aquela imagem tantas vezes que a memorizara, incluindo até o ângulo das folhas penduradas nas árvores e a inclinação das sombras. Em um dos meus desenhos preferidos, havia copiado a foto com exatidão, mas me desenhara ao lado dela.

Não tinha me passado pela cabeça pegar aquele desenho antes de partirmos. Queria que tivesse.

Dessa vez, eu a desenhei no campo atrás da casa da fazenda, seu cabelo escuro pego no vento, a grama dividida em torno dela. Ela estava correndo para longe. Abandonando-me.

Por que havia me deixado?

"Anna?"

Eu me sobressaltei com o som da voz de Sam. Nem o havia ouvido entrar. Às vezes, desenhar desligava os meus outros sentidos. Era como se minha mão desenhasse com livre-arbítrio.

"Ei." Eu me reacomodei no banco ao pé da janela, enfiando as pernas debaixo de mim. "O que foi?"

Enquanto eu desenhava, o sol havia se posto, pintando os bosques além da cabana com vários tons de cinza. Além disso, a temperatura havia caído, e minhas mãos estavam duras, os dedos dormentes do frio que entrava furtivo pelo vidro.

Sam se sentou na outra ponta do banco, de frente para sala, as palmas das mãos na borda do banco. Em princípio, ele não disse nada, e pensei que poderia deduzir o que se passava por sua cabeça.

"Desculpe-me pela briga com Nick de manhã", disse eu. "Eu não queria gritar com ele..."

"Não vim aqui falar sobre o Nick."

Eu corri meu dedão pela borracha do lápis. "Não? Então, qual a razão?"

"Você sabe o nome dos medicamentos que seu pai nos dava? Os componentes dos tratamentos? Dosagens?"

Balancei a cabeça. "Nunca me permitiram ter acesso a essa parte do programa. Eu só trabalhava com os testes e os registros. Por quê?"

Ele suspirou e esfregou os olhos. "Não é nada. Só algo que eu vinha pensando em perguntar."

Ele se levantou do banco. Soltei o diário da minha mãe para correr atrás dele, encurralando-o na porta. "Conte-me, Sam. Por favor."

Assim que o olhei para valer, vi as olheiras embaixo de seus olhos, o brilho leve de suor na testa. "Você está com síndrome de abstinência, não está?" Estiquei-me para tocá-lo, dizendo a mim mesma que queria verificar se ele estava febril, mas era pelo fato de que eu queria tocá-lo, porque eu podia.

Ele se retesou. Eu congelei.

Só porque eu podia não significava que devesse. Recuei.

"E os outros?", perguntei.

"Dores de cabeça. Pequenos lampejos de memória. Suspeito que não sejam tão ruins quanto os meus. Ainda."

"Os lampejos de memória deles são importantes? Sobre a Agência? Ou sobre o que aconteceu antes do laboratório?"

"Não. Nada do tipo."

Eu queria dizer *"então do que se tratam?"*. Mas o aviso de Nick mais cedo, de que eu não tinha direito à informação, travou minha pergunta firmemente no lugar. Isso não era da minha conta, e, se os outros quisessem que eu soubesse, eles compartilhariam quando estivessem prontos.

Coloquei minhas mãos nos quadris enquanto pensava. "Se os seus sintomas de abstinência são piores, isso pode significar um monte de coisas. Pode ser que seus tratamentos fossem diferentes ou suas dosagens maiores. Ou que você receba tratamentos há mais tempo do que os outros."

Ele assentiu. "Ajudaria se eu soubesse qual o objetivo dos tratamentos, em primeiro lugar. Não acho que nos alteravam para um melhor desempenho – força, cura ou sentidos aprimorados. Nós nos testávamos todos os dias. Fossem quais fossem nossas capacidades extras, nós as possuímos desde o início, e elas nunca mudaram."

Algo fez barulho na cozinha. Um segundo depois, Cas disse: "Estou bem! Está tudo bem!"

"Você acha que as alterações *físicas* aconteceram de uma vez só", disse eu. "E que eles os tratavam para outra coisa?"

Ele tinha dito isso em nossa primeira noite fora do laboratório: *Se está tentando criar a arma definitiva, você não a tranca em um porão por cinco anos.*

Outra coisa quebrando. Nick gritou: "Mas que diabos?".

Sam passou por mim e foi para o corredor da escada. "É melhor eu ir lá verificar."

"Se descobrir mais alguma coisa, você me dirá? Ou se sentir mais sintomas?"

"Claro", disse ele, enquanto corria descendo os degraus.

Eu me curvei no banco da janela novamente, desejando ter descoberto mais informações em casa. Se tivesse olhado os tratamentos, teria algo a oferecer a ele agora. Eu deveria ter lido cada arquivo em que conseguisse por as mãos.

Se tivesse feito isso, talvez nem mesmo estivéssemos nessa confusão.

16

Naquela noite, acordei com um ruído abafado. Ergui-me até ficar sentada e vi Sam no outro lado do quarto, remexendo dentro de um dos armários embutidos. Não tinha ideia de que horas eram, mas, a julgar pela escuridão lá fora, ainda era cedo.

"O que você está fazendo?"

Sam ficou tenso. Eu o tinha assustado. Isso não era fácil de fazer, ele estava sempre alerta.

"Eu acordei e..." Ele parou, as mãos repousando na borda de uma das prateleiras internas. "Não sei... algo..."

Caminhei silenciosamente. "Uma memória antiga?"

"Talvez."

As cobertas e os lençóis de dentro do armário estavam empilhados no chão, junto com várias peças de roupas femininas. Peguei um top em cima da pilha. Senti o material cinza-carvão sedoso entre os dedos. Um plissado delicado adornava a gola. Também havia um jeans e algumas camisetas estruturadas na pilha. Eu não tinha pensado em olhar ali quando pedi o quarto para mim, deduzindo que se havia algo que valesse a pena, os rapazes já teriam pegado. Mas eles não haviam mencionado roupas femininas. Não que alguma dessas peças fosse servir, de qualquer modo. Elas ficariam muito pequenas.

"De quem são?"

Sam olhou sobre o ombro. "Não sei."

"Isso não é meio estranho? Quer dizer..." Tentei pensar em todas as razões para haver roupas femininas da moda no armário de Sam. O estilo não combinava com o que eu imaginava para a minha mãe, então nem considerei essa possibilidade. Elas eram para uma garota mais nova. Uma garota da minha idade.

Desci o top, meu peito apertado com algo parecido com ciúme, mesmo que não tivesse ideia de para quem direcioná-lo.

Sam enfiou a cabeça para dentro do armário e puxou algo na parte de trás. Um painel falso apareceu de repente. Ele permaneceu lá, o painel de madeira seguro em suas mãos, nós dois olhando para ele. Ele o apoiou contra a parede e procurou mais fundo.

Puxou uma caixa à prova de fogo, do mesmo tipo que desenterrara no cemitério, e se dirigiu para a escada.

Cas nos encontrou na plataforma. "O que está havendo?"

"Sam encontrou algo", disse eu.

Nick já estava fora do sofá quando cheguei ao primeiro andar. Ele me seguiu para a cozinha, arrepiando os cabelos da minha nuca. No momento em que Sam abriu a trava da caixa, estávamos todos reunidos em volta da mesa.

"O que houve?" Cas mudou seu peso de um pé para o outro. "Vamos logo! O suspense está me matando!"

Sam virou a caixa para que pudéssemos vê-la. Dentro dela havia um monte de coisas, mas o primeiro item que notei foi uma pilha de dinheiro. Notas de 20 e 50, agrupadas em tiras de 500 dólares. O total era de pelo menos 6.000 dólares.

"Puta merda", disse Cas com um assovio baixo. "Poderemos comprar comida. E cuecas."

Sam vasculhou a caixa. Passaportes. Carteiras de motorista. Todos pertenciam a Sam, mas eram de diferentes estados, tiradas com nomes diferentes. Bem no fundo da caixa havia um envelope. Sam abriu a borda e puxou um bilhete, juntamente com uma foto.

O bilhete trazia uma série de letras, nenhuma delas formando palavras coerentes. Sam o colocou de lado e pegou a velha foto nas mãos. A tinta havia esmaecido com o tempo. Eu me aproximei.

Havia duas pessoas na foto, de pé na frente de um bosque de bétulas. A garota tinha por volta da minha idade, seu cabelo era da cor de castanhas. Estava solto sobre seus ombros em ondas grossas. Ela estava agarrada ao rapaz ao lado dela, os olhos vidrados nele e somente nele.

O garoto na foto era Sam.

"Uau, Sammy", disse Cas, "penteado incrível." Cas passou a foto para Trev. Tínhamos ido para a sala de estar, a única fonte de luz sendo o brilho cor de âmbar do fogo. Sam se manteve de costas para nós enquanto olhava para fora, pela janela frontal.

Eu me curvei na dobra do sofá, tentando esquecer a garota na foto e estava incapaz de pensar em qualquer outra coisa. Quem quer que ela fosse, tinha passado tempo com Sam nessa casa. As roupas no andar de cima provavelmente eram dela. O que mais teria deixado para trás? Será que Sam tinha *flashbacks* com ela?

A inveja se apoderou do meu peito e não consegui me livrar dela. Ela conhecia Sam. O *verdadeiro* Sam.

Mesmo de perfil, era possível dizer que a garota era bonita. Sardas pontilhavam suas bochechas. Perto de Sam, ela parecia uma bailarina magra, como se ele pudesse carregá-la em seus braços sem nenhum esforço.

E Sam estava sorrindo na foto. Sam quase nunca sorria.

"Então, o que significa tudo isso?", perguntou Trev.

Sam levantou o bilhete, examinando-o. "Acho que isso é um criptograma. Vou levar algum tempo para decifrá-lo. Quanto à imagem, não sei."

Nick olhou a foto apenas de relance antes de Trev devolvê-la a mim. Eu a examinei novamente. A garota vestia um jeans com corte justo e botas marrons de couro de cano alto. Um suéter roxo a deixava ainda mais magra. Sam vestia jeans e uma camisa cinza de botão, o tipo de flanela usada por operários. O "penteado" não estava lá muito penteado, já que era uma bagunça de pontas escuras.

Havia um trator velho no canto esquerdo da foto, e, mais para trás, duas vacas malhadas pastando em um campo. Sam parecia exatamente o mesmo, exceto por algumas características físicas superficiais, como o cabelo e o rosto barbeado. Ele não havia envelhecido muito desde que a foto fora tirada, o que significava que devia ter entrado no programa pouco tempo depois.

Havia algo mais que me soava familiar, mas não consegui identificar o quê. Se não conhecesse tão bem a tatuagem da bétula de Sam, diria que ela ecoava na foto, mas a posição das árvores em suas costas não correspondia ao lugar das árvores na imagem.

"Marque-a como outra pista deste mistério cada vez maior", Nick murmurou enquanto jogava uma tora no fogo.

"Acho que estamos chegando mais perto", disse Trev.

Eu pensava o mesmo. Mas e se no final dessa caçada encontrássemos a garota? Sam se lembraria dela assim que ficassem frente a frente? Se eles tinham sido apaixonados, ele se apaixonaria *novamente*?

Balancei a foto no ar. "Você se lembra de alguma coisa a respeito dessa garota?"

Sam se afastou da janela. "Não."

A preocupação se dissipou. Talvez a imagem fosse simplesmente uma recordação.

Talvez nem estivessem mais juntos quando Sam entrou para a Agência.

Talvez.

Ou talvez ela estivesse lá fora em algum lugar, procurando por ele.

17

Achei que seria praticamente impossível me acalmar o suficiente para me deitar novamente, mas consegui dormir mais algumas horas. Quando me levantei, fui para o banheiro antes de descer. Precisava desesperadamente de uma chuveirada, algo diferente dos banhos com esponja que vinha tomando. Talvez, agora que tínhamos dinheiro, pudéssemos comprar combustível para o gerador. Eu poderia até cozinhar uma refeição de verdade.

Um dos rapazes tinha colocado uma vela na penteadeira e eu acendi o pavio, a chama pulsando. Analisei meu reflexo no espelho coberto de pó e me encolhi. A pele embaixo dos meus olhos cor de mel estava parecendo carvão molhado, e as poucas sardas que eu tinha pareciam manchas lamacentas na ponta do nariz. Em apenas alguns dias minha tez estava acabada. Eu não tinha trazido nenhum dos meus produtos de pele e já sofria por causa disso.

Eu havia verificado o banheiro assim que chegamos, mas o olhei de novo, pensando que talvez tivesse deixado passar algo. Além disso, agora estava desesperada. Na primeira gaveta, encontrei uma escova de dente antiga. Não estava *tão* desesperada assim. Na segunda gaveta, peguei uma escova de cabelo e uma pilha de elásticos de cabelo. Eu já havia usado alguns, mas agora sabia por que estavam aqui.

Vasculhando a pilha, encontrei um laço na parte inferior com um longo cabelo enrolado em torno dele, como se tivesse ficado preso quando a dona desfez seu rabo de cavalo.

Mais uma evidência de que uma garota tinha vivido aqui. Joguei o elástico na lixeira e peguei um novo.

Prendi o cabelo o melhor que pude, tentando não pensar *nela* enquanto usava a escova de cabelo misteriosa. No andar de baixo, encontrei Sam e Cas na cozinha, dividindo uma caixa de cereais.

Os rapazes pararam de mastigar e olharam para mim.

"Que foi?", perguntei.

Cas riu em silêncio. "Nada. É que sua aparência está péssima."

Fiquei totalmente envergonhada.

"Vamos fazer compras hoje", disse Sam, passando a caixa de cereais para Cas. "Conseguiremos combustível para o gerador, e roupas que caibam melhor. Quero comprar alguns celulares também."

"Excelente." Cas ergueu a caixa de cereais e se serviu diretamente na boca. Falou enquanto mastigava. "Eu poderia usar um par de tênis novos. Nikes. Aqueles néons. Vejo-os o tempo inteiro na televisão, e quero-os para mim."

"Bem, eles não farão você correr mais rápido nem parecer mais descolado, se é o que deseja", disse eu, tentando recuperar parte da minha dignidade, mesmo que jogando sujo.

"Ui!" Cas franziu o rosto em uma angústia fingida. "Tão rude."

Peguei um punhado de cereais da caixa enquanto Sam passava rapidamente por mim. Eu o vi ir embora.

"Trev?", ele o chamou. "Coloque as armas em uma sacola. Sairemos em breve."

"Por que estamos ensacando as armas?", Nick falou da sala de estar.

"Para o caso de não podermos voltar." Sam voltou para a cozinha e pegou seu casaco no gancho. "Temos de levar tudo de que precisamos para nos proteger, e não quero todo mundo correndo para lá e para cá carregando coisas."

Dez minutos depois, estávamos na estrada, o diário de minha mãe enfiado perto do meu assento. Seguimos por cerca de uma hora até chegarmos a uma cidade maior. Sam estacionou em frente a um restaurante de rede conhecido por seu bufê. É claro que a ideia do bufê tinha sido de Cas, mas, em segredo, eu também mal podia esperar. Fazia uma eternidade desde que eu comera uma refeição de verdade, e decidir só por uma coisa parecia impossível.

Lá dentro, pude sentir o cheiro de todo o tipo de comidas recém-preparadas. Pizza. Frango frito. Bolo de chocolate. Não sabia por onde começar.

Nenhum de nós disse uma palavra pelos primeiros dez minutos da refeição. Vínhamos subsistindo de comida velha tirada de pacotes, e era legal finalmente comer algo saudável.

Quando os rapazes se levantaram para uma segunda rodada, driblei o bufê de almoço e fui para a seção de sobremesas, onde vi um monte de coisas de chocolate. Peguei um brownie recheado e voltei para meu lugar.

Sam tinha abdicado do segundo prato. Em vez de comer, segurava um pedaço de papel encontrado na caixa à prova de fogo, analisando-o.

Quando me viu, ficou de pé, permitindo que eu passasse pela frente dele. "Já decifrou a mensagem?", perguntei.

Ele empurrou o prato vazio de lado quando a garçonete veio limpar a mesa. Ela era miúda, com cabelo cor de canela amarrado em um rabo de cavalo reluzente. Olhou para Sam com um olhar ao mesmo tempo avaliador e faminto. Eu me aproximei um pouco dele, fingindo olhar o bilhete, meu *brownie* quase esquecido.

Sam agradeceu à garçonete enquanto ela se afastava. Não me mexi, embora devesse, mesmo sabendo que estávamos mais próximos do que o estritamente necessário.

Quando o joelho dele bateu no meu, um arrepio de prazer percorreu minha espinha e abriu caminho até meu crânio. Ele cheirava a fumaça de madeira e sabonete Ivory. Eu estava perto, mas queria ficar mais perto. Queria pressionar minha silhueta contra a dele.

"Purê de batata!", gritou Cas enquanto se sentava no banco. "Carne assada. Pãezinhos. O paraíso."

Eu deslizei para trás, notando um olhar perceptivo de Trev quando assumiu seu lugar perto de Cas.

"Alguma ideia do que a mensagem diz?", perguntou Trev, cortando seu frango em pedaços organizados do tamanho de uma mordida.

Sam terminou o restante da água gelada. "Acho que é uma cifra de César."

"O que é isso?", perguntei.

"É um modo de codificar mensagens", disse Trev. "Júlio César o usava quando precisava se comunicar com seus generais. Para decifrá-lo, você avança as letras do alfabeto em três espaços. Então o *A* se torna um *D*, e o *B* se torna um *E*, e assim por diante."

"Isso funciona nessa mensagem?"

Sam balançou a cabeça.

Cas, já tendo limpado metade do prato, ergueu a cabeça por um momento brevíssimo. "Sammy não usaria o modo óbvio para codificá-lo."

"Nós descobriremos", Trev concluiu.

Nick finalmente se reuniu a nós, carregando um prato cheio de vegetais. "Por que temos de decifrá-lo? Para mim, está ótimo ficar na casa de campo." Sam disparou um olhar para Nick, que enrijeceu visivelmente. "O quê?", disse Nick, inclinando-se mais para perto. "Remexer nessa droga só vai tornar as coisas piores. Você sabe disso, não sabe?"

Sam não disse nada.

"Você acha que isso tem algo a ver com as cicatrizes de letras?", perguntei, tentando acalmar a situação.

"Já tentei", disse Sam, quando ele e Nick pararam de se encarar.

Quando deixamos o restaurante, cruzamos o estacionamento até o enorme Shopping Cook Towne. Nossa primeira parada foi na R&J Celulares, onde Sam comprou dois celulares pré-pagos. Trev pegou um telefone, Sam o outro. Nós nos dividimos. Cas e Trev se dirigiram a uma loja de artigos esportivos, enquanto Nick desaparecia em uma livraria-café, murmurando algo sobre precisar de cafeína mais do que de jeans.

Sam e eu fomos para uma das lojas de roupas da moda que ficava entre a livraria e uma loja chique de velas.

"O que posso levar, exatamente?", perguntei.

Pela primeira vez desde que deixáramos o laboratório, Sam parecia extremamente desconfortável. Mantinha as mãos penduradas em punhos soltos ao seu lado, como se não estivesse certo do que fazer consigo. Seus olhos espiavam em volta, marcando as saídas, embora eu me perguntasse se ele pensava em escapar de ameaças potenciais ou de experimentar um jeans.

"Pode pegar o que quiser", disse ele, e então desapareceu atrás de um trilho de camisetas.

Eu fui para a seção de jeans e procurei entre os tamanhos até encontrar um corte de que eu gostasse. Passei por uma parede de saias compridas e vestidos suéteres, chegando ao lado de um expositor de lenços de lã. Um lenço roxo vibrante chamou minha atenção e eu parei, pensando na foto de minha mãe. Na foto, ela usava um lenço muito parecido com esse. Com o detalhe de que o dela não era de lã, ou pelo menos eu não achava que era. O dela era feito de um material brilhante que flutuava em dobras onduladas em torno do pescoço.

A saudade de casa me dominou, engolindo-me por inteiro. Toquei no material do lenço, pensando em todas as coisas que compunham minha vida antiga, e em quanto dessa vida era verdade. Minha mãe. Meu pai. Minha casa. O laboratório.

Se encontrasse minha mãe no final dessa jornada, o que faria? Temia o que o reencontro poderia revelar. Temia o que sentiria quando percebesse que meu pai realmente tinha mentido para mim.

Peguei algumas camisas de manga comprida, e por impulso peguei o lenço também. No meu caminho para o provador, fui até Sam. Ele tinha tirado sua jaqueta e se ajeitado em um casaco novo. Feito de uma lona preta grossa, com um zíper na frente e uma fileira de botões para dobrá-lo, parecia mais com ele do que qualquer coisa que eu o vira usar até hoje. A calça cinza e a camiseta branca que ele vestia no laboratório nunca lhe tinham feito justiça.

"Vai levar essa?", perguntei.

Ele endireitou a gola. "Não sei. Tenho um casaco, mas esse parece mais prático. É mais grosso, porém mais leve. Fácil de correr com ele."

"E é lindo."

Seu olhar correu até o meu. Uma pergunta pairava entre nós. *O que você está fazendo, Anna?* Estava andando perigosamente perto de uma linha que sabia que não deveria cruzar. Uma linha que Sam tinha construído com tijolos e cimento. E placas de MANTENHA DISTÂNCIA.

Recue!, gritou a voz na minha cabeça. *E rápido.*

Levantei minha pilha de roupas. "Vou experimentar essas daqui", falei e corri para o provador.

Do lado de dentro, pendurei os itens nos ganchos na parede e censurei meu reflexo no espelho de corpo inteiro. Minhas bochechas estavam rosa por um restinho de vergonha. *Chega de flertes mal disfarçados*, disse a mim mesma. *Chega de cobiçar Sam. Chega.*

Tirei minha calça jeans e deslizei para dentro de uma nova. A boca de sino arrastou no chão, então tentei a próxima com corte para bota. Ela coube perfeitamente. Repassei as exigências listadas por Sam. Leve. Resistente. Fácil de correr com ela, caso necessário.

Olhei para mim, perguntando-me quem era aquela garota, aquela comprando jeans de acordo com o modo como deveria se mover nele. Minha vida tinha mudado tão drasticamente em poucos dias.

Continuei vestida com a calça nova, torcendo para a vendedora aceitar somente a etiqueta no caixa. Enquanto tirava minha camisa, ouvi um atendente do provador cumprimentar um cliente: "Oi. Quantas... Ei, você não pode..."

"Tome isso", ouvi Sam dizer. "Se um homem aparecer e perguntar sobre um garoto e uma garota, nunca estivemos aqui."

"Cara, não sei...", disse o atendente.

"Anna?", Sam chamou. "Abra a porta."

"O quê?" Eu estava sem camisa, de pé, vestindo um jeans e um sutiã verde-claro.

"Agora, Anna!"

Eu o deixei entrar. Ele bateu a porta e me empurrou para o canto oposto da cabine. Pressionou um dedo nos meus lábios e sussurrou. "Shhhhh."

Consegui assentir enquanto os olhos dele baixavam, vendo meu sutiã e mais nada. Borboletas alucinadas voaram em meu estômago. Eu podia ouvir meu coração bater na cabeça e imaginava se Sam podia ouvi-lo também, se podia sentir o que eu sentia. Seus olhos se moveram de novo para minha boca. Quando recolheu o dedo, não havia mais nada entre nós. Eu lambi os lábios. Minha respiração tremulou impotente por trás dos meus dentes.

"Posso ajudá-lo em alguma coisa?" A voz do atendente ecoou pela área dos provadores.

Uma voz profunda respondeu, uma que não reconheci. "Estou procurando dois jovens, um homem e uma mulher. Eles têm essa aparência."

Sam se inclinou para perto de mim, trazendo com ele o cheiro de lona nova. Sua respiração tocou a curva do meu pescoço, provocando um arrepio na minha espinha.

"Sabe de uma coisa", disse o atendente, "acho que os vi."

"Onde?", perguntou o homem.

"Hm..." O atendente arrastou os pés. "Estiveram aqui há cerca de 15 minutos."

"Se os vir novamente", disse o homem, "ligue para este número."

"Sim. Claro."

Os sapatos do agente rangeram sobre o chão polido enquanto ele partia. Sam recuou, e um frio doloroso preencheu o espaço que ele deixou para trás. Peguei uma camisa e a vesti, querendo fugir antes que o agente voltasse.

"Ei", disse o atendente atrás da porta, "ele foi embora."

De ombros rígidos, Sam evitou olhar para mim ao perguntar: "As roupas ficaram boas?".

No espelho, vi que estava corada. Se Sam não sabia o que eu sentia por ele antes, certamente sabia agora. Eu tinha sido estúpida de permitir que ele me afetasse. Estúpida de desejar que isso tivesse ido além. "O quê? Sim. Ficaram boas."

"Então precisamos partir."

De mãos trêmulas, calcei os sapatos enquanto Sam abria a porta. O atendente esperou do outro lado, olhos arregalados, suor brotando de sua testa. "Nossa, que tenso. Não sei se posso aceitar isso." Sam estendeu algumas notas de 20 dólares.

"Fique com você. E vamos levar esses jeans, uma camiseta e um casaco. Acho que isso deve cobrir os gastos." Ele passou um pequeno maço de notas.

"Não, isso é muito."

"O que sobrar é seu."

Sam pôs a cabeça para fora da saída dos provadores, verificando a loja. Agarrou minha mão, entrelaçando os dedos nos meus. "Só corra se vir um deles, mas caminhe rápido. Direto para a entrada da loja. Vamos virar à direita quando chegarmos ao saguão do shopping."

"Certo", disse eu, enquanto ele me puxava de nosso esconderijo.

Minha boca ficou seca assim que alcançamos a parte principal do shopping. Todos se pareciam com um homem da Agência. Cada celular parecia a coronha de uma arma. Pisquei para limpar a turbidez que borrava minha visão.

Sam chamou Trev no celular. "Nos encontre na praça de alimentação. Eles estão aqui." Ele desligou e guardou o celular no bolso da jaqueta.

Fomos rapidamente arrastados pelo movimento da multidão. Quanto mais perto da praça de alimentação, mais eu torcia para termos despistado os agentes. Se houvesse apenas um ou dois homens, seria praticamente impossível que nos identificassem.

Mas, quando contornamos a área infantil, eu congelei ao ver um rosto familiar de expressão séria vestindo seu terno justo azul-marinho.

"Sam." Eu o puxei de volta.

O homem olhou para cima e fixou os olhos em mim.

Riley tinha nos encontrado.

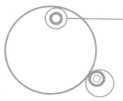

18

"Parem eles!", gritou Riley.

O comando teve o efeito oposto. A multidão se dividiu. As pessoas se espremeram contra as frentes de loja, vitrines e paredes, como se fôssemos contagiosos. Gritos e arquejos ecoaram ao nosso redor. Um segundo agente correu em nossa direção, arma à mostra.

Sam cortou para a esquerda. Curiosos se agruparam no corredor do shopping, gravando vídeos de nossa fuga em seus celulares. Uma porta bateu fechando uma loja de velas. O espaço no corredor diminuiu.

Entramos correndo em uma loja de roupas. Golpeei a borda de um expositor, derrubando-o. Camisetas regata se espalharam por todo lado. Perdi o pique. O agente, um homem que eu não conhecia, apontou a arma para mim. Com os dentes rangendo e os lábios franzidos, ele posicionou o dedo no gatilho.

Sam agarrou o meu pulso e me puxou de volta. Nós corremos. Esquerda. Direita. Voando pelos displays, em torno das pessoas, ofegando, tremendo.

Meus joelhos estavam dormentes, eu me sentia como se corresse abastecida por restos de adrenalina e nada mais.

Sam nos guiou até uma área de serviços e abriu seu caminho por uma saída de emergência. Um alarme emitiu um som agudo acima de nós. A luz do dia me cegou momentaneamente. Saímos em um beco cercado por caçambas de lixo e mercadorias quebradas.

Tínhamos acabado de tomar a direção do estacionamento quando uma arma engatilhou e Riley nos parou.

"Vocês causaram um bocado de problemas", disse ele, ofegando, enquanto seu parceiro aparecia vindo da saída.

Eu sabia que Sam tinha uma arma escondida por baixo do casaco novo, mas ainda não a tinha alcançado, e me perguntei se ele gostaria de tirar Riley de combate com as próprias mãos.

"Braços para trás das costas", ordenou Riley, apontando a arma para mim, "ou atirarei nela."

Sam me empurrou para trás dele. "Vai ter de passar por mim primeiro."

Engoli o ar fresco, tentando refrescar a ardência em meus pulmões, relaxar a tensão das minhas entranhas.

"Tudo bem", disse Riley, apontando a arma para Sam. Sam se lançou na direção de Riley e disparou um chute, forçando o joelho de Riley a se dobrar de um jeito anormal. Algo estalou. Riley gritou enquanto Sam envolvia a arma com uma das mãos e o pulso dele com a outra.

O segundo agente correu na minha direção.

Procurei uma arma no beco. Algumas caixas de papelão estavam rasgadas e empilhadas atrás de uma loja. Engradados de plásticos se amontoavam perto de uma lixeira. Urnas quebradas de jardim repousavam de lado atrás da loja de produtos para o lar. Aquilo era o mais perto de uma arma que eu conseguiria.

Corri, peguei velocidade demais e derrapei pelo concreto rochoso quando tentei parar. Caí sobre uma perna, deslizando pelo chão, o cascalho machucando através do jeans da calça. Estendi a mão na direção das urnas, pegando um pedaço de gesso quebrado.

O homem me agarrou pelo tornozelo e me puxou para lá e para cá. Riley gritou algo atrás de nós. Inclinei-me para trás sobre minha mão livre e chutei com a outra perna, pegando-o no rim. Ele se curvou. Fiquei de pé rapidamente e desci o pedaço da urna, batendo na parte de trás da cabeça dele. A carne se abriu e o sangue gorgolejou como água de nascente enquanto ele caía no chão.

Sam acertou Riley com um soco direto no queixo. Riley voou para trás, colidindo com a caçamba de lixo. Sam foi imediatamente para cima dele outra vez. Ele agarrou um chumaço de cabelo com a mão esquerda e acertou Riley com a direita.

Riley ficou mole. Sam apontou a arma para ele.

"Não! Não faça isso. Por favor."

Sam olhou por cima do ombro. "Anna", disse ele, fazendo meu nome soar como um suspiro desesperado.

"Por favor."

"Por quê?"

"Não sei." Eu conhecia o Riley pessoalmente, e, embora ele estivesse pronto para tirar *minha* vida, não sei se *eu* estava disposta a cruzar essa linha.

"Por favor", disse novamente, "não faça isso."

Sam abaixou a arma. "Reviste ele." Ele indicou com a cabeça o homem atrás de mim. "Identidade. Chaves. Armas."

Verifiquei os bolsos do homem, vendo seu peito arfar. Encontrei uma carteira, um conjunto de braçadeiras plásticas e chaves. Passei os itens para Sam. Ele tinha pegado os pertences do Riley também, e jogou tudo em uma das caçambas próximas.

Corremos em frente, e Sam diminuiu o ritmo enquanto ligava para os outros. "Vocês estão bem? Tivemos de recuar." Ele fez uma pausa. "Encontre-me no carro."

Para mim, ele disse: "Você está bem? Consegue continuar andando?"

Eu assenti, embora correr fosse a última coisa que eu quisesse fazer. Não era tão determinada quanto Sam. Não podia lutar contra pessoas, pessoas que eu conhecia e em quem pensava confiar, e continuar andando. Não podia enterrar todas essas coisas e fingir que alguma parte disso era aceitável. Riley tinha apontado uma arma para mim. Connor teria feito o mesmo? E papai? O que teria feito se estivesse aqui?

"Estou bem", disse eu. Porque era o Sam. Eu queria provar que conseguiria resistir ao lado dele quando as coisas ficassem ruins.

Quando cruzamos o estacionamento em frente à livraria, um carro cinza guinchou. A borracha queimou contra a calçada enquanto o carro virava em nossa direção.

"Aquele é..."

"Vá." Sam me empurrou na direção do jipe.

O sedan cinza cortou à esquerda, correndo pelo estacionamento, paralelo a nós. Os outros rapazes vieram depressa da loja de produtos esportivos à minha direita. Nós convergimos, Cas na minha frente, Trev ao meu lado, Sam e Nick atrás de mim. Tentei contar minhas respirações, controlar a tensão nos meus pulmões.

O sedan voou pelo corredor do estacionamento enquanto corríamos por ele. Nosso veículo estava a três fileiras de distância. Não iríamos conseguir.

Freios gritaram atrás de nós. Olhei para trás, mas Nick me impulsionou adiante. Passos barulhentos nos perseguiam. Cas chegou primeiro ao jipe. Sam jogou as chaves para ele, e Cas as agarrou no ar antes de deslizar para trás do volante. Trev abriu à força a maçaneta da porta traseira. Nick correu para o banco do carona.

"Pegue a garota primeiro!", alguém gritou.

Minha garganta se fechou. Os passos se aproximaram enquanto Sam contornou para o outro lado do jipe. Eu escalei para dentro. Trev tateou atrapalhado atrás de mim. Uma mão serpenteou no último segundo e eu gritei quando um dos agentes enredou os dedos no meu cabelo, puxando-me de volta. Sam agarrou meu braço, em volta do punho.

"Anda logo! Anda logo", gritou Nick.

Cas pôs o veículo em movimento.

Minha cabeça parecia estar pegando fogo, o cabelo sendo arrancado do couro cabeludo.

Trev suspendeu a sacola de armas no chão e a lançou contra o agente. A sacola o acertou e ele afrouxou a pegada e se desequilibrou. Tropeçou para trás. Cas pisou firme no acelerador e o veículo disparou para a frente. Trev bateu a porta, fechando-a.

"Seu idiota!", gritou Nick. "Você perdeu as armas!"

"Eles estavam com a Anna!", Trev gritou de volta. "Era a única coisa por perto."

Bloqueei a discussão enquanto Sam me puxava na sua direção, colocando-me próxima a ele ao seu lado. O medo sobrepujou a dor na minha perna e na minha cabeça.

Cinco minutos antes, ele tinha me perguntado se eu estava bem. Cinco minutos antes, a resposta real seria não. Mas tínhamos escapado por pouco de sermos capturados, e nessa nova vida isso soava como um sucesso.

Eu estava bem? Tão bem quanto possível. E aqui, tão perto dele, sentindo o peito dele arfar, eu me sentia segura. Estava absurdamente agradecida e aliviada de estar aqui, com ele, e de não ter sido deixada para trás no estacionamento com os homens de Connor. Eles não eram os mocinhos como eu pensava, como meu pai tinha me ensinado. Connor, Riley, a Agência. Como podia ter sido tão estúpida de confiar neles?

"Obrigada", disse a Sam e a Trev, as palavras saindo abafadas.

"Não teríamos partido sem você", disse Sam.

E eu acreditei nele.

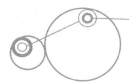

19

Durante a hora que levou para alcançarmos a cabana, Sam não se moveu. Eu cheguei mais perto, encontrando um nicho confortável na curva de seu braço. Sua mão direita estava espalmada sobre a perna, e eu segui a curva de seus longos dedos com meus olhos, as arestas pontudas de suas juntas, imaginando qual seria a sensação de ter sua mão na minha. Queria-o para me ancorar no mundo real. Sentia-me desconectada de tudo.

As palavras *isso está acontecendo?* continuavam a espiralar pela minha cabeça.

Eu sempre tive tanta certeza do papel de Sam e da minha vida no laboratório. Talvez tenha passado cada dia desejando-o, querendo sua atenção e afeto, mas sabia que aquela parede de vidro nunca se moveria.

Agora aqui estava eu, pressionada nele novamente, e estava tendo dificuldade para separar como me sentia sobre o Sam do passado e o Sam do presente. Eles eram a mesma pessoa, obviamente, mas gostar do Sam do meu passado era seguro. Gostar do Sam de agora, não.

Ele podia escapar de uma sala trancada com apenas canudos e fita. Tinha matado pessoas na minha frente. Como eu poderia nutrir sentimentos por alguém assim? E, se nutrisse, o que isso diria a meu respeito?

Cas entrou na calçada da garagem e parou. Sam abriu a porta e saiu. Senti falta dele imediatamente. Nick saiu logo atrás dele.

"O que vocês estão fazendo?", perguntei.

Cas batucou os dedos no volante. "Verificando a casa."

Certo. Eu não tinha pensado nisso. Se Riley tinha nos encontrado no shopping, quanto tempo levaria para encontrar a cabana?

Vi Sam desaparecer nos bosques à direita da garagem. Em um minuto ele estava lá, esgueirando-se pelas árvores, e no outro tinha partido.

Senti-me como se tivesse prendido a respiração o tempo inteiro. Quando o celular de Trev tocou no seu bolso uns minutos depois, estremeci de surpresa.

"Tudo limpo?", perguntou Trev. "Tudo." Ele encerrou a ligação, então guardou o telefone de volta. "Estamos seguros."

Respirei aliviada.

Graças a Nick, o fogo já estava crepitando quando entramos na casa. Eu me sentei em uma das poltronas, colocando as pernas embaixo de mim. A sensação de calor era boa, mas fez minha perna arranhada queimar ainda mais. Ela não estava muito ruim em matéria de arranhões, mas ainda incomodava. Além disso, meu jeans novo já estava arruinado.

"Vamos falar de armas", disse Nick assim que nos agrupamos na sala de estar.

A sala ficou glacialmente silenciosa. Senti o desejo irrefreável de me enfiar em um canto, longe dos outros. Isso em parte porque as armas tinham sido perdidas por minha causa.

Sam encostou um ombro na parede perto das janelas, os olhos desanimados. "Não podemos seguir sem armas. Sei que você estava protegendo a Anna", disse para Trev, "mas isso nos deixou vulneráveis."

Trev coçou a parte de trás da cabeça. "Desculpe-me. Foi a primeira e única coisa que eu vi para usar."

Nick se levantou com toda sua altura de mais de 1,80 metro. "Que tal abrir a porcaria da bolsa e, sei lá, usar uma das armas!"

"Ei, parem com isso." Cas se enfiou no meio da discussão, braços estendidos, como se quisesse manter Nick para trás, apesar dos dez centímetros de diferença. "Podemos conseguir mais armas. Certo, Sammy?"

Todo mundo se virou para Sam e seus ombros baixaram uns centímetros. "Sim, mas isso não está no orçamento, e sair por aí perguntando sobre armas só chamará mais atenção."

"Temos um orçamento?", perguntei. Os rapazes me ignoraram.

Cas apontou para Sam com uma rápida elevação do queixo. "Quantas balas nós temos?"

Sam era o único com uma arma agora. Ele a pegou sob seu casaco novo e removeu o pente. "Um cartucho completo de dez."

"Não nos levará muito longe", disse Nick. Alguns cachos rebeldes saíram de trás de suas orelhas. Não era justo ele poder ter uma aparência tão boa tanto tempo depois de tomar seu último banho. Ele tinha aquele tipo perfeito de cabelo ondulado quase encaracolado que parecia apresentável mesmo sem lavar. Em silêncio, eu me perguntei se ele estava desesperado sem o seu xampu orgânico. Desejei que sim.

Trev esfregou o rosto com as mãos. "Desculpe se joguei as armas fora, mas armas eram um risco, de qualquer modo. Podemos nos virar sem elas."

"Não seja um idiota." Nick se levantou, apoiando uma mão na cornija da lareira. "Não podemos seguir sem armas. De jeito nenhum."

"E agora, então?", disse Cas.

Sam se afastou da parede. "Agora vamos procurar algumas armas."

A caminho da parte mais pobre de Whittier, nós nos mantivemos nas estradas secundárias, para o caso de Riley ou Connor estar por perto. Ficar tão próximo da cidade onde haviam nos encontrado era perigoso. Era só uma questão de tempo até termos de partir, e eu tinha pavor da ideia. Gostava da casa de campo de Sam.

Sam estacionou em frente a uma floricultura vazia e saiu. Todos o seguiram, menos eu. Eles se agruparam na frente do veículo, suas vozes sussurradas e urgentes. Dividiram-se poucos minutos depois, e Sam veio para a porta do lado do passageiro. Eu a abri.

"E aí, aonde vamos?"

"*Nós* não vamos a lugar algum. Você ficará com o Cas."

Cas inclinou a cabeça para o lado e me lançou um olhar inocente. "Votaram em você como minha babá. Desculpe por isso."

Eu bufei, ciente de que era exatamente o contrário. Entretanto, melhor ele do que Nick.

Depois que os outros partiram seguindo o chamado de um rock alto até o bar que o tocava, Cas se virou para mim. "Sou seu por 60 longos minutos. O que me diz de nos conhecermos melhor?"

Torci a boca. "Muito engraçado."

"Brincadeira." Ele riu, o som me lembrando de tantos momentos compartilhados no porão, de Cas me provocando do outro lado de sua parede de vidro. Ele era um mala, mas também era extremamente descontraído.

"Na verdade, estou faminto."

Ele procurou no bolso do casaco. "Tenho... sete dólares. Quer ver se conseguimos encontrar algo por perto?"

"Por favor."

"É isso aí, gatinha."

Partimos a pé e encontramos um posto de gasolina poucos quarteirões depois. Dentro dele, o zumbido das lâmpadas fluorescentes parecia estranhamente reconfortante, como se eu tivesse saído de um mundo e entrado em outro que conhecia bem. Nós dois pedimos refrigerante, mas decidimos dividir um sanduíche de ovo com salada.

A dois quarteirões de distância, encontramos uma pequena marina que margeava um grande lago que sumia na escuridão. Como estávamos no meio de outubro, a maioria dos ancoradouros estava vazia, mas pequenas luzes verdes ainda brilhavam no final de cada doca.

"Comida sempre me faz sentir melhor", disse eu, comendo um pedaço de ovo que segurava na ponta do dedo. "Obrigada, Cas."

"De nada. Sei como o líder da matilha pensa. Sem tempo para saborear as coisas boas da vida. Não se preocupe, eu te dou cobertura."

Sorri. "Como o Sam era no laboratório? Digo, como ele *realmente* era?"

Cas enfiou o resto do sanduíche na boca e saltou do banco. "É difícil explicar o Sammy." Ele passeou ao redor de uma macieira entre um par de bancos. Começou a escalar enquanto seguíamos adiante. "Deixe-me colocar deste modo: Sammy tem a intensidade de um Rottweiler e a teimosia de uma mula." Ele resmungou ao se içar para o miolo da árvore. "Espera que todo mundo faça exatamente o que ele quer, quando ele quer. Exceto..."

Fui para a base da árvore. "Exceto pelo quê?"

"Bem..." Cas se sustentou em uma bifurcação de galhos e olhou para baixo. "Está querendo arrancar alguma fofoca de mim? Porque é o que está parecendo."

Eu ruborizei. "O quê? Não!"

"Para com isso, Anna. Você está apaixonada por ele, não está?"

Eu mal conseguia distinguir suas feições na escuridão, mas isso não era necessário para ouvir o riso malicioso em sua voz.

Se Cas sabia o que eu sentia por Sam, Sam também sabia? Claro que sim. Eu não guardava exatamente segredo sobre a coisa toda. Ouvir isso alto, porém, mudava tudo. Senti-me tonta de repente.

Coloquei o rosto nas mãos. "Oh, meu Deus."

Os galhos da árvore farfalharam. Cas saltou para o chão perto de mim e acariciou minha cabeça. "Está tudo bem. Vá em frente e admita que está apaixonada por mim também. Vamos aproveitar para desabafar tudo que há no peito."

Eu golpeei na direção dele, mas ele desviou. "Você não está fazendo eu me sentir melhor."

"Quem disse que estava tentando fazer você se sentir melhor? Fato: Sam é valentão. Fato: Eu sou heterossexual. Fato: Mesmo sendo heterossexual, eu de certa forma amo aquele cara. Então, não posso culpá-la."

Um fiapo de sorriso nasceu nos cantos de minha boca. "Tudo bem. Talvez eu me sinta um *pouquinho* melhor."

Ele passou um braço em volta do meu pescoço e bagunçou meu cabelo. "Você fica tão bonita quanto está irritada." Ele me soltou após eu gritar.

"Meu Deus. Você é tão irritante!", disse eu entre explosões de risadas.

"Mas charmoso." Ele acompanhou os meus passos. "Fique sabendo que, se algum dia precisar de uma boa ficada, estou disponível nas noites de terça."

"Só nas terças?"

"Talvez nas quintas também."

"Certo", disse eu, com uma quantidade razoável de sarcasmo. "Eu te aviso."

"Venha." Ele me conduziu na direção do veículo. "É melhor nós voltarmos."

Atravessamos a rua. "Posso perguntar mais uma coisa?", falei.

"Sim?"

Minhas entranhas deram um nó só de pensar em perguntar a Cas o que queria perguntar, mas não pude evitar. Ele conhecia Sam melhor do que o Nick e o Trev. Eram mais próximos. Então, se alguém soubesse a resposta da minha pergunta, esse alguém seria Cas.

"O Sam... é... ele..." As palavras não queriam sair.

"Se ele gosta de você?", Cas as completou.

Eu me encolhi, completamente mortificada. "Hum... sim?"

No brilho da luz do poste, a expressão de Cas ficou em branco, e ele inclinou a cabeça para o lado. "Realmente quer saber a resposta? Em um momento como este?"

Eu queria? Quando chegássemos ao fim dessa situação, independentemente de como ela terminasse, eu não poderia ficar com o Sam. Ele seguiria para sua nova vida, qualquer que fosse, e eu voltaria para a minha. Não poderia tê-lo do modo como gostaria. E isso me matava.

"Nas palavras imortais da Bola Mágica 8", Cas prosseguiu, o vento achatando seus cabelos loiros na testa, "pergunte outra vez mais tarde."

Mas eu não perguntaria. Não podia. Se Sam não sentia nada por mim, eu não queria saber.

20

"Consegui um nome", disse Nick quando nos encontramos. "E um endereço."

"Qual?" Na escuridão, Sam parecia impaciente, como se não aguentasse mais ficar em um só lugar por tanto tempo.

Nick afundou as mãos nos bolsos de seu novo casaco preto de lã que havia comprado ou roubado no shopping. Não era o que eu teria escolhido para ele, mas, novamente, não acho que ele se importava com o que vestia, contanto que funcionasse adequadamente. Ele possuía gostos específicos no que dizia respeito a coisas específicas, mas roupas não eram uma delas, pelo visto.

"Dezesseis quilômetros a leste da cidade em uma estrada de terra: travessa Ax 2757", disse Nick.

Cas bufou. "Bem, isso é divertido."

Sam mudou de posição, o brilho do poste destacando os planos de seu rosto. "Qual o nome do contato?"

"Tommy. Foi tudo que consegui. Sem sobrenome."

"Tommy soa como o nome de um traficante de armas ilegais para mim", disse Trev.

"Com certeza." Cas assentiu com a cabeça.

Meus dentes batiam enquanto entrávamos novamente no jipe. Suspendi as mãos tampando o vento após Sam ligar o motor, desejando ter pegado um par de luvas no shopping. Também adoraria ter aquele lenço. Posso tê-lo segurado por apenas dez minutos, mas naquele intervalo de tempo pensei nele como uma extensão da minha mãe. Como se ter o lenço pudesse me aproximar dela de alguma forma.

Mas talvez eu nem precisasse dele. Talvez os quilômetros estivessem me levando para perto dela.

Peguei o diário e fui para o final, na sua receita de purê de batata com alho. Em caneta vermelha, ela havia desenhado um coração no alto da página e rabiscado uma mensagem embaixo. *Favorita do Arthur*, eu li. Não conseguia deixar de analisar tudo agora, procurando significados ocultos.

O que realmente queria encontrar era uma resposta. Por que ela havia partido. Se ela pensava em mim.

Se ela estivesse viva, lembrei a mim mesma.

Com o Nick dando as direções, Sam dirigiu. O veículo sacudiu ao sairmos da estrada e virarmos na travessa Ax, o asfalto dando lugar à terra. Um caminhão passou por nós no lado oposto, espirrando cascalho na porta do motorista.

"Malditos fazendeiros", Nick resmungou no banco de trás.

"Guarde esse tipo de comentário para você mesmo quando chegarmos lá, pode ser?", disse Sam, e Nick ficou quieto.

O número 2757 era uma casa móvel, o revestimento branco do lado de fora descascando em alguns lugares como persianas soltas. Diversos carros e caminhões preenchiam o jardim frontal. Mais para trás, ocupando a maior parte do lote, havia uma garagem com o dobro do tamanho do trailer. A fumaça espiralava de uma chaminé que se projetava do telhado.

Sam estacionou ao lado de um caminhão preto.

"Vamos todos entrar?", perguntou Trev, olhando para mim. Apreciei sua preocupação, mas não ficaria no veículo. Não no meio do nada.

"Como não tenho a menor noção de com o que estamos lidando", respondeu Sam, "provavelmente é melhor ficarmos juntos."

O trailer na frente estava escuro, mas, como tocava música na garagem, fomos diretamente para lá. Sam bateu na porta metálica de acesso. Contei os segundos até alguém responder, na esperança de que o rock clássico ribombando do lado de dentro tivesse abafado o som das batidas. Comecei a ficar inquieta.

Sam ia bater novamente quando a porta se abriu. Um homem de 40 e tantos anos nos espiou, os cabelos grisalhos bagunçados em um rabo de cavalo sobre um dos ombros. Seus olhos vermelhos permaneceram tempo demais em mim. Eu deveria ter me sentido desconfortável sob aquele olhar. Meu antigo eu se sentiria. Meu novo eu sentiu raiva. Endireitei meus ombros e ergui o queixo.

Pareça confiante. Era o que meu instrutor costumava dizer. *Predadores atacam os mais fracos.*

"Sim?", o sujeito disparou. "O que posso fazer por vocês?"

"Você é o Tommy?", perguntou Sam.

As sobrancelhas do homem se fundiram em suspeita. "Talvez. Por quê?"

"Precisamos de armas."

Ele deu uma risada abafada. "Garoto, não tenho nenhuma arma. Agora volte para casa para sua mamãe." O homem, obviamente Tommy, começou a fechar a porta, mas Sam a bloqueou com o pé.

Eu me preparei para uma luta.

"Mas que diabos..."

"Está vendo aquele jipe lá longe?", disse Sam.

Tommy esticou o pescoço. "Sim, o que é que tem?"

"É roubado." Sam puxou o celular do bolso interno da jaqueta. "Não só acho que você é um traficante de armas ilegais como também é um traficante de drogas. É cheiro de maconha o que estou sentindo?" Sam farejou o ar. "O que mais a polícia encontrará se eu ligar para contar que vi aquele veículo roubado?"

Tommy apontou o dedo na direção de Sam. "Escute aqui, seu punkzinho de..."

"Só queremos algumas armas."

Pela aparência do trailer, Tommy precisava de dinheiro, e ele certamente não queria a polícia rondando aquele lugar. Ele reajustou o modo como segurava a porta. "Bem, vocês têm algum dinheiro?"

Sam puxou um maço de notas do bolso e o ergueu.

Tommy bufou. "Certo. Espero não me arrepender depois."

Entrada permitida, nós passamos. Contei um total de dez pessoas do lado de dentro, incluindo Tommy. Alguns caras estavam de pé em volta de um computador assistindo a vídeos na internet. Outro grupo jogava pôquer em uma mesa desdobrável. Neste grupo havia duas mulheres perto dos 30. A da esquerda se curvou para a frente, permitindo que os seios se derramassem de sua camiseta decotada. A outra mulher sacudiu do ombro uma mecha de seu cabelo castanho e crespo, alguns cachos prendendo nas grandes argolas que balançavam em suas orelhas.

Elas estudaram os rapazes – *meus rapazes* – e então se concentraram em mim.

"Tommy!", disse um dos sujeitos no computador. "Vem cá, depressa. Você precisa ver isso."

"Mais tarde", respondeu ele.

O sujeito se virou. "Ah", ele falou quando nos viu. "Não sabia que você tinha companhia. Precisa de mim?"

"Sim, traga sua bunda gorda aqui."

O amigo de Tommy se juntou a nós enquanto nos aproximávamos de uma porta fechada na parte de trás. Os olhos dele pousaram em mim. "E aí, como você se chama?"

"Anna."

"Meu nome é Pitch. É um prazer conhecê-la."

Pitch era mais jovem que Tommy cerca de dez anos. Também tinha o nariz fino e longo e o queixo pronunciado de Tommy, mas seu cabelo possuía um tom entre o castanho e o ruivo, cortado em um emaranhado curto em torno do rosto.

Em outra vida, Pitch poderia ter sido bonito, mas na garagem ele exalava uma vibração sórdida que fez minhas entranhas revirar. Com a sugestão recente de Sam ecoando na cabeça, permaneci perto dele e fingi estar lisonjeada com a atenção de Pitch, querendo evitar ressentimentos ou problemas.

Tommy destrancou a porta com um molho de chaves atado a uma das alças da calça e a empurrou, acendendo uma luz no teto. A sala lembrava uma biblioteca, que parecia tão deslocada ali que obviamente era um disfarce. Três estantes de livros cobriam as paredes. Manuais de carros ocupavam a maior parte do espaço nas prateleiras.

Tommy empurrou de lado um manual de Ford Munstang e revelou uma fechadura prateada na parte de trás da estante. Ele puxou o mesmo molho de chaves, abriu a fechadura e empurrou a estante.

Atrás dela havia uma prateleira inteira de armas. Pistolas, espingardas, facas e socos-ingleses.

"Então, o que posso fazer por vocês, rapazes?", disse Tommy, revelando as armas como um traficante de rua abrindo o paletó para mostrar uma remessa de relógios espetados do lado de dentro.

"Pistola Browning de alta potência?", perguntou Sam.

Tommy puxou uma pistola preta e elegante de dois pinos no painel e a entregou a Sam. "Que tal essa?"

Sam indicou com um movimento de cabeça uma pequena mesa dobrável aberta junto à parede.

"Posso?"

Tommy deu de ombros. "À vontade."

Sam removeu o cartucho e o colocou na mesa. Em seguida, empurrou-o de volta e travou o slide, verificando se havia balas. Ele mexeu em alguma coisa e um pedaço se soltou.

Embora tivesse me contado que se lembrava de como usar armas, ainda fiquei impressionada vendo-o desmantelá-la como se fosse algo que poderia fazer com o pé nas costas.

Ele puxou o recuo, depois o tambor, e inspecionou as peças com o olho clínico de alguém que sabia exatamente o que procurar.

"Não é limpa faz algum tempo", concluiu.

Tommy bufou novamente. "Armas não são brinquedos bonitinhos."

"Qualquer proprietário de armas sabe que limpá-las garante a pontaria e permite que durem."

Pitch deu um passo à frente. "Quer a arma ou não quer, docinho?"

Os rapazes e eu nos aproximamos de Sam. "Quanto?"

"Novecentos."

Sam remontou a arma e deu um tiro seco, certificando-se de apontá-la para o chão. "Posso comprar uma nova por 1.000."

"Então vá comprar uma nova." Tommy puxou a calça para cima. "Algo me diz que você precisa da arma hoje à noite, ou sabe que não vai passar na verificação de antecedentes. Seja o que for, significa que não conseguirá uma nova, não é mesmo?"

"Quatrocentos", disse Sam, ignorando a provocação, apesar de Tommy estar certo.

"Setecentos", Tommy fez a contraproposta.

"Quinhentos cada. Levarei quatro."

"Não tenho quatro do mesmo tipo, mas posso oferecer algo parecido por 2.200. Negócio fechado?"

Dois mil e duzentos dólares por armas?

"Munição incluída?", perguntou Sam.

Tommy deu de ombros. "Claro."

"Negócio fechado." Sam passou o dinheiro.

Pitch selecionou três outras armas e algumas caixas de munição. Ele deu uma a Trev, outra a Cas e outra a Nick.

"Foi um prazer negociar com vocês, rapazes", disse Tommy.

Deixei escapar um suspiro quando as estantes foram trancadas atrás de nós e as armas guardadas. Queria sair de lá. O lugar inteiro parecia estranho, e uma sensação de desconforto se arrastou pela minha pele como patas de aranhas.

Passamos por Tommy, Cas seguindo à frente. Permaneci atrás, perto de Sam, mas a porta só permitia a passagem de uma pessoa por vez, e Pitch veio por trás de mim, passando um braço em volta dos meus ombros.

"Então, Anna, você está em algum lugar aqui por perto? Posso pegar seu telefone?"

Fiquei tensa com o toque dele, e me senti agredida pelo cheiro de colônia barata e fumaça de cigarro envelhecido. A camisa de flanela de Pitch roçou na minha nuca e eu me mexi para afastá-lo.

"Pitch!", gritou uma das garotas. "Mantenha suas malditas mãos no lugar e tente se lembrar de quem você é noivo."

A loira falsa permaneceu perto da mesa de carteado, a fumaça do cigarro espiralando em volta dela, sua boca tensa de fúria. Minhas mãos começaram a suar.

"Cale a boca, Debbie!", gritou Pitch.

Sam reapareceu. "Anna."

Pitch ergueu o queixo. "Ela é sua namorada ou algo do tipo? Não vejo o seu nome nela."

"Pitch", disse Tommy, o aviso soando em alto e bom tom.

"Droga, Pitch!" disse Debbie, novamente.

"Você terminou comigo ontem à noite", Pitch gritou. "Até onde eu saiba, sou um homem livre."

Debbie empurrou sua cadeira dobrável de metal. Soltou o cigarro, apagou-o com a ponta da bota, e veio raivosa em nossa direção.

"Seu merda", disse ela, batendo no peito de Pitch. Pitch cambaleou para trás. Virou-se para mim.

"Ponha seu pessoal na linha", Sam disse a Tommy.

"Não me diga o que fazer, garoto." Tommy sacudiu o rabo de cavalo de cima do ombro. "Talvez se a sua namorada não fosse uma piranha..."

Em um rápido movimento, Sam derrubou o homenzarrão no chão, acertando um soco antes de um dos amigos de Tommy pular entre eles.

Recuei e ergui as mãos. "Não vou roubar seu namorado!"

"Ah, mas não vai mesmo!" Debbie me bateu na cara. O impacto me atingiu antes do calor, e eu fiquei sem ação.

Nick veio na minha direção, mas um fortão loiro o agarrou pelo braço e o girou. Pitch desviou de nós e mergulhou em cima de Sam. Os outros homens de Tommy partiram para cima. Eles encurralaram Cas perto da mesa de pôquer e bateram Trev contra uma caixa de ferramentas.

Debbie enganchou uma perna em torno da minha e me empurrou, levando-me ao chão. O ar abandonou meus pulmões e eu ofeguei atrás dele.

"Anna!", gritou Sam.

Debbie subiu em mim, me prendendo. Seus olhos estavam vermelhos, como se estivesse bêbada, drogada ou as duas coisas. O ar voltou aos poucos aos meus pulmões. Cerrei os dentes. Não seria vencida por uma caipira malcuidada.

Dei um pinote, derrubando-a, e fiquei de pé. Ela abraçou minhas pernas e meus joelhos acertaram o concreto. Lancei um cotovelo para trás, acertando-a no esterno. Reequilibrei-me, girei, agarrei um cacho frisado de cabelo loiro e bati o rosto dela contra meu joelho. Algo estalou. Debbie gritou enquanto sangue escorria de seu nariz.

"Não quero seu namorado estúpido", gritei.

"Anna?"

Eu me virei.

Tommy, Pitch e os demais estavam espalhados pelo chão, inconscientes.

Os rapazes estavam sujos de sangue e com marcas roxas, mas pareciam bem.

"Isso foi incrivelmente sexy", disse Cas. "Não sabia que você era capaz disso, Anna."

Olhei para Debbie, enrolada em posição fetal, seu amigo sussurrando preocupado ao lado dela.

Eu também não sabia do que era capaz. Sabia os movimentos e como me defender, mas nunca pensei que me sentiria tão satisfeita.

Sam olhava para mim quando me virei para ele. Havia obliquidade em seus olhos verdes, uma dúvida em seu rosto. Como se estivesse achando difícil me interpretar. A pequena Anna, tão previsível. Até agora.

"É melhor não estarmos mais aqui quando eles acordarem", disse Trev.

Limpei o sangue do rosto com a manga do casaco e caminhei na direção da porta.

21

Com tudo que havia acontecido, Sam decidiu que seria melhor descartarmos o jipe e roubarmos um novo veículo. Cas era o especialista em ligação direta, ou o que quer fosse preciso fazer para ligar um veículo sem as chaves. Antes disso, ele, Trev e Nick deixaram a mim e a Sam na cabana.

Quando protestei que estava bem, que os rapazes não precisavam fazer uma viagem especial até em casa só por mim, Sam me silenciou com um olhar que dizia o contrário. E então Cas acrescentou: "Não estou indo para casa por sua causa, Banana. Quero ligar o gerador agora que temos combustível. Pôr aquele aquecedor de água para funcionar".

Após entrarmos, Sam acendeu uma pequena vela e a deixou no balcão da cozinha. A sala se encheu de luz pulsante.

Com um estremecimento, Sam tirou o casaco e apontou para a mesa. "Sente-se."

Puxei uma das cadeiras e desabei em cima dela. Estava exausta demais para sequer pensar em continuar discutindo. Pelo visto, lutar era um trabalho pesado. Sam se sentou perto de mim, virando sua cadeira de modo a ficarmos de frente um para o outro. Ele se esticou, segurou a base da minha cadeira e me arrastou para mais perto. Tão perto que praticamente me enfiei entre as pernas dele.

Um tremor ameaçou sacudir meus ombros, mas eu o contive. Não queria mostrar a Sam o que sua proximidade fazia comigo. Embora, supus que ele provavelmente já soubesse. E talvez, em um nível subconsciente, eu *quisesse* que ele soubesse.

Ele passou dedos rápidos e gentis na minha mandíbula, depois na testa. Eu não tivera a oportunidade de examinar os danos causados por Debbie, mas meu rosto inteiro doía. Minha aparência devia estar péssima.

"Seu olho dói muito?", ele perguntou.

"O esquerdo? Sim. Está latejando."

"Feche-o."

Fechei os dois olhos e respirei profundamente quando os dedos dele avançaram lentamente na lateral do meu rosto, inclinando minha cabeça em diferentes ângulos, me examinando como ninguém havia feito.

"Fique aqui", ordenou.

Ele foi para a cozinha. Notei o modo como jogava o peso para a perna esquerda, a visível rigidez das costas.

Voltou um minuto depois com um pano umedecido.

Estremeci quando ele o pressionou em meu rosto. Não apenas doeu como o pano estava gelado da água. Sem Nick para cuidar do fogo, a cabana tinha ficado consideravelmente mais fria durante as horas que passamos fora. E Sam não gostava de usar eletricidade, a menos que precisasse, apesar do ruído distante do gerador.

"Você só está roxa, e um pouco cortada."

"Então sobreviverei?"

"É claro." Ele afastou o pano. "Me desculpe por você ter de passar por isso. Foi minha culpa. Devia ter deixado você no carro com um dos outros."

Resmunguei. "Não, foi culpa da Debbie, e do Pitch. Não se culpe. Sério. Quer dizer, olha só para você. Está pior do que eu. Seu olho está roxo, o lábio cortado, e você fica se curvando de um jeito engraçado, como se as costelas doessem. Como *você* está?"

Ele ficou de pé, o pano úmido ainda nas mãos. "Isso não importa. O que importa foi a sua reação lá. No que estava pensando?"

"O que você quer saber? Por que eu revidei?" Ele não respondeu, mas não era necessário. Recordei o modo como me olhou quando Debbie caiu curvada aos meus pés. Como se eu tivesse me transformado em algo diferente na frente dele.

Eu me levantei, mãos nos quadris. "É tão absurda assim a ideia de que, quando precisasse agir, eu agiria? Não vou deixá-lo me censurar por causa disso. Eu gostei. Eu me senti forte. Você não vai tirar isso de mim. Finalmente, coloquei em prática todas aquelas aulas de luta."

"Aquilo foi mais do que luta básica, Anna." Ele alinhou os ombros, apontou para o peito. "Você podia sentir a vontade aqui, não podia? Algo além de instinto."

Eu não tinha tido tempo de classificar exatamente de onde viera o sentimento, mas ele o havia descrito com perfeição.

"Isso me preocupa", disse ele, sabendo a resposta antes de eu falar. "Porque é assim que eu me sinto."

"O quê?" Tentei entender o que ele queria dizer. "Os outros também...?"

Ele assentiu.

"Mas..."

Ele arremessou o pano em uma caixa perto da porta e começou a andar. "Você se encontrou alguma vez com o Riley ou o Connor fora do laboratório?"

Franzi a testa. "Que tipo de pergunta é essa? Não. Nunca."

Ele suspirou, outra rachadura em seu exterior endurecido, um vislumbre pequeno e quase imperceptível de suas emoções. "Eles alguma vez a abordaram sobre algum assunto fora do laboratório?"

"Não."

"Pense, Anna."

Relembrei todas as ocasiões em que Riley e Connor tinham ido à casa na fazenda. Víamos Riley provavelmente umas dez vezes por ano, e Connor menos do que isso. Eles geralmente me evitavam e corriam para o porão para conferir os rapazes, ou, como os chamavam, as "unidades".

A única vez que eu estivera a sós com um deles fora...

"Espere", falei.

Sam parou.

"A primeira vez que encontrei vocês, Connor apareceu sem avisar, três dias depois, enquanto papai estava no depósito. Ele sentou comigo à mesa da cozinha e disse que não me daria permissão de entrar no laboratório até vocês estarem prontos." Fragmentos e peças voltavam a mim. "Poucos anos depois, ele veio para uma vistoria regular, e me lembro de ouvi-lo sussurrando com papai do lado de fora, na entrada da garagem. Estavam discutindo. Ouvi Connor dizer o meu nome."

"O que mais?"

"Não tenho certeza. Estava muito longe para ouvir a conversa inteira. Foi na mesma noite em que o papai me pediu para ajudá-lo no laboratório."

Sam pensou por um segundo. "Ou Connor mandou seu pai deixar você entrar."

"Por quê?"

"Não sei."

Um veículo subiu na entrada da garagem, e Sam foi para as janelas. "É o Cas", disse ele, aliviado.

Quando Cas entrou minutos depois, fiquei chocada de ver como sua aparência era terrível. Na hora que se passara desde que o deixamos, um roxo tinha escurecido em torno de seu olho esquerdo, outro na bochecha direita.

Nick e Trev tinham se saído melhor, mas Cas era o tipo de pessoa que mergulhava de cabeça nas coisas sem pensar totalmente nas consequências. Não fiquei surpresa de ver que ele havia levado alguns golpes a mais do que os outros.

"Espero que o aquecedor de água esteja cheio", disse ele. "Quero tomar uma chuveirada. Estou com uma dor terrível."

"Deixe a Anna ir primeiro", disse Sam.

O olhar de Trev encontrou o meu imediatamente. "Você está bem?"

Assenti, mas não estava nada bem. Sam calculava algo, tentando encaixar as peças da teoria na qual trabalhava. Por isso tinha me perguntado sobre Connor e Riley.

Eu só não sabia que teoria era essa.

"Tudo bem", Cas lamentou. "Acho que então vou comer até explodir."

Cada centímetro do meu corpo doía, e eu queria limpar minha pele da sensação de Pitch, Debbie e de todo aquele lugar. Mas o modo como Sam desviou do meu olhar assim que olhei para ele me disse a verdadeira razão por trás da insistência para eu ir primeiro. Ele queria conversar a meu respeito.

A água estava bastante quente, mas, em vez de correr para o chuveiro, fiquei na porta do banheiro, o ouvido pressionado contra a madeira. Eu mal podia distinguir as vozes dos rapazes. Mordendo os lábios, girei a maçaneta um milímetro por vez até a porta se abrir. Esperei, escutei. Os rapazes continuaram falando, então a abri o suficiente para passar por ela e andei na ponta dos pés até o corredor da escada.

Esforcei-me para compreender alguma coisa.

"Barter com Connor atrás dela", disse Nick. "Ela não vale o tanto de problema que causa. Nenhum de nós teria lutado esta noite se não fosse por ela."

Desci mais alguns passos, aproximando-me da cozinha o máximo que me atrevia.

"Cara", corta essa, "você não pode culpar a Anna pelo que aconteceu com aquele babaca."

"Esqueça aquela criança que começou a luta", disse Nick. "Por que *nós* brigamos? É como se eu *precisasse* protegê-la, mesmo que não aguente nem olhar para a cara dela. Ela me lembra de tudo que eu odeio naquele laboratório, todos aqueles malditos anos trancados naquela minúscula bolha de vidro enquanto ela entrava e saía sempre que queria. Pense a respeito. Por que diabos queremos protegê-la tão desesperadamente?"

"Ela é como parte da família", disse Trev, com um ar sério.

"A questão não é essa e você sabe", Nick disparou de volta. "Aquele agente no shopping disse: pegue a Anna primeiro. Por que ele diria aquilo?"

Eu havia esquecido de tudo que o agente tinha dito no caos que se seguira à nossa fuga. Tinha achado bizarro na hora, mas agora soava como uma condenação.

O silêncio caiu no andar de baixo.

"Parem de olhar para ela como uma menininha indefesa", Nick prosseguiu, "e comecem a olhar para ela como um risco."

Desci o restante dos degraus batendo os pés com raiva. Contornei a cozinha, com os dedos fechados em punho dos lados do corpo. O olhar de Sam encontrou o meu. Pude sentir a mudança na sala. Eles se voltariam contra mim? Sam faria isso?

Nunca tinha estado tão consciente da minha vulnerabilidade quanto nesse momento. Encontrava-me no meio de Michigan, sem nenhum senso de direção, à mercê daqueles quatro garotos que poderiam me matar com um palito de dentes, se quisessem.

E eles estavam olhando para mim como se não me conhecessem.

"Não sou um risco", falei. "Sou amiga de vocês."

As bordas da boca de Sam se cerraram.

Nick me ignorou. "Poderíamos abandoná-la na cidade mais próxima."

Ele sabia ser persuasivo quando queria, e o pensamento de ser abandonada em alguma cidade desconhecida fez meu estômago se apertar. Corri para ele, o medo, a raiva e um milhão de outros sentimentos me levando adiante. Peguei-o desprevenido e ele balançou um passo para trás antes de se reequilibrar. Ele agarrou firme os meus braços enquanto se virava, e me apertou contra a parede.

Os outros saltaram de pé apressados.

"Nicholas!", gritou Sam.

O olhar de Nick e o meu se encontraram, a animosidade entre nós quase visível, como uma onda de calor.

"Jesus Cristo", disse Trev.

"Você me ataca e ainda assim não consigo machucá-la." A voz de Nick veio cheia de acusação. "Pela lógica, eu deveria estar me protegendo em vez de proteger *você*. Diga-me que isso não é uma desvantagem, Anna. Diga-me que faz todo o sentido do mundo."

"Afaste-se dela, Nick", disse Sam. Por um momento, Nick ignorou o comando de Sam. Passei minhas mãos em torno dos braços dele, preparando-me para o caso de precisar lutar. "Me solte." Coloquei em minha voz toda a veemência que consegui reunir.

Flexionando a mandíbula, Nick me soltou, e eu deslizei pela parede alguns centímetros. "Não sou o que quer que pensem que eu sou." Meu olhar foi dele para os outros, que me rodeavam a apenas alguns centímetros de distância. Todos tinham a mesma expressão de incerteza no rosto.

"Todos se sentem da mesma maneira? Como se, inexplicavelmente, precisassem me proteger?" Ninguém disse nada. "Estão de brincadeira? E nunca me contaram?"

"Não tínhamos certeza", disse Sam.

"Ai, meu Deus", desabafei, perdendo a vontade de lutar.

"Ei." Trev veio para o meu lado e segurou minha mão, enquanto eu desabava na cadeira. "Isso não significa alguma coisa necessariamente, e ninguém vai abandonar você."

Eu queria desesperadamente que Sam e Cas concordassem. Mas eles não fizeram isso. Não disseram nada.

Será que Sam achava que eu era algum instrumento da Agência? Será que eu *era* um instrumento da Agência? Mas como? Por quê? Não fazia sentido. Nada disso fazia.

A atenção de Sam se voltou para minha mão, entrelaçada com a de Trev.

Ele piscou. "Por que você não vai tomar aquele banho?"

Engoli um soluço. Ele não confiava em mim.

Trev teve de me levar para a escada. "Vamos. Eu vou com você."

Dentro do banheiro, a água quente ainda descia, preenchendo com vapor o espaço apertado.

"Não deixe os outros afetarem você. Todos estão tensos."

Inclinei a cabeça. Não conseguia *não* deixar que me afetassem. Havia mais coisas acontecendo do que qualquer um de nós entendia. Em casa, no laboratório, eu costumava me sentir como parte de algo bom. Como se estivesse ajudando a mudar o mundo. Mas agora me sentia envergonhada e culpada. Os rapazes tinham todo o direito de duvidar de mim. Nada era o que parecia ser. Talvez cada pedaço da minha vida naquele laboratório fosse uma mentira. Talvez tudo que eu sabia sobre o programa fosse mentira também.

"Anna?" Trev percorreu a lateral do meu rosto com os dedos e levantou meu queixo com o polegar. "Eles não têm ideia do que estão fazendo."

Praticamente me joguei em cima dele, enrolando meus braços em torno de seu pescoço. Não houve hesitação quando ele me abraçou. O que eu faria sem o Trev? Ele era meu melhor amigo. Leal. Confiável. Mantinha-me sã e com os pés no chão. Era disso que eu precisava agora, mais do que tudo.

"Você tem uma citação inspiradora para mim?", perguntei, enquanto me afastava. "Elas sempre ajudam."

Ele riu e passou um dedo pelos lábios enquanto pensava. Sua expressão mudou para a de alguém que encontrou o que buscava. "'Ter fé em si mesmo é o melhor e mais seguro caminho.' Michelangelo." Ele olhou para mim, os olhos âmbar pesados de exaustão mas ainda presentes, ainda me enxergando.

"Obrigada", disse eu.

"Disponha. Demore quanto quiser. Ou pelo menos até a água quente acabar. Estarei aqui fora quando você terminar."

Ele me deixou sozinha. No caminho de volta ao chuveiro, encarei meu reflexo no espelho embaçado. Um roxo surgia embaixo do meu olho direito. Um arranhão marcava minha clavícula. Meu lábio estava cortado em dois lugares, e outro arranhão corria à direita da minha têmpora, sangue manchando meu cabelo loiro.

Eu estava um caos. E só queria esquecer aquilo tudo. Entrei embaixo do chuveiro e deixei a pressão da água afogar meus pensamentos.

22

Mais tarde naquela noite, deitei na cama analisando o feixe de luar nas árvores do lado de fora, torcendo para que o ato de desenhar mentalmente sobrepujasse o restante que ocupava a minha cabeça. Não consegui.

Agora eu sabia por que Sam tinha perguntado sobre encontrar Connor fora do laboratório: Ele se questionava por que aquele agente no estacionamento do shopping tinha ordenado aos outros homens que me pegassem primeiro. Nick não era o único com suspeitas, e eu não sabia como convencê-los de que eu não era a vilã e me importava com eles como se fossem minha família.

O vento agitou as árvores, apagando meu progresso de desenho mental.

As tábuas no chão rangeram e eu me levantei bruscamente. Sam estava de pé na entrada do meu quarto, meio escondido nas sombras. Vestia jeans, camiseta e botas. Estava mantendo o hábito de ficar totalmente vestido na casa desde que voltáramos, para o caso de precisarmos sair de repente. Eu estava com uma camiseta larga demais que pegara de Trev. Além do sutiã e da roupa de baixo, era a única coisa que eu vestia. E se Connor emboscasse a casa nesse segundo?

Puxei o lençol para mais perto quando Sam entrou no quarto.

"Eu não queria assustá-la".

"Não assustou", menti. A verdade é que estava tensa. Sabia do que ele era capaz, e não sabia se era considerada uma inimiga nesse momento.

Ele sentou-se no banco da janela, descansou os cotovelos nos joelhos.

"Como você está?"

"Estou bem."

"Dolorida?"

"Um pouco."

"Precisa de algo?"

Engoli em seco. "Por que você está aqui, Sam?"

Ele passou um polegar pelas articulações dos dedos da outra mão. A luz da lua se derramava sobre suas costas. "Se lembra de quando ganhou seu primeiro olho roxo, na sua aula?"

Minha aula de luta. Eu lembrava, era algo que jamais esqueceria. Embora odiasse o fato do meu oponente ter me vencido, a luta fez com que me sentisse mais forte. Como uma guerreira. Eu usei o machucado como uma medalha, correndo escada abaixo assim que papai caiu no sono para poder exibi-lo.

Mas a reação de Sam não foi a que eu esperava. Eu queria que ele ficasse impressionado. Queria que ele me olhasse com reverência.

Em vez disso, ele me perguntou excessivamente sobre como aquilo havia acontecido, quem era o responsável, se meu oponente era maior, mais forte, mais rápido do que eu. Homem ou mulher. Arrogante ou gentil. Essa foi a primeira vez que vi um relance de seu lado protetor, e pensei: bem, isso também é bom.

Quando deixei o laboratório naquela noite, senti que tinha feito algum progresso com Sam, ganhado algo dele, só não do jeito que eu esperava.

"Eu me lembro", falei.

Ele cruzou as mãos. "Essa foi a primeira vez que percebi que havia mais no nosso relacionamento do que eu imaginava." Ele se sentou e se inclinou para trás, e seu rosto sumiu nas sombras. "Isso me frustrava mais do que qualquer coisa desde que acordei naquele laboratório. Porque eu não era capaz de protegê-la do jeito que precisava."

Precisava. Como se fosse algo que ele não pudesse controlar. Permaneci imóvel. Não aguentaria se ele parasse de falar agora.

"Eu sabia que era estranho sentir algo assim por alguém que estava do outro lado da parede, mas nunca questionei seu envolvimento no programa. Você tornou nossa vida tolerável no laboratório. Eu não me esquecerei disso. Não importa o que aconteça."

Minha garganta apertou. Meus olhos arderam.

"Então, o que quer que esteja acontecendo, farei o possível para mantê-la segura. Não vou abandoná-la. Não vou usá-la para negociar com o Connor. Não importa o que Nick diga."

Forcei a boca a ficar fechada apesar da ardência na face. Recusava-me a chorar. Não agora.

"Queria que você soubesse disso", disse ele. Apesar de não poder ver seus olhos, eu sentia o peso do seu olhar.

"Obrigada." Minha voz saiu em um sussurro baixo.

Ele se levantou para sair. Por dentro, eu gritava: *Fique. Fique. Fique.* Não me importava se conversaríamos ou não. Sua presença seria suficiente.

Na porta, ele parou.

"Que cor você usaria?"

Franzi as sobrancelhas. "O quê?"

"Quando cheguei, você estava olhando fixamente para fora da janela."

Desenhando, foi o que ele não disse. *Você tinha aquele olhar no rosto como se estivesse desenhando.*

Aquele calor familiar voltou e minha visão ficou borrada. Parecia uma eternidade desde a última vez que conversáramos sobre o tempo, o mundo lá fora ou como eu o desenharia. Eu sentia falta disso. Sentia muita falta. "Cinza lavanda."

Ele fez que sim com a cabeça e se virou. "Boa noite, Anna."

"Boa noite." Deixei escapar um suspiro de alívio enquanto seus passos trovejavam pelas escadas. Não tinha percebido até então quão desesperadamente queria que ele confiasse em mim. Independentemente do que havíamos passado, eu estava do lado dele. Sempre. Mesmo que isso me matasse.

A casa estava estranhamente quieta quando acordei tarde na manhã seguinte. Ergui a mão para proteger os olhos da luz do dia que irrompia pela janela. Minha cabeça pulsava de todos os lados. A viagem de descida pela escada pareceu demorar uma eternidade, cada passo agonizante. Cada articulação em meu corpo rangia em sofrimento. Eu me sentia como se tivesse feito uma semana de aulas de luta.

Na cozinha, mal notei Trev na mesa enquanto passava por ele. Peguei um frasco de Ibuprofeno na gaveta e engoli dois comprimidos com um gole de água.

Quando girei, Trev estava bem próximo. "Você está bem?"

"Não. Eu me sinto péssima."

"Você parece péssima."

Consegui abrir as pálpebras um pouquinho, só o suficiente para olhar feio para ele.

"Puxa. Obrigada." Comecei a contorná-lo, mas ele me parou com uma puxada no pulso.

"Ei. Venha aqui." Ele me abraçou, e eu derreti imediatamente. Ele cheirava a chá e erva de pinheiro, provavelmente por ter coletado madeira. Parei ali por um segundo, adorando a sensação de conforto e familiaridade que ele transmitia.

"Onde está todo mundo?", perguntei, minha voz abafada contra sua blusa de moletom.

"Sam saiu para correr. Cas e Nick estão na garagem mexendo no gerador. Alguma coisa deu curto ontem à noite."

Eu me afastei. "E você? O que está fazendo?"

Uma mecha de cabelo escuro caiu em sua testa. "Eu? Estou cuidando de você."

Suspirei. "Não precisa." Espiei sobre seu ombro e vi uma mesa coberta de folhas soltas de papel. "O que é tudo isso?"

"Foi o que Sam passou a maior parte da noite fazendo."

Eu me sentei na cadeira e peguei uma página da pilha. A escrita de Sam, um garrancho quase ilegível, preenchia o papel. Nenhuma das anotações fazia sentido para mim.

Trev vasculhou a cozinha e voltou um minuto depois com uma caneca de líquido fumegante. "Beba isto."

"Obrigada." Bebi devagar, esperando café, mas sentindo o gosto de chá verde recém-preparado. Eu não bebia muito chá, exceto quando estava doente. Papai preparava uma bebida usando folhas soltas de chá e uma pequena cesta de metal com uma corrente na ponta.

"Sua mãe gostava de fazer isso do jeito tradicional", dizia ele.

Trev sentou em uma cadeira próxima à minha. "Eu acabei de tirar a chaleira da lareira. Não é igual a colocar no forno, tem gosto de madeira queimada, na minha opinião, mas já é alguma coisa."

"Está perfeito. Obrigada." Levantei as anotações de Sam. "Ele conseguiu decifrar o código?"

"Ah." Trev pescou uma página da pilha. "Isto aqui é o que ele conseguiu até agora."

Havia uma série de letras correndo na parte de cima do papel. Muitos *Xs* e *Is*, e algumas outras letras. Então, na parte de baixo, *Recuperar evidência de Port Cadia. Usar as cicatrizes e a tatuagem para encontrar a localização. Uma vez que a encontre, a tatuagem marca o lugar certo. Quando você achar o lugar, será a terceira árvore, sessenta norte.*

A porta de trás foi aberta com força e Sam entrou perambulando, seu cabelo escuro brilhando de suor. Ele limpou a testa com o dorso das mangas e desapareceu na despensa, retornando um instante depois com uma garrafa de água fresca.

Sacudi o papel. "Você decifrou o código. E agora?"

Antes de responder, ele estudou meu rosto com um rápido movimento dos olhos. Eu não tinha parado para olhar meu reflexo no espelho antes de descer, e agora me perguntava se realmente parecia péssima.

Sentia meu rosto inchado em alguns pontos. Tinha certeza de que ostentava novos roxos formados enquanto dormia.

"Como você se sente?", ele perguntou.

"Estou bem." Sacudi a página com mais força.

Trev se levantou. "Agora que você voltou, acho que vou sair para correr."

"Está de celular?", Sam perguntou, e Trev apalpou o bolso. "Fique atento."

Assentindo com a cabeça, Trev saiu pela porta da frente. Sam sentou à cabeceira da mesa, amassando a garrafa de água com sua pegada. "A primeira parte não faz nenhum sentido. Então não sei se foi decifrada."

"Como você acha que deve usar as cicatrizes? Ou a tatuagem? Talvez na luz UV..."

Ele balançou a cabeça. "Cas verificou comigo de novo esta manhã."

Eu desanimei. "Ah." Não só estava desapontada por aquela não ser a resposta, como também por ele não ter me pedido para verificá-la. Mas acho que naquele estágio ele queria ser o mais detalhista possível, o que provavelmente significava...

Fiquei vermelha pensando no que "detalhista" significava.

"Mas você sabe aonde deve ir," falei, achatando a página na minha frente. "Havia uma menção a *Port* em seu arquivo. Quem quer que tenha escrito as anotações, elas devem se referir a Port Cadia, certo?"

Ele afastou para o lado a bagunça de papel descartado e colocou os cotovelos na mesa. "Talvez. Mas não posso ir lá sem saber onde procurar." Esfregou o rosto com as mãos. "A primeira parte da anotação pode ser um aviso, até onde sei. Preciso de um plano claro antes de dar o próximo passo."

Olhei para as letras misturadas na parte de cima do papel. Os *X*s e *I*s pareciam vagamente familiares, mas eu não sabia de onde. E quanto mais demorasse a decifrar o resto da mensagem, mais perto Connor e Riley estariam de nos encontrar.

23

Olhei para o relógio pendurado em cima da lareira. Tinham se passado seis horas desde minha última dose de analgésicos. Passei a maior parte do dia em uma das poltronas na sala de estar com o diário da minha mãe. Alternava entre rascunhar um novo desenho de Trev, analisar minhas anotações sobre os rapazes e reler os textos de minha mãe.

Uma das primeiras receitas que ela tinha acrescentado ao livro era uma que ela chamou de "Jantar para dois em uma noite chuvosa". Era um prato de atum levado ao forno que parecia ser bom, mas no final ela tinha escrito

DESASTRE. Arthur odiou.

Papai. Parecia que eu não falava com ele havia semanas. Ainda nem sabia se ele tinha conseguido tratar seu ferimento, se tinha recebido alta do hospital. E ainda me perguntava sobre a casa: Quem cuidaria dela agora que eu havia partido? Alguém precisava varrer as folhas e jogá-las na mata. O tapete de inverno tinha de ser tirado da garagem e desenrolado na entrada secundária. As janelas da sala de estar precisavam ser protegidas do clima. Papai se lembraria de fazer isso por conta própria?

Queria poder ligar para ele, ouvir sua voz, saber se estava bem.

Coloquei o diário de lado e me forcei a sair da cadeira. Meu corpo reclamava e minha cabeça girava. A dor de cabeça tinha voltado com força total. Pelo visto, eu não fora feita para lutas de verdade.

Eu me arrastei pela sala de estar e congelei no meio do caminho para a porta.

O relógio.

Olhei para ele novamente. Era um modelo mais antigo, com algarismos romanos para indicar as horas. *Xs* e *Is* e *Vs*. A primeira metade da mensagem criptografada de Sam estava em *Xs* e *Is*.

"Sam!", chamei, arrependendo-me instantaneamente quando a vibração da minha voz intensificou o pulsar na minha cabeça.

Ele veio pisando com força pela escada, os olhos pesados de sono. Eu não tinha me dado conta de que ele estava cochilando, e senti uma ponta de culpa por acordá-lo.

"O que foi?" Ele segurava a arma frouxamente ao seu lado. Os outros se juntaram na entrada da porta entre a sala de estar e a cozinha.

"Acho que sei como decifrar o restante da mensagem."

Vi a mensagem de uma forma totalmente nova agora que sabia o que procurar. Sam pairava sobre meu ombro. Cas ficara interessado na minha revelação só por cinco segundos, até seu jantar ficar pronto. Agora ele estava sentado na minha frente se empanturrando. Trev estava ao meu lado, e Nick tinha se ajeitado na bancada atrás de mim.

"Acho que são numerais romanos", disse eu, apontando para o início da mensagem. "Então, se os passarmos para números de verdade, talvez tenhamos um endereço, coordenadas ou um número de telefone."

Sam colocou as mãos no encosto da minha cadeira e se inclinou para a frente, causando uma onda de sensações nas minhas costas. Segurei a caneta com mais força. "O código tinha pausas", disse ele. "Achei que isso significasse um espaço entre palavras, mas pode ser um intervalo entre números."

Li o primeiro conjunto: XXIII. "Vinte e três."

Então XV. "Quinze."

Fomos descendo a coluna até termos 23 15 51 85 82.

"Dez números", falei.

"Eu não acho que sejam coordenadas."

"Acho que a resposta óbvia é que é um número de telefone", disse Cas, com a boca cheia de arroz.

Dividi os números em um número de telefone: 231- 555- 8582.

"Devemos tentar?", perguntou Trev.

Nick saiu da bancada e aterrissou quase sem fazer som. Ele vestia uma das camisas de botão que havia encontrado e uma calça jeans. "Devemos preparar todas as malas antes de fazer isso. Precisamos estar prontos para fugir."

Levamos só dez minutos para juntar tudo importante o suficiente para ser levado. Nós nos reagrupamos na mesa. Todos estavam tensos de ansiedade enquanto Sam pressionava os números.

A torneira da cozinha pingava no ralo aberto. "Pim. Pim". O gerador roncava na garagem. Sam andava de um lado para o outro. Ele tinha atravessado a cozinha de uma ponta a outra, e então congelou.

Eu podia ouvir vagamente uma voz atendendo na outra ponta. Sam olhou diretamente para mim, seus olhos arregalados e incrédulos. "Sim", disse ele. Esfregou o rosto com a mão livre e então ditou o endereço da cabana.

"Quanto tempo?", disse ele. Então: "Tudo bem". E desligou.

Fui logo perguntando: "O que disseram?".

"Ela sabia quem eu era."

Ela? Espero que não seja a garota da foto.

"Você sabe quem era?", perguntei.

Ele pegou a arma na bancada, puxou o cartucho, verificou as balas. Já tinha feito isso, antes de fazer a ligação.

"Sam?"

"Acho melhor a gente esperar até que ela chegue aqui, para o caso..."

Eu me levantei com firmeza, inclinando os ombros para trás com atitude. "Quem era, Sam?"

Ele piscou lentamente, como se pretendesse fechar os olhos e suspirar mas tivesse mudado de ideia. "Sura. Ela disse que se chamava Sura."

Minha visão se turvou. O ar no meu peito se escondeu em um lugar onde eu não conseguia encontrá-lo.

Minha mãe não estava morta. E ela estava a caminho.

24

Minha cabeça latejava ainda mais forte.

Sura – *minha mãe* – disse a Sam que estava a quatro horas de distância. Quatro horas. Em quatro horas eu veria a minha mãe. O nervosismo dentro de mim persistia. Ela sabia que eu estava com Sam? O que ela sabia sobre mim, afinal de contas?

Eu não conseguia entender por que ela havia partido. Não entendia por que meu pai tinha mentido para mim quase minha vida toda. Não entendia por que minha mãe conhecia Sam, por que ela tinha deixado para ele aquela primeira pista na casa na Pensilvânia.

Aquela pista deveria ter sido para mim. Se minha mãe queria levar alguém até ela, esse alguém deveria ser eu. Apenas uma hora de espera havia se passado e as perguntas alimentavam a dor, condensando-a em minha garganta. Mães não deveriam abandonar suas filhas. Eu havia precisado dela. E tinha lamentado sua perda. E ela estava a apenas algumas horas de distância, vivendo uma vida secreta como a senhora Tucker.

O nervosismo queimava e borbulhava.

Nick abriu a sacola de armas, o zíper fazendo um som agudo, seguido pelo *clique* de uma arma sendo recarregada. E se isso fosse uma armadilha elaborada? E se Connor tivesse chegado à minha mãe? Havia milhões de *e se*, e uma decisão errada nos custaria muito.

Mas era a minha mãe. *Minha mãe.*

Os rapazes se alternavam vigiando as janelas da frente e de trás. Cada um tinha uma arma por perto ou na mão.

Quatro horas e meia de espera se passaram, e Cas mudou de posição na janela da frente e estalou os dedos. Eram quase 11 da noite, e tínhamos ficado parados no escuro por algum tempo. A pedido de Sam, nem mesmo um fogo queimava na lareira, e eu tinha vestido meu casaco para afastar o frio.

A luz de faróis entrou pelas cortinas de lona, e Sam saltou do sofá. Corri para a janela da sala de jantar, apesar das instruções anteriores de Sam para ficar parada. Eu tinha de ver. Precisava saber se era ela.

Uma caminhonete velha e amassada estacionou perto do último SUV roubado por Cas. O motor foi desligado, as luzes se apagaram e a porta do lado do motorista foi aberta. Eu só conseguia ver a silhueta dela e a forma de uma trança grossa caindo sobre seu ombro. Um cachorro disparou da caminhonete atrás dela em direção à cabana.

A mulher subiu os degraus, ainda mergulhada nas sombras. Eu não conseguia distinguir seu rosto. Ouvimos o som de alguém batendo na porta da cabana. Comecei a ir em direção à sala de estar, mas Sam indicou com um aceno que eu ficasse. Ele levantou a arma, apontou para Nick. Trev. Cas. Eles formaram uma espécie de círculo em torno da porta, armas empunhadas.

Meus joelhos estavam frios, entorpecidos. Sam girou a maçaneta. Meu coração parecia que ia saltar do peito.

A porta se abriu.

Ela entrou.

"Levante as mãos", disse Sam. Tom neutro. Calmo como sempre.

Ela obedeceu, mas o cachorro – um labrador chocolate, pelo que pude ver – correu para dentro, sem vergonha.

"Você está armada?", Sam perguntou.

Fazendo que sim com a cabeça, ela puxou uma arma de um coldre de ombro vestido por dentro de sua jaqueta de lã. Depois, puxou uma faca de sua bota. Colocou ambas as armas no chão, e Nick avançou, chutando-as para longe.

"Eu sou amiga, Sam", disse ela.

Embora não soasse velha ou cansada, pude notar que tinha pelo menos 30 anos. Sua voz mostrava certa profundidade, uma ponta de autoridade, como se tivesse visto muita coisa e fosse capaz de se impor.

Sam apontou para Cas e Trev. Eles se esgueiraram entre nós e saíram pela porta de trás para verificar o perímetro, conforme planejado.

Acenda as luzes, pensei. *Quero ver se é realmente ela, vê-la com meus olhos.* Mas ficamos no escuro e Sam fez um gesto para que ela avançasse.

"Sente-se", disse ele. Ela se sentou. Dei uma olhada pelo vão da porta da cozinha. Quando ela me viu, juro que alguma expressão passou por seu olhar, mas o que quer que fosse sumiu antes que eu pudesse identificá-la.

O cachorro foi para o lado dela e ficou no chão, rabo balançando. Ninguém disse nada.

Quando os rapazes voltaram com a notícia de que o perímetro estava seguro, Sam finalmente acendeu as luzes. Levou um instante para eu me acostumar, e pisquei os olhos para me livrar da sensação de queimação. Quando minha visão clareou, pude ver uma mulher. Cabelos negros. Esguia. Olhos da cor de grama no verão. Marcas no canto da boca, como vento cortado pela areia.

Inspirei e o ar se cristalizou em meus pulmões.

"Meu Deus", sussurrei.

Era ela. Minha mãe. Viva.

As palavras pareciam não querer se juntar na minha cabeça. Para mim, ela nunca tinha sido mais do que páginas e palavras em um diário. Uma mulher em uma fotografia. Mas ela era de carne e osso. Real. *Viva*.

Essa mulher podia ser mais velha do que a mulher na minha fotografia. Seu cabelo podia ter ficado um pouco cinza perto das têmporas. Suas bochechas podiam parecer mais finas do que as da mulher de 20 e poucos anos na beira daquele lago. Mas não importava. Eu sabia que era ela.

"Sura?", perguntou Sam. O nome parecia estrangeiro dito assim em voz alta na sala de estar modesta daquela cabana.

Ela fez que sim com a cabeça. O cachorro se sentou.

Um milhão de perguntas passavam pela minha cabeça e eu não conseguia escolher uma delas por tempo suficiente para perguntar. Por que ela nunca tinha entrado em contato comigo? Ela me reconhecia?

Sam sentou-se no sofá e me levou para perto dele. Ele entrelaçou seus dedos com os meus. Sua mão estava fria, seca e firme. A minha tremia, escorregadia de suor.

"Estava esperando há dias vocês, rapazes, entrarem em contato comigo", disse ela. "Eu soube que tinham escapado. Ia esperar por vocês na Pensilvânia, mas fiquei assustada e parti." Ela balançou a cabeça. Sua trança mudou de posição. Por que não olhava para mim?

"Então, diga-me, o que está acontecendo? Eu não faço ideia..." e parou de falar, pressionando as mãos no colo. "Lamento, Samuel. De verdade. Eu tentei procurar você por alguns anos depois que você desapareceu, mas não consegui encontrá-lo."

Fiz um movimento inquieto, e Sam me segurou com mais força. *Ainda não*, era a mensagem bastante clara.

"Uma das pistas levou ao seu número de telefone", disse Sam.

Ela assentiu com a cabeça. "Era esse o plano, caso apagassem você. Você me deu um telefone e pediu que sempre o mantivesse ligado. Eu não sabia sobre este lugar." Ela deu uma olhada rápida pela sala. "Mas também, você nunca foi de dar muitos detalhes."

"Como você me conhece?", perguntou Sam.

"Você e Dani vieram até mim pouco mais de cinco anos atrás e pediram ajuda. Eu conhecia a Dani por causa do seu tio." Seus olhos perderam o foco por um segundo, mas ela se recuperou rapidamente. "De qualquer modo, vocês roubaram algo da Agência que usariam para comprar sua liberdade. Mas então Dani desapareceu. Você plantou as pistas como um plano-reserva antes de ir atrás dela." O cachorro ganiu. "Vocês nunca voltaram."

"Espere um instante." Cas levantou a mão. "Estou tendo dificuldade de acompanhar. Quem é Dani?"

Sam desencavou a foto de si mesmo do bolso de trás de sua calça. Tinha sido dobrada na metade, e as bordas estavam gastas, mostrando o papel branco por baixo da tinta.

Uma emoção estranha e não identificada me percorreu. O que significava ele ter mantido a foto dobrada em seu bolso de trás, como uma lembrança?

Ele mostrou a imagem a Sura. "Essa é a Dani?"

Sura não precisou de mais do que um segundo para decidir. "É sim, com certeza."

"Não me lembro dela." Sam pegou a foto de volta e a guardou. "Por que eu estava indo atrás dela?"

"Bem... você a amava. É simples assim. E Connor a tirou de você."

A emoção sem nome se intensificou, frágil e amarga na ponta da minha língua. E, de repente, eu soube o que era: desgosto. Se ela era o motivo de Sam ter plantado as pistas, o motivo pelo qual ele acabara sendo capturado, isso significava que, se não fosse por ela, Sam nunca teria sido trancado no laboratório. Eu nunca o teria conhecido. Eu amava e odiava essa garota.

"Não sei o que aconteceu com ela", disse Sam. "Mas algumas vezes eu tenho lampejos de lembrança de uma garota."

Olhei para ele. Ele nunca tinha me dito isso.

"Não vejo um rosto", ele prosseguiu, "mas será que é ela?"

Se ele tinha feito tudo que podia para encontrar essa garota cinco anos atrás – tatuagens, cicatrizes, revoltar-se contra a Agência –, o que faria agora?

Ele tinha prometido que sempre me protegeria, mas, se tivesse de escolher entre mim e Dani, quem ele escolheria? Se isso significasse sacrificar uma de nós para proteger o grupo, eu não sabia de que lado ele estaria.

Sura juntou as mãos. "Eles realmente apagaram você, não foi? Diga-me do que você se lembra."

Nick grunhiu. "Que tal porra nenhuma?"

O olhar dela passou por Nick. "Bem, Nicholas, posso ver que você não mudou muito. Pura atitude e testosterona."

Cas prendeu um riso, e Nick olhou irritado para ele.

"Acordamos no laboratório cinco anos atrás", explicou Sam. "Temos apenas lampejos vagos de lembranças de nossas vidas antes disso."

Sura assentiu com a cabeça, como se isso fizesse sentido agora que ela conhecia os fatos. "Tudo bem. Vamos começar de novo. Conte-me sobre sua fuga. Estou vagamente familiarizada com ele", ela apontou para Trev, e então voltou sua atenção para mim, "mas não conheço essa moça."

Sam ficou tenso. Eu fiquei tensa. Todo mundo ficou tenso. "Você não a reconhece?"

Sura franziu ainda mais a sobrancelha. "Eu deveria?"

Trev se inquietou na porta. Nick estalou as juntas da mão. Não sei o que eles esperavam, mas 16 anos se passaram desde que minha mãe tinha me visto. Eu tinha mudado muito nesse tempo. Será que não poderiam dar a ela um instante antes de tirarem suas conclusões?

Sura me examinou. Papai tinha dito que eu tinha os olhos dela, mas agora eu não tinha tanta certeza. Os dela eram verde-escuros, e os meus eram castanhos. Ela tinha estado tão afastada na imagem que eu tinha dela para ver antes que a comparação não fazia sentido.

"Essa é Anna", disse Sam.

"Anna", ela repetiu, como se estivesse experimentando dizer meu nome, como se soasse familiar mas ela não tivesse certeza do porquê. "Bem, Anna, é um prazer conhecê-la."

Olhei fixamente para ela, o cumprimento dizendo tudo que havia para dizer. E, quanto mais eu olhava para ela, mais borrada ela ficava, com minha visão turvada por lágrimas.

"Sura, Anna é sua filha", disse Sam. No entanto, mesmo ele não parecia muito convencido disso.

Um zumbido preenchia minha cabeça enquanto ela olhava para mim, *realmente* olhava para mim, as linhas finas em torno de seus olhos se aprofundando. "O que exatamente disseram para você?"

"Você não a reconhece?"

Ela suspirou ao se virar para mim. "Querida, eu nunca fiquei grávida."

O peso de tantos dias de medo e incerteza subitamente me dominou. O zumbido ficou mais alto, e deixei escapar um soluço entrecortado. Saltei do sofá. O cachorro levantou a cabeça, balançando as etiquetas de identificação em seu colar. Corri pela cozinha. O cachorro latiu atrás de mim. Corri para fora, o vento agora frio demais, e lágrimas descendo pelo meu rosto.

"Anna!" Os pés de Sam batiam com força no chão atrás de mim enquanto eu corria sem saber para onde – qualquer lugar servia, contanto que fosse longe dali. Todos esses anos eu quisera conhecer minha mãe, e, agora que ela estava aqui, eu não era sua filha?

"Anna, pare!"

Samambaias frágeis batiam nos meus joelhos. Um galho se prendeu em meu cabelo. Perdi o impulso e Sam me alcançou, girando meu corpo.

"Ela não me conhece!", gritei, empurrando-o, porque não queria que ele me visse desabando, e pelo fato de que eu não conseguia aguentar parada por mais um segundo.

"Precisamos descobrir por quê", ele falou. "Pare!"

Enterrei o rosto na curva de seu pescoço. Ele cheirava a sabonete Ivory e ar puro e limpo. Para mim, era o cheiro de lar.

Eu só queria voltar, mesmo que nada daquilo fosse real. Sentia falta da previsibilidade de tudo. Em casa, sabia o que esperar, e Sam sempre estaria lá, e eu sempre seria Anna com uma mãe que tinha morrido e um pai que passava cada minuto trabalhando.

Aquela era a minha vida. Ela podia não parecer muita coisa, ou mesmo ser verdadeira, mas era minha.

Ficamos parados no meio da floresta e Sam me deixou chorar. Ele me segurou com força, como se estivesse com medo de que eu corresse novamente, se tivesse a oportunidade. E talvez eu tivesse feito exatamente isso. Talvez tivesse corrido até onde minhas pernas aguentassem me levar.

"Ela não é minha mãe", falei finalmente, limpando as lágrimas das bochechas. Falar essas palavras em voz alta parecia torná-las mais verdadeiras. Talvez lá no fundo eu soubesse que essa era uma possibilidade. Desde que tinha encontrado aquela nota adesiva, sua escrita lá no presente correspondendo à escrita no diário do passado. Talvez eu soubesse desde então.

Meu pai podia ter mentido sobre muitas coisas, mas mentir para mim sobre o fato de Sura ser minha mãe parecia muito maquiavélico até para ele. Então, por que ele tinha feito isso? A qual propósito isso servia?

"Se ela não é minha mãe, então quem é?"

Uma lufada de vento balançou as árvores. "Eu não sei", disse Sam. "Mas prometo a você que descobriremos."

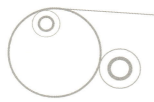

25

Quando era pequena, eu queria desesperadamente conhecer minha mãe. Era provavelmente por isso que a desenhava com tanta frequência, como se meu lápis pudesse de alguma forma preencher o vazio. Agora ela estava aqui na minha frente, e eu nem sequer sabia se era minha mãe. Isso doía mais do que qualquer coisa. Eu achei que havia ganhado uma segunda chance, somente para tê-la arrancada de mim.

Trev me passou uma caneca de café instantâneo. Sura ganhou uma também. Sam sentou-se ao meu lado, tão próximo que nos encostávamos. Ele já tinha deixado claro que não ia a lugar algum.

"Estaremos lá fora na garagem", disse Trev, "cuidando do gerador."

Com o canto do olho, captei o movimento parcial de Sam assentindo com a cabeça. Ele tinha pedido anteriormente, com algum gesto discreto que não percebi, para Cas e Nick saírem. Para me dar o máximo de privacidade possível.

Quando voltei para dentro, queria me esconder no quarto e me encolher, dissecando mentalmente tudo que achava saber sobre mim mesma. Lembranças do meu pai, as coisas que ele tinha dito sobre minha mãe. Queria folhear o diário dela, procurar pistas que podia ter deixado escapar. Foi Sam quem insistiu para que eu conversasse com Sura.

As chamas crepitavam na lareira e o gelo em minhas mãos se dissipou.

"Por que você não me conta sobre Arthur?" disse Sura. "Sobre você."

"Ahm..." Passei a língua nos lábios, puxei a caneca de café para a altura do peito. "Não sei nem por onde começar."

"Talvez eu devesse começar falando de mim?", ela ofereceu. "De mim e de Arthur?"

"Ele me disse que você tinha morrido quando eu tinha 1 ano de idade, mas obviamente isso não é verdade."

Ela balançou a cabeça e puxou os pés para a cadeira. "Nós nos divorciamos treze anos atrás."

Franzi as sobrancelhas. "Mas isso significa que eu teria 4 naquela época. Será que ele... ahm... você sabe..."

"Teve um caso?", ela completou. "Não que eu soubesse, mas creio que seja possível. Éramos duas pessoas diferentes quando nos divorciamos. Arthur sempre tinha sido mais dedicado à sua carreira do que a qualquer outra coisa."

Então quem *era* minha mãe? De onde diabos eu vim? Mais perguntas. Menos respostas. Eu precisava falar com meu pai.

"Você já trabalhou para a Agência?", perguntou Sam.

"Sim. Acidentalmente. Eu tinha saído da universidade com um bacharelado em jornalismo e nenhuma perspectiva de emprego. Arthur me levou para a Agência."

Pensei no seu diário e disse: "Ah, eu tenho algo que te pertence". Peguei o livro na mesa perto do sofá e passei para ela.

Ela levantou as sobrancelhas. "Esse é o que tem todas as receitas de cookie atrás?"

"Sim. Eu já tentei todas elas."

Ela folheou as páginas. "Uau. Eu havia me perguntado aonde isso tinha ido parar. Muita agonia e incerteza aqui, mas as receitas eram boas. A maior parte delas eu peguei da minha mãe. Ela sabia cozinhar como ninguém."

Ouvi-la falar de sua própria mãe me encheu de desespero. "Pode ficar com ele", disse eu, gesticulando em direção ao livro.

"Ah, não." Ela o devolveu. "Ele é seu agora. Vi que você acrescentou alguma coisa. Além disso, já comecei um novo."

Em segredo, eu me sentia aliviada. Talvez o diário não tivesse mais o mesmo significado de antes, mas me lembrava de casa, e eu não queria abrir mão dele.

"Então, me conte sobre Arthur. Como ele está?"

Sam e eu trocamos um olhar. Comentar sobre ele ter atirado no papai não parecia ser uma boa forma de começar a conversa. "Ele está bem. Como você disse, ele trabalha muito." Mexi no canto do diário. "O que você fazia na Agência?"

"Trabalhava no departamento médico. Quando saí, eles estavam fazendo experiências de manipulação da mente. Já haviam aperfeiçoado os apagões de memória, claramente."

"A Agência é um braço do governo?", perguntou Sam. Ele parecia calmo, suas mãos casualmente unidas no espaço entre os joelhos, mas seu corpo estava tenso. E, quando ele ajustou sua posição, notei que a camisa estava presa nas costas, dando acesso rápido e fácil à arma colocada ali.

Sura colocou a caneca na mesa. "Não, mas eles são em grande parte financiados pelo governo, e existe um acordo mútuo entre eles. Eles deixam a Agência fazer o que bem entender, e, o que quer que desenvolvam, o governo tem acesso a isso em primeira mão."

"Como os rapazes?" O pensamento me deixava enojada.

"Sim." Sura olhou diretamente para Sam. "Vocês foram projetados para ser soldados do mais alto calibre. Mas, quando se começa a fazer homens mais fortes e inteligentes do que deveriam ser, é difícil controlá-los. Estou supondo que tenha sido esse o motivo de trancafiarem vocês. Isso e o fato de que você roubou algo deles que deixou Connor muito irritado."

Sam se moveu um pouco para a frente. "Mas o quê?"

Ela parecia indiferente. "Eu estava fora da Agência naquela época. Não sei os detalhes. E você nunca foi do tipo que compartilha as coisas."

Isso ainda era verdade.

"Eu dei a você alguma outra informação?", perguntou Sam. "Uma palavra-código? Uma pista sobre minha tatuagem?"

Ela balançou a cabeça. "Meu único papel era ser um contato seguro, para preencher algumas das lacunas se eles apagassem sua memória."

Uma pausa, e então Sam disse: "Eles estavam trabalhando em algo novo quando eu roubei o que quer que tenha roubado? Mais alterações? Uma droga diferente?"

"Eu realmente não sei, mas" – ela desdobrou as pernas – "ouvi que eles estavam movimentando muito dinheiro. Eu ainda tinha contatos – ainda tenho – na Agência."

"Pessoas em quem você confia?", Sam perguntou.

"Ah, sim."

O cachorro rolou para o lado e deixou escapar um suspiro. O fogo crepitava na lareira. Sura se virou em minha direção, sua trança grossa girando pelo ombro. "Lamento por você ter de descobrir assim. Sei que deve ser difícil confiar em alguém agora, mas, se tiver algo que eu possa fazer, é só falar."

Eu sorri. "Obrigada."

"Está ficando tarde." Sam se levantou. "Você pode ficar aqui, se quiser. Tem um quarto no andar de cima que você pode usar."

"Obrigada." Ela estalou os dedos e o cachorro se levantou. "Qual quarto?"

Sam começou a responder, mas eu fui mais rápida. "Eu mostro a você", falei. Ele me deu um olhar cauteloso. Em resposta, assenti com a cabeça, como se dissesse *não tem problema*.

No andar de cima, levei Sura e seu cachorro ao primeiro quarto à esquerda, um dos três quartos naquele andar. O segundo era só meu. O terceiro era dividido pelos rapazes. Eles nunca dormiam ao mesmo tempo, de qualquer modo, então a organização para dormir não era um problema.

"Qual é o nome do seu cachorro?", perguntei, puxando um travesseiro extra do armário.

"Coby." Sura foi até as janelas e olhou para fora. "Os rapazes estão te tratando bem?"

Parei no meio do caminho entre o armário e a cama. "Sim. Quer dizer, Nick e eu não nos damos bem o tempo todo, mas isso é típico."

Sura pegou o travesseiro que ofereci a ela e bateu nele para dar volume. "Dê tempo a ele. Talvez ele mude de ideia."

"Duvido muito."

"Bem, ele teve uma vida difícil, aquele rapaz. Sempre destruído, desde que o conheci. Então, não leve isso para o lado pessoal."

Voltei ao armário e vasculhei dentro dele, puxando dois lençóis. "O que você quer dizer?"

Apesar de Nick e eu não nos darmos bem, eu tinha uma intensa curiosidade sobre ele, queria entendê-lo, decifrá-lo.

"O motivo de o Nick ter se envolvido com a Agência", Sura explicou, "foi ter saído de casa aos 16 anos e não ter nada a perder. Sua mãe o deixou com o pai quando ele tinha 2 anos. O pai era um alcoólatra. Batia em Nick em cada oportunidade que aparecia."

Os lençóis subitamente pareceram pesados demais em meus braços. Será que era isso que ele via em seus flashes? Seu pai abusivo? Sentei na beira da cama conforme o horror da história de Nick se assentava. Eu não fazia ideia.

"Nick é assim porque cresceu desse jeito", Sura acrescentou, "e nenhuma quantidade de apagões de memória poderia mudar isso."

As coisas que ele tinha me dito no cemitério faziam mais sentido agora: *Posso não lembrar quem eu era antes disso, mas posso apostar que não era um mar de rosas.* Talvez uma parte dele sempre soubesse que manter as memórias enterradas era melhor do que desenterrá-las.

"E quanto ao Sam?"

Sura veio e pegou um dos lençóis das minhas mãos. "Como ele entrou? A mãe dele o passou adiante. A Agência o adotou."

"Eles podem fazer isso?"

"Eles fazem coisa bem pior."

Mudei de posição para que ela pudesse arrumar a cama. "Se você sabe sobre a vida dos rapazes antes dos apagões de memória, por que não está contando para eles agora?"

Os cantos de sua boca formaram um sorriso seco. "Eu cheguei só uma hora atrás. É desse Sam que estamos falando. Ele suspeita de tudo. Sam só confia nele mesmo, e qualquer coisa que eu dissesse seria considerada com cautela."

Fiz que "sim" com a cabeça. Ela tinha razão, é claro.

Eu a ajudei a esticar o segundo lençol sobre o mais fino de algodão. Ambos cheiravam a armário mofado, mas ela precisaria deles no frio do início da manhã.

"Bem, acho que vou deixá-la descansar um pouco."

Ela inclinou a cabeça enquanto andava em direção à porta. "Anna?"

"Sim?"

"Você parece ser uma jovem de opiniões fortes. Muito bonita também. Eu teria tido orgulho de ter você como minha filha."

Foi o que bastou. Minha visão embaçou, e eu tive que apertar a mandíbula para impedir que meus lábios tremessem. Embora soubesse que não era verdade, ainda queria manter a crença de que ela *era* minha mãe. Não queria abrir mão disso.

"Obrigada", falei e fechei a porta atrás de mim.

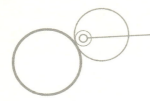

26

Mais tarde, em meu quarto, tirei os sapatos e descansei na cama. Depois do calor que irradiava do fogo na sala de estar, o ar frio do quarto provocava calafrios nos meus braços. Puxei o lençol por cima dos ombros e passei alguns instantes ouvindo os sons naturais da casa: o rangido do chão de tábuas no andar de baixo, o farfalhar das folhas secas do lado de fora.

Em um dia eu havia aprendido tanto. Minha mãe não era minha mãe. Sam tinha se apaixonado. E agora eu via Nick de um jeito totalmente novo. Tinha dificuldade de achar um lugar para as informações novas na minha cabeça já bagunçada.

Fechei os olhos, pensando que gastaria um minuto me aquecendo, mas antes que me desse conta eu tinha apagado. Acordei no meio da noite, o lençol deslocado, meus pés expostos ao ar frio. O primeiro pensamento que me ocorreu foi que eu precisava entrar escondida no laboratório para ver Sam. Levou um instante para eu me dar conta de onde me encontrava, lembrar que não estava em casa e que não tinha de descer até o subsolo para vê-lo.

Plantei os pés no chão, o velho hábito arraigado em meu corpo, cada nervo, osso e célula me dizendo para ir. Conforme descia a escada, a iluminação âmbar do fogo reluzia no corrimão, projetando sombras esguias na parede. Lá fora, os galhos das árvores se arranhavam e batiam uns contra os outros, enquanto a própria casa caía naquele silencio noturno esquisito quando tudo se aquieta.

Encontrei Sam deitado no sofá de barriga para baixo, olhos fechados, mãos enterradas embaixo de um travesseiro. Eu me dei conta, com um sentimento vago de assombro, de que nunca o tinha visto dormindo antes, exceto quando induzido pelo gás. Se tivesse, teria ficado hipnotizada por quão comum e pacífico ele parecia. Acordado, ele era tudo *menos* comum.

Parei a alguns metros do sofá, fixando os olhos na subida e descida de seus ombros, para garantir a mim mesma que ele ainda respirava. Garantir a mim mesma que nada tinha mudado nas horas passadas desde que o vira pela última vez.

Eu estava indo em direção à cadeira, pensando em me aquecer perto do fogo por alguns minutos, quando Sam saltou do sofá, empurrou-me contra a parede e pressionou uma arma em meu rosto.

Eu arfei e disse: "Sam, sou eu".

"Anna." Ele relaxou.

"Desculpe", consegui falar.

Ele balançou a cabeça. "Não, eu não deveria..."

"Eu estava andando na ponta dos pés na sua direção. Sabia que não deveria fazer isso."

Ele deixou a arma na mesa à minha direita. "Eu não machuquei você, machuquei?" Ele segurou meu rosto nas mãos, e minha pele formigou.

"Não. Estou bem."

Na luz pálida, seus olhos verdes turvos pareciam perdidos, desnorteados. *Como se tivesse visto um fantasma.* Ele deu um passo para trás.

"O que foi?", perguntei.

Um suspiro forçou o caminho por seus lábios. "Quanto mais tempo passo longe do laboratório, pior eu me sinto."

"São os lampejos de lembranças?" Ele não respondeu, o que claramente significava sim. Eu me odiava por perguntar o que estava prestes a perguntar, mas não consegui impedir a pergunta de escapar por meus lábios: "Eles são sobre Dani?"

Ele desviou o olhar. "Eu falhei com ela."

Um sentimento avassalador de posse me dominou até eu me sentir esmagada. Eu queria que ele fosse meu e de mais ninguém. O que essa garota tinha que eu não tinha? Ela poderia, com o tempo, roubar o Sam de volta?

E será que ele, em algum momento, tinha sido meu, para começo de conversa? Não achei que Sam fosse capaz de amar, não do jeito sem reservas que toda garota quer, mas talvez o antigo Sam fosse. Talvez o antigo Sam trouxesse rosas, escrevesse poesia adocicada e segurasse a mão da garota que amava. Ele só tinha tomado conhecimento da Dani algumas horas atrás, e já conseguia lembrar de pedaços dela. Se estava no caminho para recuperar sua identidade, era só questão de tempo até que eu o perdesse de vez.

Eu me afastei. Ele me impediu pondo a mão no meu pulso. "Espere", disse ele. "Eu sei no que você está pensando."

"Em quê?"

Seus lábios pareciam mais vermelhos, mais úmidos. Meu coração pulsava contra minhas costelas.

"Está escrito na sua cara." Ele afastou uma mecha de cabelo dos meus olhos. "Não vou a lugar algum."

"Eu nunca disse que iria." Mas minha voz saiu como um sussurro incerto.

Sua mão foi para a minha cintura enquanto seus olhos encontravam os meus. Seus dedos encontraram pele exposta debaixo da bainha da minha camiseta. Cada terminação nervosa no meu corpo pulsava em resposta.

"Sam", falei, embora não conseguisse juntar o resto do que queria dizer, todas as coisas que deveria ter dito.

Ele se inclinou para a frente e seus lábios roçaram nos meus, primeiro leves como uma pena, depois mais ávidos. Meu coração retumbava quando ele exalou, como se tivesse prendido o ar em seu pulmão por tempo demais.

Minhas mãos passearam por seus bíceps enquanto os dedos dele passavam pelo meu cabelo, enviando correntes de calor para minha cabeça. Ele se pressionou contra mim como se não pudesse ficar perto o suficiente, e eu pressionei de volta. Porque eu *não estava* perto o suficiente. Porque tinha passado vários dos últimos anos de minha vida desejando estar mais perto.

Conforme as mãos dele deslizavam para cima, as minhas deslizavam para baixo, explorando os músculos em seu tórax. Minhas mãos passaram para baixo da camisa dele e uma voz em minha cabeça disse, *Não, espere, o que você está fazendo?* E cada parte de mim a ignorou.

Seu corpo parecia febril sob meu toque, e, quando sua boca encontrou a minha novamente, eu me inclinei para trás na parede, incerta da minha capacidade de permanecer de pé.

Se ele quisesse, eu estava pronta para fazer qualquer coisa. *Qualquer coisa.* E quando minha mente se abria para as possibilidades ele se inclinou para trás.

"Anna", disse ele. Sua voz era rouca mas firme.

O modo como olhava para mim, seus dedos ainda pressionados contra minhas bochechas, eu sabia o que ele estava pensando sem que ele precisasse dizer nada.

Não deveríamos.

E talvez ele estivesse certo. Mas eu ainda queria muito mais dele.

Deslizei para longe, descendo a barra da camisa e alisando-a com um movimento trêmulo da mão. Tentei não olhar para a parte do estômago rígido dele ainda exposta sob a camisa puxada para cima, mas não consegui. Se não podia encostar nele com as mãos, queria encostar nele com os olhos e nunca mais largar.

"Anna", disse ele novamente, mas nada mais saiu, e pensei que talvez, pela primeira vez, fosse ele a não saber o que dizer.

"Vejo você de manhã", falei, meu tom soou mais áspero do que eu queria que soasse.

Não aguardei uma resposta. Corri da sala de estar, do fogo, de Sam. O frio voltou, rastejando pelos meus braços.

O que passava pela minha cabeça?

Nada. Eu não estava pensando, e era esse o problema. Se tinha aprendido algo sobre Sam nos anos em que o conheci, é que ele calculava tudo que dizia e fazia.

E aquele beijo... não estava nos planos.

Eu só queria me esconder no meu quarto, ficar trancada lá dentro até o amanhecer.

Contudo, quando estava na metade da escada, vi Sura descer correndo, os olhos arregalados, o cabelo desgrenhado e selvagem.

"Pegue suas coisas", disse ela. "Connor encontrou vocês."

27

Sam pulou por cima do corrimão, parando no degrau acima de mim. Ele empurrou Sura contra a parede e pressionou o cano da arma sob o queixo dela, forçando sua cabeça para trás.

"Você o trouxe aqui?", ele perguntou.

Sura tentou balançar a cabeça, mas Sam a mantinha presa firme. "Não. Eu juro. Estou do seu lado, Sam."

"Então, como sabe que Connor está vindo?"

Ela engoliu em seco. "Eu soube por um dos meus contatos. Liguei para pedir ajuda."

"Quem é esse contato?"

"Ninguém que você conheça."

Uma gota de suor desceu pelas têmporas de Sam. "Quanto tempo temos?"

"Dez minutos."

"Merda." Ele guardou a arma e subiu correndo a escada de dois em dois degraus, acelerando para acordar os outros. Um deles estava provavelmente lá fora em algum lugar, de guarda, mas eu não sabia qual.

Meus olhos encontraram os de Sura. "Eu não armei para cima de vocês", disse ela. "Eu nunca faria isso."

"Eu quero acreditar em você..."

Ela desceu um passo. "Não importa. Escute. Meu contato me disse mais uma coisa. Algo sobre você."

Dei um passo para trás, encostando no corrimão. "Sobre mim?"

Seu cabelo descia em ondas grossas sobre os ombros. "Qual é sua lembrança mais antiga?"

Nick disparou pelo corredor do segundo andar. Em algum lugar lá em cima uma porta se abriu de repente.

"Anna, pense."

Eu me reconcentrei. "O que isso tem a ver com o resto?"

"Onde você morava antes do laboratório? Antes de conhecer os rapazes?"

Cas passou rapidamente por nós na escada. Isso significava que era Trev quem estava lá fora.

"No centro da cidade. Em um apartamento." Comecei a subir a escada. "Tenho coisas para pegar. Eu devia..."

Suas mãos seguravam meu braço. "Era um apartamento em andar alto ou baixo?"

"Alto."

"Qual era a cor do seu quarto?"

"Eu tenho que ir." Eu me sacudi para escapar de suas mãos.

"Elas são falsas, Anna!"

Eu congelei.

"Suas memórias. Se parar para pensar sobre elas, vai se dar conta de que não sabe realmente qual era a cor do seu quarto. Ou onde você tomava o café da manhã."

A incerteza me prendeu no lugar. "Eu sei a cor do meu antigo quarto."

"Então qual era?"

Um cachorro latiu lá fora. O cachorro de Sura?

"Era..." Tentei imaginar o quarto no apartamento. Onde a cama e o armário ficavam. De que cor eram as paredes? Roxas, não eram?

O cachorro ganiu. Ouvi uma sacola bater no chão do corredor acima de mim.

"Anna", Sam chamou. "Vamos embora!"

"Quando eu deixei a Agência", Sura disse rapidamente, "eles estavam testando uma nova forma de apagar memórias e plantar memórias falsas. Acho que foi isso que eles..."

Uma janela se estilhaçou na sala de estar e o sangue espirrou diante de mim. Sura caiu para a frente, levando-me com ela. Bati contra a borda rígida dos degraus e senti o esmagamento de músculo contra o osso.

"Sura?" Eu a sacudi, mas ela não respondeu.

Quando a empurrei, seus olhos estavam arregalados, sem piscar. Sem ver. Havia um buraco aberto de bala em sua testa, e eu me dobrei, vomitando.

Alguém me agarrou por baixo dos braços. Arrastada. Levantada. Colocada de pé. O sangue tinha encharcado minha camisa. Sangue e outras coisas. Coisas orgânicas. Gritei e sacudi as mãos, tentando removê-las. *Tire isso de mim.*

Cas girou em direção à escada enquanto a porta da frente explodia em lascas. Outro barulho de tiro ecoou e Cas caiu de joelhos.

Sam me puxou para trás enquanto eu gritava em direção à escada: "Levante-se, Cas! Levante-se!".

Outro tiro o acertou no ombro, e ele desabou para trás, descendo os poucos degraus que conseguira subir. Homens invadiram a cabana, máscaras de gás escondendo seus rostos. Outra janela foi estilhaçada e um cilindro preto foi arremessado para dentro, caindo no chão e chiando conforme vazava uma nuvem de gás. Atrás de mim, Nick gritava.

"Cas!" Minha voz se perdeu no som de passos. Lutei contra os braços de Sam, enrolados em volta da minha cintura. Cas estava caído no chão, sangue vazando de seus ferimentos, manchando o branco de sua camisa. Seus olhos se fecharam.

Sam me carregou para o quarto. Nick já estava lá, uma sacola pendurada no ombro. Ele abriu a janela. O vento balançou as cortinas e elas pareceram fantasmas. Sam puxou o aparador para a frente da porta, ao mesmo tempo que alguém batia nela do outro lado. E se fosse Cas? E onde estava Trev?

Nick me empurrou em direção à janela. "Para fora", disse ele, e eu subi para o telhado. As telhas arenosas machucavam minhas mãos e o vento castigava meus braços expostos.

"Não podemos deixar Cas", protestei.

Nick escalou atrás de mim. Sam veio em seguida. Permanecendo abaixados, eles me orientaram a seguir em frente, para a borda do telhado. Demos uma olhada. Um agente estava parado entre a cabana e a garagem. Sam apontou para ele e Nick fez que sim com a cabeça. *O que isso significa?*, eu queria perguntar.

Sam se agachou e então pulou para fora do telhado. Eu ofeguei surpresa. Nick tampou minha boca com sua mão, contendo o som antes que escapasse completamente. Ele pressionou seus lábios contra meu ouvido. "Se não conseguir manter sua maldita boca fechada, estamos todos mortos."

Forcei um movimento de assentir e ele me largou. Ambos olhamos para baixo, onde o agente estava desmaiado no chão. Sam gesticulou para que descêssemos.

Ele queria que eu pulasse? Não. Não. Eu não conseguiria pular. Eram dois andares. Dei um passo para trás.

"Ele vai segurar você", Nick sussurrou.

"Eu não consigo."

Seus olhos de chama azul se estreitaram. "Paciência. Não grite." Ele colocou a mão nas minhas costas e me empurrou. Cambaleei pela beirada, braços girando, cabelo batendo contra meu rosto. O céu se turvou ao meu redor, e então eu estava nos braços de Sam e ele estava me colocando de pé.

Nick aterrissou com uma pancada graciosa, quase silenciosa, enquanto um segundo agente contornava a casa. Nick o atacou com uma joelhada no estômago e uma cotovelada na nuca. O homem caiu. Outro agente apareceu. Nick o distraiu enquanto Sam se aproximava pelo outro lado e quebrava o pescoço do homem com um giro rápido das mãos.

Meu estômago revirou.

Vá, Nick fez com a boca.

"Para fora, para fora!", alguém gritou.

Corremos pela floresta, desaparecendo na escuridão e no emaranhado das árvores. Não demorou para meus pulmões arderem, minhas pernas terem câimbra. Sam não estava nem respirando pesado.

Tropecei no chão irregular e cambaleei para a frente. Nick me segurou. Sam olhou para trás e perguntou: "Você consegue continuar?".

Puxei o ar, tentando me recuperar. Não, não conseguia. Não conseguia nem respirar. "Sim... eu... estou bem."

Quanto mais longe íamos, mais o terreno descia. Eu conseguia apenas vislumbrar a linha da estrada ao longe, o trecho de terra batida cortando a floresta. Suor se acumulava na base das minhas costas. Eu não tinha certeza de quanto tempo conseguiria aguentar nesse ritmo. Provavelmente, não o tempo suficiente.

Faróis iluminaram a saída da garagem e Sam parou de correr.

Nick me puxou de volta para uma posição agachada. Quem quer que estivesse dirigindo acelerou e a parte de trás do carro guinou.

"Sam!", alguém gritou.

"É o Trev", disse ele.

Cortamos pela floresta até a estrada enquanto Trev pisava no freio, o SUV girando para o lado. "Entrem!"

Um tiro ecoou. A bala acertou a porta de trás a meros 30 centímetros da minha mão, o metal torcendo-se como um funil. Olhei fixamente para ele, surpresa com a proximidade.

"Anna!", disse Sam.

O som de sua voz quebrou o meu transe e eu puxei a porta abruptamente, enfiando-me dentro do carro enquanto Trev acelerava.

"Desligue os faróis", Sam ordenou. Trev obedeceu e as luzes foram apagadas, a noite nos engolindo.

Coloquei a cabeça entre os joelhos, sugando ar, e junto com o ar o cheiro estragado de um saco velho de fast-food amassado no chão do carro.

Tinham atirado no Cas. *Atirado.* Ele estava morto? Sura estava. Ela *realmente* estava morta dessa vez. Minha camisa ainda estava quente com seu sangue. O material colava no meu peito.

Será que ela *tinha* nos traído? Seu último aviso ecoava em minha cabeça.

Minhas memórias. Minhas memórias não eram reais. Será que Sam tinha escutado nossa conversa? Nick? Não. Se tivesse, já teria se voltado contra mim. Ele não poderia saber.

"Como você escapou?", Sam perguntou a Trev.

Nick deslizou para perto de mim, colocando-se no meio do banco para que pudesse ver melhor Trev e Sam na frente.

Trev estava mexendo no rádio. "Eu estava levando o cachorro da Sura para passear quando *literalmente* esbarrei em um agente. Nós lutamos", ele apontou para o olho, a pálpebra inchada e roxa, "mas é óbvio que eu venci. Então, eu corri para o caminhão e saí rápido de lá. Vi vocês correndo da casa, mas os perdi de vista quando entraram na floresta."

Eu me sentei mais reta, observando Sam por cima da curva do ombro largo de Nick. Sam cerrou o punho, então relaxou, então apertou de novo, os tendões dançando na meia-luz do painel. "Quantos eles eram?"

"Quinze, mais ou menos."

"Você viu o Riley ou o Connor?"

"O Riley está lá. Eu não vi o Connor."

Sam apoiou um cotovelo no compartimento central, passando a mão pelo queixo, raspando a barba rala.

"No que você está pensando?", perguntou Nick.

Sam fechou os olhos, o leque escuro de seus cílios descansando nas bochechas. Ele parecia tão desgastado. "Talvez tenham usado menos força do que podiam, para nos fazerem sair." Ele abriu os olhos. "Desse modo, Riley pode nos seguir até Port Cadia e recuperar o que eu deixei para trás. Vai ver esse sempre foi o plano."

"Você quer dizer", girei no meu assento, "que eles deixaram você escapar do laboratório de propósito? É isso que está pensando?"

Ele suspirou. "Não sei. Talvez."

"Nem pensar. Pense a respeito. Se esse fosse o plano, Connor e Riley não estariam lá, para começo de conversa. Eles não teriam se arriscado."

"Anna está certa", disse Nick, surpreendendo-me. E olhou para mim. "Bem, faz sentido. Não deveríamos ter escapado, mas, agora que isso aconteceu, eles sabem que as informações que Sam roubou correm o risco de ser encontradas. Essa ação são eles correndo para evitar mais danos."

Trev sintonizou o rádio em uma estação de rock clássico. Se Cas estivesse lá, ele teria exigido um canal de *hits pop*. Senti a perda dele de forma súbita e aguda. Ele estava tão perto de escapar. Talvez, se eu o tivesse ajudado, ele...

Coloquei o rosto nas mãos e tentei tirar da cabeça a imagem de Cas deitado no chão, o sangue jorrando de suas feridas.

Por favor, não esteja morto, pensei. *Por favor.*

"Estamos indo para Port Cadia, então?", perguntou Trev.

"Sim", disse Sam, "o mais rápido possível. Antes que eles consigam nos alcançar."

28

"Levante-se." Abri os olhos. Sam se inclinou para dentro da porta do SUV. Sua mão estava apoiada gentilmente no meu ombro. Eu ainda estava tomada pela exaustão, e era difícil manter os olhos abertos enquanto me ajeitava no banco de trás, arqueando as costas para alongar os músculos doloridos. Nunca tinha usado meu corpo de forma tão brutalmente real, e isso estava começando a me afetar. Sentia-me como um *pretzel*, incluídos os nós.

Eu não tinha nenhuma ideia de que horas eram, mas ainda estava escuro, então eu não devia ter dormido muito tempo. "Onde estamos?"

"Port Cadia. Eu consegui um quarto *para* gente."

Atrás de nós, zumbia um sinal laranja de hotel, mas a rua estava morta e quieta. Foi uma chegada tão anticlimática. Parecia que tínhamos levado uma eternidade para chegar a esse lugar, e agora, que estávamos aqui, não havia nada para ver. E tínhamos perdido Cas. Fechei meus olhos novamente, pensando que, se torcesse com força suficiente, talvez isso deixasse de ser verdade.

"Vamos trazê-lo de volta." Sam tentou soar positivo, mas sua voz ecoava minha preocupação.

"Eles atiraram nele."

"Cas é forte." Ele segurou a porta do SUV enquanto eu deslizava para fora, tremendo no frio. Forçou-me a olhar para ele com um toque do seu polegar. "Vamos trazê-lo de volta," ele repetiu. "Eu prometo."

Tudo que eu podia fazer era assentir.

Trev, ainda no banco de motorista, limpou a garganta. "Voltaremos em alguns minutos." Para mim ele disse: "Vamos ao posto encher o tanque. Você precisa de alguma coisa?".

"Não, obrigada."

Os rapazes seguiram seu caminho e eu segui Sam pela passagem coberta do hotel, passando por portas metálicas marrons com o número dos quartos afixado acima do olho mágico. Sam parou no quarto 214 e inseriu a chave na fechadura. A porta se abriu com um estalo. Ele acendeu a luz e eu apertei os olhos, ainda muito cansada para ver claramente.

Desabei em uma cadeira perto da mesa, quebrada, braços cruzados sobre o peito. Sentia falta da minha jaqueta. Sentia falta de Cas. Sentia falta do papai e da casa na fazenda. Sentia falta de ser normal.

Sam sentou-se à minha frente e puxou algumas folhas soltas do bolso, as pistas deixadas para ele mesmo. Ainda não sabíamos as respostas para esses mistérios. Não tínhamos nenhuma ideia de aonde estávamos indo ou do que procurávamos.

Encostei a cabeça no dorso das mãos na mesa, exausta demais para pensar mais sobre isso.

"O que Sura te disse na escada?"

Eu me endireitei subitamente e encarei Sam. Ele me observava com simpatia declarada. Engoli em seco. "Você ouviu alguma coisa?"

"O suficiente para despertar meu interesse."

Então contei tudo. Queria desabafar antes que Nick voltasse e formasse sua própria opinião. Ainda não sabia como me sentia em relação a isso.

Eu me lembrava vividamente de um desenho que tinha feito não fazia muito tempo, de uma garota em uma floresta coberta de neve, pedaços dela se separando e se dissipando. Será que era meu subconsciente, tentando me dizer algo?

"E se eu *for* um instrumento da Agência?", disse assim que terminei. "E se você não puder confiar em mim? E se..." Havia muitos "*e se*" para listar todos.

Inclinei a cabeça. Meu cabelo escorreu para a frente em uma cortina. "Isso nem mesmo parece mais real."

Sam abaixou a cabeça para ver meu rosto melhor. "Eu confio em você. Entendeu?"

"Está bem." A pressão no meu peito diminuiu. "Obrigada. De verdade."

"Precisamos entender o que eu roubei da Agência. Talvez algumas de suas respostas estejam ali dentro." Ele desapareceu no banheiro e saiu um minuto depois, sem camisa. Meus olhos foram para a cicatriz na forma de um *R* no seu peito, e então para a superfície dura de seu abdome.

"Você pode analisar a tatuagem novamente?", ele perguntou. Tive que me obrigar a desviar o olhar para encontrar o dele. "Se você vir algo incomum, me diga."

"Claro." Subi na cama pelo lado oposto, com ele sentado na beirada, esperando. Deslizei para perto dele. Comecei pelas folhas das árvores, verificando os veios, contando os grupos, procurando algum tipo de simbolismo.

Sem encontrar nada, passei para a casca, examinando as linhas finas. Na terceira árvore à direita, uma linha na casca me chamou a atenção. Lutei contra um bocejo. Estava muito cansada e não conseguia enxergar claramente, então o que quer que fosse não ficou imediatamente claro.

Cheguei mais perto. Alguma coisa certamente parecia estar fora do lugar. Passei um dedo na pele de Sam. Ele parecia quente ao toque, mais quente do que deveria estar, sem camisa em um quarto frio.

"Encontrou alguma coisa?", ele perguntou.

"Talvez."

Ele se levantou da cama e vasculhou a gaveta da mesinha de cabeceira. Encontrou um bloco de papel com o logotipo do motel e um lápis e passou-os para mim. "Você pode replicar o desenho?"

Fiz que sim com cabeça e ele se sentou de novo na cama. Meus joelhos doíam por eu ter ficado sentada em cima deles por tanto tempo, então me desdobrei, mantendo uma perna esticada e a outra ao lado da perna de Sam. Ficar tão perto dele fez meu coração acelerar, e me perguntei se ele sentia isso também.

Meus lábios formigaram enquanto eu me lembrava da sensação da sua boca na minha. Pressionei o lábio inferior com os dentes, tentando suprimir todas as emoções que me passavam pela cabeça.

Recriei a textura e a aparência da casca da árvore com meu lápis, ampliando-a para que ficasse mais fácil de ver. Enquanto trabalhava, um padrão começou a surgir. Quando terminei, várias estrias na casca se juntaram para formar o que parecia ser números. Como o trabalho tinha sido feito em cinza-claro, de longe parecia somente uma sombra benfeita.

Sam se contorceu. "Deixe-me ver."

Passei o bloco de papel a ele.

"Números." Ele apertou os olhos, pegou meu lápis abandonado e começou a desenhar linhas em torno da casca. "Dois – seis – quatro – quatro."

Assenti. Era o que tinha visto também.

Ele estudou o desenho com a testa franzida. "Não tinha mais nada?"

"Não. Quer dizer, posso olhar de novo, se você quiser."

"Sim. Por favor."

Voltamos às nossas posições, embora eu soubesse que não encontraria nada. E assim que pensei isso foi inevitável imaginar que talvez ele apenas me quisesse perto, que analisar a tatuagem fosse apenas uma desculpa. É claro que essa era uma ideia tola. Sam não era o tipo de cara que perderia tempo com desculpas.

Observei a tatuagem novamente, passando o dedo pela casca, pelas árvores e pela grama, como se usar uma parte de mim mesma para memorizar as linhas pudesse revelar de algum modo uma nova pista que eu tivesse deixado passar.

Sam estremeceu sob meu toque. Eu não estava mais tanto buscando pistas, mas pressionando por uma reação. Ele baixou a cabeça por um breve segundo antes de se virar para me encarar, face a face. Estávamos a centímetros de distância. Deslizei para mais perto.

"Anna", disse ele.

A porta foi aberta subitamente e eu saltei para trás. Trev e Nick nos encaravam. Minhas bochechas ficaram vermelhas. Nunca quis desaparecer tanto quanto naquele momento.

Nick fez um som de desaprovação e balançou a cabeça enquanto entrava. Ele colocou um saco de papel na mesa e desembrulhou o que tinham trazido.

"Compramos sanduíches e batata frita", disse Trev. "Dois de peru, dois de rosbife. Chá gelado para Anna. Sam, eu trouxe uma água para você."

Sam o ignorou, mantendo as costas viradas para o resto do quarto, seus ombros tensos.

"O de rosbife é meu", disse Nick. Ele ligou a TV e zapeou pelos canais com o controle remoto. "Você perdeu a camisa, Sam?"

"Anna estava estudando a tatuagem."

"É." Nick grunhiu. "Parece que sim."

Sam deu um passo rápido e arrancou o controle remoto das mãos de Nick. Jogou o controle no banheiro, onde este bateu com força na parede, estilhaçando-se em uma dúzia de pedaços.

Nick abriu os braços. "Que droga é essa?"

"Eu não obedeço a você."

Nick se levantou. "Eu nunca disse que obedecia, mas, caso você tenha se esquecido, estamos no meio de uma situação caótica e perdemos Cas. E em vez de, *digamos*, se concentrar em entender essa merda, você está praticamente enfiando sua língua na garganta de Anna..."

O punho de Sam estalou contra a mandíbula de Nick. Nick caiu na mesa da cabeceira, fazendo-a chocar-se com a parede. Sam estava em cima dele em um instante, pegando-o pela camisa e puxando-o para cima.

"Você acha que eu não sei o que está em jogo?", Sam gritou.

Olhei rapidamente para Trev, torcendo para que ele interviesse, mas ele parecia tão chocado quanto eu.

Nick limpou o sangue do rosto e se desvencilhou. "Você devia ser o maldito líder, então lidere, porra!"

Sam deixou escapar um grunhido gutural ao dar outro golpe. Nick se abaixou no último instante, e quando se levantou de novo acertou o estômago de Sam com um soco. Sam se dobrou. Nick aproveitou a oportunidade para dar um chute, quase acertando Sam no rosto antes de Sam cruzar os braços para se proteger.

Nick deu um passo para trás, pegou a garrafa de vidro de chá gelado e avançou em direção a Sam.

"Nick, pare!" Minha voz ecoou pelas paredes, interrompendo a luta, e Nick congelou rígido. "Largue a garrafa."

Sam lutou para ficar de pé de novo, cuspiu sangue no chão.

Com os olhos ardendo de irritação, Nick colocou o chá de volta e avançou em direção à porta. "Acho que preciso de um pouco de ar."

"Não." Sam vestiu a camiseta, e depois o casaco. "Eu vou sair. Eu *preciso* sair."

Sem dizer outra palavra, ele foi embora.

29

Eu devia ter ficado no quarto do hotel, devia ter acalmado o ronco do meu estômago, porque estava morrendo de fome. Mas não fiz isso. Corri atrás de Sam, desviando de buracos no estacionamento. Encontrei-o quando ele atravessava a rua.

"O que foi aquilo?" Ele não me respondeu. Corri adiante e me coloquei em seu caminho. "Fale comigo."

Ele me encarou com um olhar perturbador. Um vaso de sangue rompido tinha transformado o branco do seu olho esquerdo em vermelho escuro. "Eu não queria lutar com ele."

Empalideci. Eles tinham brigado por minha causa, e eu odiava isso. Ou pelo menos a briga tinha *começado* por minha causa. "Eu sei. Ele provavelmente sabe disso também."

"Nick e eu nunca nos demos muito bem, e..." Sua atenção se dispersou e ele se concentrou na mão, esfregando as articulações.

"E o quê?"

Sua mandíbula se enrijeceu. Ele sacudiu a cabeça. "Nada." E começou a andar.

"Sam, se abra comigo."

Ele parou. Sua cabeça caiu para trás, e, com um suspiro, ele disse: "Não consigo me concentrar mais. Eu me sinto mal o dia inteiro. Não sei dizer o que é real, *flashback* ou algo que vi na TV, li em um livro, vi em um sonho".

"E isso está deixando você nervoso", concluí. Ele não negou. "Algum outro *flashback* sobre Dani?"

Seu olhar cauteloso me disse sobre o que eram os flashbacks mesmo antes de suas palavras. "Eles não são específicos."

Não pude deixar de me perguntar até quando as lembranças recuavam, e por quanto tempo ele as escondera de mim para me poupar do sofrimento. Na despensa, em nosso primeiro dia na cabana, ele mencionou a memória que aquela marca na parede da cozinha tinha lhe trazido. Quando o questionei sobre isso, ele se esquivou, como fazia agora.

Era impossível não imaginar a história por trás do dano. Porque ele estava irritado. E assustado. E de coração partido. Porque ele tinha perdido alguém que amava muito, e não sabia o que mais fazer além de arremessar coisas.

Eu me abracei com força, tentando me proteger do ar noturno gelado. "Você não devia ficar sozinho agora."

"Estou bem. Volte para o quarto, onde estará segura. E arranje algo para comer também. Você vai precisar de sua..."

"Energia. Eu sei. Mas eu não vou voltar. Então, acho que você não vai conseguir se livrar de mim."

Suspirando, ele tirou o casaco e o passou para mim. "Pelo menos vista isto, então."

"Eu estou bem."

Ele me olhou cuidadosamente. "Vista de uma vez."

Peguei o casaco. As mangas eram compridas demais, os ombros, muito inflados, mas tinha o cheiro dele, como o ar fresco de outono. Andamos por uns bons 15 minutos antes de chegar a uma lanchonete de waffles aberta 24 horas. As luzes no interior brilhavam pelas janelas e iluminavam a calçada.

Sam deve ter visto a expressão de fome em meu rosto, porque foi direto para a porta e a abriu para mim, gesticulando para que eu entrasse. O lugar tinha um cheiro forte de café recém-feito e massa de waffle. Meu estômago roncou imediatamente.

As mesas estavam bem cheias apesar da hora, e acabamos escolhendo uma mesa no canto de trás. Quando a garçonete chegou, Sam pediu ovos com suco de laranja, e para mim um prato completo de waffles e um cappuccino. Era quase como se fôssemos pessoas normais, pedindo comida normal, no final de uma... Deus, eu nem sabia que dia era.

Fiquei mexendo no saleiro, tirando o sal ressecado da tampa de metal enquanto Sam examinava as pessoas e o ambiente ao redor.

"Você acha que Sura armou para cima da gente?", perguntei.

Sam voltou sua atenção para mim. "Por quê?"

Dei de ombros. "Parece muito conveniente que a Agência tenha aparecido na cabana na mesma noite em que ela chegou."

"Eles nos encontraram no shopping."

"É, mas...", falei, parando para tentar entender as teorias que tinha na cabeça. Alguma coisa não parecia fazer sentido no modo como tínhamos sido emboscados, mas eu não sabia o que era, ou qual a relação disso com Sam. "Deixe para lá."

Nossa comida chegou alguns minutos depois. Apesar de estarmos em uma lanchonete 24 horas, aqueles foram os melhores waffles que já havia comido. Subitamente, eu me senti agradecida pela caminhada tarde da noite. *Eu certamente prefiro isso a um sanduíche de peru de posto*, pensei.

Esfreguei o resto de calda no meu prato com um pedaço de *waffle*. "Então, aquela pista que você deixou na cabana – ela dizia para usar a tatuagem com as cicatrizes, certo?"

Sam empurrou o prato. "Sim. Eu pensei que poderia ser um código mais complicado..."

"Ou talvez algo tão simples quanto um endereço. Os números são os números da casa, e as cicatrizes indicam uma rua."

Ele começou a negar, mas então mudou de ideia. "Talvez, mas passei anos estudando essas letras, tentando extrair delas algo útil. E não tem isso lá."

Tomei o resto do meu cappuccino, o calor do líquido esquentando minha garganta. Sentia-me melhor do que há muito tempo, e, embora isso possa ter ocorrido devido à cafeína, tentei me convencer de que o motivo era o fato de estarmos *muito perto* de entender as pistas de Sam. Só precisávamos estudar as cicatrizes um pouco mais.

"Com licença?", chamei a garçonete. "Você teria uma caneta para me emprestar?"

A mulher mais velha me ofereceu uma Bic sem tampa com marcas de dente e debandou. Usando o lado de baixo do meu papel de mesa, escrevi as letras das cicatrizes novamente, organizando-as por garoto.

Sam— R O D R

Cas— L V

Nick— I E

Trev— R R E E

"São 12 cicatrizes", falei, batendo com a ponta da caneta na mesa enquanto pensava. "Se você as dividisse igualmente, cada garoto teria três cicatrizes. Mas, em vez disso, Trev tem quatro, e Nick e Cas têm duas. Por quê?"

Sam franziu a testa. "Se você está me perguntando qual teria sido o meu raciocínio, diria que tenho mais para poupar os outros de alguma dor."

"Mas Trev também tem quatro", lembrei a ele.

Que outro motivo existiria para Trev ter tantas cicatrizes quanto Sam?

Sura dissera que conhecia Trev muito pouco, o que quer dizer que ele não estava lá quando ela interagiu com Sam cinco anos antes, quando ele plantou as pistas. O que queria dizer, possivelmente, que ele não estava lá quando Sam, Nick e Cas bolaram o plano, marcando as cicatrizes na pele deles.

Contei a Sam minhas ideias. Ele cruzou as mãos em cima da mesa. "Se as cicatrizes de Trev foram adicionadas mais tarde...", disse ele.

"Então talvez nem façam parte da pista."

"Uma pista falsa." Um instante de excitação aqueceu seu olhar. "Passe o papel para cá."

Ele começou a escrever e reescrever as letras restantes em sequências diferentes.

R O D R L V I E
LOR DIVER
LORD RIVE
RIVER DOL

"Old River", sussurrei.

"Então 2644 Old River", disse ele. "Se for um endereço."

Olhei em volta na lanchonete. Algumas garotas de 20 e poucos anos estavam no canto próximo de nós, falando sobre seu chefe. Um casal mais velho ocupava outra mesa, cada um lendo um jornal. No canto oposto, um garoto usava seu laptop, uma pilha de livros acadêmicos abertos ao seu lado.

Saí da mesa e Sam me seguiu. O cara nos observou sobre o topo dos óculos grossos de armação preta enquanto nos aproximávamos. Acne cobria sua pele. Cabelos escuros compridos escondiam o que parecia ser sobrancelhas grossas.

Ele franziu a testa. "Posso ajudá-los?"

"Você tem acesso à Internet aí?", disse Sam.

"Ãhn, sim."

"Será que poderíamos usá-lo por alguns minutos? Eu te pago." Sam colocou uma nota de 20 dólares na mesa, e o cara arregalou os olhos.

"Sério?"

Sam assentiu com a cabeça. "Sério."

O cara passou para o outro banco, deixando Sam se sentar em frente ao computador. Eu me sentei do outro lado. Sam apertou algumas teclas, navegando sem problemas, apesar de ter estado em uma cela sem nenhum acesso à Internet por cinco anos. Os garotos nem tinham computadores.

"Então, o que vocês estão procurando?", o cara perguntou. "Algo em que eu possa ajudar?"

Sam apertou enter. "Um endereço. Não tenho certeza sobre o nome da rua. Old alguma coisa? River, talvez?" Sam olhou para a tela do computador. "Nada apareceu na busca." Ele apertou mais algumas teclas, clicou no mouse.

"Old River?" O cara esfregou o dorso do dedo indicador na boca. "Hm. Você sabe se fica na cidade? Mais longe?"

"Não."

Eu me endireitei. "E quanto ao endereço 2644?"

O cara repetiu os números. "Eu conheço um 2644 Old Brook Road. Será que é isso?"

Sam e eu nos entreolhamos na mesa. "Você conhece o lugar?", ele perguntou.

"Conheço?", o cara repetiu, como se fosse a pergunta mais tola que já tinha ouvido. "Todo mundo conhece o lugar. É o local de um dos assassinatos não resolvidos mais conhecidos da cidade. Teve até um documentário sobre crimes filmado lá alguns anos atrás. Onde vocês estiveram esse tempo todo?"

Sam se virou para encará-lo. "Me fale a respeito."

O cara deu de ombros. "Bem, a família O'Brien morava lá há muito tempo. Eles tinham duas filhas. Então, os O'Briens passaram por uns tempos difíceis. A filha mais velha foi para a escola com uma bolsa. Era a queridinha da família. Supostamente se tornaria médica ou algo assim. Pelo menos era isso o que a senhora O'Brien contava para todo mundo.

"De qualquer modo, parece que a filha dela sumiu e nunca mais voltou. Cerca de um ano depois, o senhora e a senhora O'Brien foram encontrados mortos em casa, e sua filha mais nova tinha desaparecido. As duas nunca mais foram vistas."

A pasta vazia na terceira gaveta do arquivo do meu pai tinha o nome O'Brien escrito na parte de cima.

Um zumbido começava a preencher meus ouvidos. Sam perguntou: "Quais eram os nomes das filhas?"

O cara balançou para tirar o cabelo dos olhos e olhar para Sam, sem saber como sua resposta mudaria toda a minha vida. "As garotas se chamavam Dani e Anna. Dani e Anna O'Brien."

30

Eu me sentia entorpecida enquanto andava com dificuldade pela calçada. Sam mantinha distância atrás de mim. Eu não tinha dito uma palavra desde que saíramos da lanchonete de waffles, simplesmente porque não conseguia. Os garotos estavam certos. Minha vida inteira era uma mentira. A Agência tinha me plantado lá. Como ou por que eu não sabia, mas tinha sido assim. Eles tinham apagado minhas memórias e preenchido o buraco com fatos inventados. E eu tinha acreditado em todos eles.

De acordo com o garoto naquela lanchonete, meus pais estavam mortos. Dani era minha irmã, e fazia anos que ninguém a via. E se isso era verdade, então Sam e eu devíamos nos conhecer antes de tudo isso, muito antes de as memórias serem apagadas e da casa na fazenda. Sempre houvera alguma coisa em Sam, algum fio invisível que o conectava a mim. Isso explicava muito. Se fosse verdade. Se eu escolhesse acreditar nisso.

O garoto na lanchonete nos dera indicações de como chegar à Old Brook Road, e estávamos indo para lá a pé, apesar de ser a uma boa distância de 8 quilômetros rumo ao sul da cidade. Pingos de chuva molharam meu rosto. Lá longe, os relâmpagos iluminaram o céu.

"Anna?" Sam chegou mais perto, seus braços apertados em torno do corpo para manter o calor, já que ele me dera seu casaco. Eu podia ver o relevo do punho da arma por baixo da sua camisa na parte de trás, na cintura. "Precisamos conversar sobre isso."

"Sobre o que devemos conversar? Que meu pai mentiu para mim? Sobre meus pais de verdade estarem mortos? Que eu aparentemente tinha uma irmã por quem você foi apaixonado?"

"Você não pode ir correndo para aquele endereço se não estiver pensando direito."

Ele estava certo, é claro, e isso me irritava ainda mais. "Estou pensando muito bem, obrigada."

De repente, ele veio para a minha frente. "Precisamos conversar sobre mim e você. Sobre isso tudo. Sobre as respostas que você pode encontrar nesse lugar, e até se você está pronta para elas."

"O que você quer dizer com isso?" Eu o contornei. "Essa é a minha vida. Eu gostaria de saber um pouco mais sobre como cheguei aqui e por que estou aqui, para começo de conversa." Tinha de existir uma explicação razoável para tudo isso, certo?

Entretanto, mesmo com esse pensamento passando pela minha mente, o meu lado racional argumentava que já fazia tempo que havíamos cruzado a fronteira do razoável.

Uma caminhonete passou lentamente e eu enfiei as mãos nos bolsos dos meus jeans, virando o rosto para o outro lado, para o caso de a pessoa que a dirigia ter alguma conexão com a Agência. A paranoia tinha tomado conta de mim e não queria me largar. Cada canto da minha vida tinha sido alterado pela Agência.

Nada mais parecia real.

A caminhonete seguiu adiante e meus ombros relaxaram com alívio.

Quando tudo isso começara, eu achara que era uma espectadora, arrastada pelos problemas dos rapazes, e que só precisava sobreviver. Mas se o cara na lanchonete estivesse falando a verdade, eu sempre havia sido parte da situação.

Como eu me encaixava nela agora? A que propósito eu servia? De algum modo, tudo isso – a evidência roubada, a casa no 2644, eu, Sam, os outros – tudo estava conectado. E nada poderia ser resolvido até descobrirmos o que Sam tinha enterrado cinco anos atrás, na casa que costumava ser minha.

Meus pés doíam. Minhas pernas pareciam feitas de borracha. A chuva tinha diminuído, mas ainda era possível ouvir os trovões ao longe. Eu tremia dentro do casaco de Sam. Ele ainda não tinha reclamado, mas seus lábios estavam azuis e seu rosto, mais pálido do que deveria.

Duas horas depois de deixarmos a lanchonete, viramos à direita para entrar em Old Brook Road. Galhos retorcidos de carvalhos gigantes se entrelaçavam acima de nós. Eu podia sentir o cheiro terroso da área rural: terra batida, feno, esterco. Deveria ser nojento, mas ativava alguma coisa lá no fundo da minha memória.

A primeira caixa de correio pela qual passamos tinha o número 2232 pregado em seu poste de madeira. Um caminhão quebrado estava parado na entrada da garagem, seu para-choque traseiro enferrujado.

A chuva voltou a cair, gotas gordas tamborilando na minha jaqueta já encharcada. Sam passou a mão na cabeça, tirando água do cabelo. Meus sapatos rangiam e esguichavam a cada passo que eu dava.

Passamos por uma fazenda produtora com uma comprida frente vitoriana e um conjunto de galpões na parte de trás. Vacas mugiam no campo. Um cão latiu para nós no pórtico frontal.

Passamos outra casa. E outra.

E então chegamos lá: Old Brook Road, número 2644.

A casa abandonada era uma construção achatada de um só andar. As laterais que um dia foram brancas agora apresentavam um cinza poeirento. Algumas das janelas dianteiras estavam quebradas, cacos de vidro ainda agarrados às esquadrias. Havia um resto antigo da calçada, parcialmente escondida pelo gramado alto. Cedros abraçavam a face esquerda da propriedade, bloqueando a visão do vizinho no fim da estrada. Bosques ocupavam o outro lado do lote, o chão revestido de folhas mortas de pinheiros.

A chuva caía mais pesada agora, colando o cabelo no meu rosto. Água pingava do nariz de Sam.

"Tem certeza disso?", ele perguntou.

Prestei atenção na vista da casa. "Não temos muitas opções, temos?" Caminhei pelo gramado e subi os degraus do pórtico frontal. A madeira negligenciada rangeu sob meus pés. Coberta pelo telhado, tirei um segundo para limpar a chuva do rosto enquanto Sam passava pela porta empenada. Ele me deixou passar na frente.

Entramos em um vestíbulo, seu piso de madeira maciça esburacado e empoeirado. Havia teias de aranha penduradas nos cantos do teto. Um sofá estropiado ficava na sala de estar, à direita. Fui para o fundo da casa, para a cozinha, onde as portas do armário se penduravam das armações do gabinete como asas quebradas. Um fogão de estilo antigo ficava rente a uma janela que dava para os cedros. Tentei visualizar a família que havia habitado aquele espaço. O pai à mesa, lendo o jornal. A mãe ao fogão. Duas filhas correndo uma atrás da outra pela casa.

Era quase como se as memórias estivessem lá penduradas entre as teias, esperando que alguém as libertasse. E se eu conseguisse fazer isso, poderia torná-las minhas outra vez?

Voltamos e seguimos pelo corredor até a ponta final, dando em um quarto. Uma cama de quatro hastes ficava no meio do quarto, sem colchão. Teias haviam formado seu próprio dossel na estrutura. Olhei no closet, encontrando uma barra pendurada vazia e uma pilha de coisas esquecidas no canto do fundo. Eu me agachei, remexendo os pertences.

Uma escova de cabelo. Um cadarço. Um jornal rasgado. Uma pequena caixa decorativa.

Puxei a caixa para fora, abri a tampa alaranjada. Dentro dela repousavam uma garça de origami, um colar de contas amarrado e uma foto com as bordas quebradiças e rasgadas, dobrada em uma meia-lua.

Em minhas mãos, parecia frágil com a idade, e, quando a estiquei, um canto se rasgou, flutuando para o chão. Eu me sentei, alinhada com a luz vinda da janela, de modo a poder ver melhor a imagem.

Um suspiro dançou no espaço da minha garganta. A garota na foto era eu.

Uma versão minha de dez anos de idade. Meu cabelo estava amarrado para trás em um rabo de cavalo suspenso, mas algumas mechas soltas pendiam na frente, escondendo meus olhos cor de mel. Dani estava de pé atrás de mim. Devia ter 15 ou 16 anos, e enquanto meu cabelo era claro o dela variava entre o castanho escuro e o avermelhado. Nós não éramos parecidas, não da maneira como eu esperava que duas irmãs fossem. Mas compartilhávamos o mesmo pontilhado de sardas, o mesmo nariz estreito.

Segurei a foto com firmeza, sentindo algo me perturbar. Uma memória, um desejo, uma emoção, não sabia dizer. Mas o que eu sabia é que havia uma conexão. "Ela era realmente bonita."

A água da chuva pingou de Sam no chão e ele não disse nada. Ele se recostou à parede entre a porta e o closet, mantido de pé apenas pelo ombro. Fechou os olhos com força, como se a simples visão de Dani tivesse trazido consigo uma nova onda de memórias e emoções. Sua boca se contorceu e as linhas finas nos cantos dos olhos se aprofundaram.

Passei meus braços em volta do pescoço dele.

"Já conseguiu se lembrar dela?", perguntei, minha voz abafada contra seu peito.

"Posso me lembrar de como me sentia com ela."

"Me conte."

Ele balançou a cabeça, como se as novas emoções lhe fossem estranhas e ele não tivesse certeza de como colocá-las em palavras. "Feliz. Seguro."

Eu queria perguntar, *como você se sente comigo?* Mas a pergunta seria movida a egoísmo e ciúme, e nenhuma quantidade de coragem arrancaria aquelas palavras da minha boca. Eu estava com medo demais de descobrir a verdade, descobrir que não poderia fazê-lo sentir as mesmas coisas que Dani fazia. E o que isso importava agora, de qualquer modo? Dani era minha irmã. Sam tinha amado *a minha irmã*.

Uma onda de luz preencheu os cantos escuros do quarto, seguida do estrondo de um trovão.

"Temos de continuar olhando", disse Sam, sua voz pesada entre os trovões.

Olhei mais uma vez para a foto apertada na minha mão. Podia sentir os fantasmas da casa ao meu redor me dando as boas-vindas.

Sam foi para a porta. Dobrei a foto e a coloquei no bolso da calça, desejando que a chuva não arruinasse a única imagem que eu tinha de uma vida da qual não conseguia me lembrar.

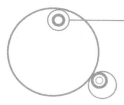

31

Sam e eu nos separamos para vasculhar o restante da casa. Procurei nos armários da cozinha e da copa. Era difícil adivinhar onde acharíamos uma pista, e eu não queria perder nada, não importava quão irrelevante parecesse.

De volta à sala de espera, olhei dentro de um armário de casacos e descobri que estava vazio. Ia para a sala de estar quando ouvi algo quebrando no banheiro.

"Sam?" Disparei pelo corredor e o encontrei deitado de costas para o chão. "O que aconteceu?"

Ele piscou diversas vezes, como se não conseguisse enxergar direito, e então rolou e se pôs de joelhos. "Merda", disse em voz baixa enquanto se levantava. Um relâmpago iluminou seu rosto por um breve segundo. Estava pálido e cauteloso.

"Foi um *flashback*?"

Sam esfregou os olhos com o dedão e o indicador. "Estou bem." Ele me conduziu de volta ao corredor.

"Tem certeza?"

Ele finalmente me encarou nos olhos. "Sim. Só estou cansado."

Passáramos a noite em movimento, e, embora eu tivesse dormido no carro no caminho para Port Cadia, ele provavelmente não tinha.

Voltamos à sala de espera. "E agora?", disse eu. "Não há nada aqui que eu consideraria suspeito. Estamos deixando passar alguma coisa."

"A pista dizia que, uma vez que encontrássemos a localização, a tatuagem marcaria o lugar. Achei que fosse o endereço, mas talvez isso signifique que a tatuagem é uma descrição do lugar."

"As bétulas parecem ser um tema constante."

Fomos para a parte de fora. A chuva tinha parado enquanto estávamos dentro da casa, mas as nuvens negras permaneciam. As tábuas da varanda de trás rangiam ainda mais do que as da frente, então dei o mínimo de passos possível.

Quando chegamos ao chão firme, olhei para cima e fiquei boquiaberta. Bétulas. Por toda parte. Pelo menos uma centena delas.

"Como vamos encontrar algo aqui que bata com a sua tatuagem?", perguntei.

Sam andou até o meu lado. "Deve existir alguma outra coisa."

Reexaminei tudo na cabeça. As cicatrizes. O lembrete que Sam deixara para si mesmo. As dicas que encontrei na tatuagem. Quando não consegui pensar em nada, voltei mais ainda. A luz UV. O código. A imagem. . .

"Você ainda tem a sua foto com a Dani?"

Sem questionar minha linha de pensamento, Sam tirou a foto do bolso e me passou. Nela, Sam e Dani estavam de pé em frente a quatro bétulas. A tatuagem de Sam mostrava quatro delas também. Isso parecia mais do que uma coincidência. Ergui a foto diante da mata à nossa frente. As árvores aqui eram muito grossas, e, mesmo tentando levar em conta anos de crescimento, nada parecia se encaixar. Examinei todos os outros pequenos detalhes, e uma sensação de vitória me percorreu quando percebi as vacas ao fundo.

"Aqui, veja. Passamos por uma fazenda no caminho para cá. As árvores dessa imagem talvez fiquem naquela direção." Apontei para a esquerda. "Faz sentido você não querer esconder o que roubou bem no lugar onde a Agência iria procurar. Estaria perto, mas não tão perto."

"Vale a pena dar uma olhada", disse ele, e começamos a caminhar pela mata.

Não sei por quanto tempo caminhamos ou que distância percorremos, mas pareceu uma eternidade, como se estivéssemos andando em círculos. Finalmente, chegamos a um lugar onde as árvores eram mais esparsas e a fazenda pela qual passamos antes apareceu no horizonte. As vacas pastavam. O velho trator na imagem não estava mais lá, mas o cenário em si parecia familiar.

Andamos ladeando a cerca da fazenda até chegarmos ao canto mais distante. De lá, seguimos para o norte, tentando igualar nosso entorno à imagem da foto de Sam e Dani.

Algumas bétulas pontuavam o cenário, mas nenhuma em um grupo de quatro como na foto ou na tatuagem. Andamos até praticamente não conseguirmos mais ver a fazenda, e então encontramos algo que poderia se encaixar. Andamos em torno do grupo de árvores para que pudéssemos vê-las pelo mesmo ângulo da foto. Ao longo dos anos, elas haviam crescido, com troncos mais grossos. Os galhos estavam nus agora, a árvore descascando em longas tiras.

Sam e eu paramos ombro a ombro, observando a cena à nossa frente. Ele levantou a foto, e com certeza, ela se encaixava.

"Mas não são iguais à tatuagem", disse ele.

"Mesmo assim, soa familiar, não? Tem alguma coisa..."

As dezenas e dezenas de imagens que fiz da minha mãe no lago me vieram à mente. Eu havia gastado uma quantidade insana de tempo analisando cada detalhe daquela foto para acertar os desenhos: as sombras, os relevos, o ângulo das árvores. Sabia o que devia procurar, como ver um padrão que então poderia copiar para o papel. E alguma coisa na foto de Sam e na tatuagem parecia errada.

Pense, Anna.

Não havia nada de errado com a foto. Ela não tinha sido alterada, pelo que eu podia notar. Todos os ângulos estavam corretos, as proporções, as sombras...

"As sombras!"

Sam franziu a testa. "O que tem nelas?"

O padrão começou a se formar na minha cabeça. As árvores na nossa frente estavam posicionadas de forma que uma árvore grande ficasse na frente, um pouco atrás uma árvore mais fina, depois um espaço de 1 metro e então uma árvore torta. Mais 30 centímetros, e outra árvore magra.

Eu conhecia esse padrão.

"Vire-se", falei. "Deixe-me ver a tatuagem."

Sam segurou as laterais de sua camisa e a levantou até os ombros. Observei as sombras que as árvores faziam. Elas estavam erradas. Achei que fosse um erro do artista, mas talvez não fosse o caso.

Coloquei a foto nas costas de Sam, verificando as sombras da esquerda para a direita.

Árvore grande na frente de uma fina. Espaço. Árvore torta. Espaço. Árvore fina.

"As sombras na tatuagem correspondem às árvores daqui", disse eu, rapidamente. "A tatuagem está invertida."

Sam hesitou por um breve instante antes de ir para a terceira árvore e de lá contar 60 passos. Era o que a pista dizia, a que ele havia encontrado na cabana: sessenta passos ao norte a partir da terceira árvore.

O caminho nos levou para longe do grupo de árvores e para dentro da mata. Samambaias ensopadas deixaram traços de chuva recente em nossas panturrilhas. Sam chegou rapidamente a sessenta passos, e olhamos para a terra. Era nesse lugar que todas as respostas estavam enterradas.

"Precisamos de uma pá", falei.

"Fique aqui. Não se mexa." Ele correu para a fazenda. Eu o perdi de vista assim que desapareceu atrás de uma colina.

No silêncio, cada impacto parecia um passo, como se fossem botas esmagando gravetos. Fiz um círculo completo, buscando sinais de perigo. Felizmente, não encontrei nada, e quando Sam reapareceu respirei aliviada.

"Onde você conseguiu isso?", perguntei, indicando a pá em suas mãos.

"Faz diferença?"

"Não, acho que não." Dei um passo para o lado enquanto ele enterrava a ponta da pá no chão.

A terra se soltou facilmente e ele esbarrou em algumas raízes, a pá rompendo-as com um estalido. Levou pelo menos meia-hora para cavarmos um buraco fundo o suficiente para cabermos nele de pé. Fiquei na parte de cima, inquieta, deslocando meu peso de um pé para outro, cada barulhinho me deixando em alerta.

O que faríamos se Riley ou Connor nos encontrasse agora?

Sam grunhiu, jogando outra pá de terra para o montinho.

"Você tem certeza de que contamos certo? Poderíamos tentar outro buraco. Vou cavar um bom tempo."

Sam olhou para mim, lama e chuva cobrindo sua testa. "Eu contei certo. Só não sei até que profundidade preciso ir. Ou se o negócio ainda está aqui."

O céu clareou para um amarelo acinzentado à medida que o sol nascia. Nosso tempo estava se esgotando. Trev e Nick provavelmente estavam preocupados, tínhamos sumido por horas. E Cas? *Espero que ele esteja bem.*

Sam desceu a pá e o tinido forte de metal contra metal ressoou, igual ao que acontecera no cemitério. Uma sensação desconfortável de *déjà vu* surgiu dentro de mim. Sam limpou a terra com os dedos, revelando um cofre de metal grosso enterrado no chão, com a tampa para cima. Ele tentou levantá-lo, mas não conseguiu tirá-lo do lugar. Provavelmente, alguém o havia ajudado a colocá-lo ali cinco anos atrás.

"Você consegue abri-lo?", perguntei. Havia uma tranca de combinação simples na porta acima da maçaneta.

Ele pegou a pá e a desceu com força outra vez. Fagulhas explodiram do cofre quando a pá fez contato. Ele golpeou novamente e a tranca foi amassada. Mais um golpe e ela se rompeu completamente.

Ele jogou a pá para o lado e puxou a porta com força. Terra solta escoou pela porta aberta e Sam a arrastou para o lado, revelando um pacote. Ele estava envolto em pano esfarrapado, amarrado bem apertado com corda. Sam passou o pacote para mim antes de se erguer ao nível do chão.

Depois de limpar as mãos na calça, ele arrancou a corda e desembrulhou o tecido, revelando uma sacola plástica com zíper cheia de papéis e um caderno de espiral. Ele puxou o conteúdo para fora e começou a folhear.

"Isso tem algum significado para você?"

Ele analisou minuciosamente os papéis soltos. "São registros e gráficos, similares aos que você e Arthur usavam no laboratório. Resultados de exame de sangue e testes psicológicos, mas os nomes... Veja."

Li sobre o ombro dele.

Matt. Lars. Trev.

"Trev fazia parte de um grupo diferente?"

Segurei os arquivos enquanto ele inspecionava o caderno. Era um caderno simples de espiral com capa preta, sem nada escrito na frente. Ele abriu o caderno, revelando papel com linhas dentro, as páginas amareladas.

Na primeira página estava escrito:

14 de fevereiro
Os resultados vão bem. O novo grupo demonstra potencial, as habilidades são similares às de Sam. O controle ainda é um problema. A coesão é apenas estável dentro da unidade. Eles não obedecem ao comandante nem a mim. Ideias: Se pudéssemos alterar as unidades para trabalhar como uma única entidade, poderíamos alterá-los para obedecer a um comandante "programado"? Precisamos investigar.

Sam e eu nos encaramos.

"Continue", falei.

Ele virou outra página.

22 de março.
Depois de as partes interessadas ficarem impacientes, liberamos três das unidades. Sam ficou agitado quando percebeu que estavam faltando. Vou monitorar a situação de perto.

✳✳ Operação ALPHA em andamento ✳✳

Sam folheou mais algumas páginas, até 2 de maio.

Unidades terceirizadas não estão tendo bom desempenho. Flashes de memória os tornam inúteis. É necessário considerar remoções mais permanentes de memória. Vou enviar um dos outros para uma limpeza. Sam está fora de cogitação. A agressividade piorou. Não obedece ninguém exceto a Dani. Será que esses atributos estão relacionados ao ALPHA?

✳✳ Arthur concordou em participar da Operação ALPHA ✳✳

"Não sei de quem é essa letra", falei.

"Não é de Connor." Sam mudou o ponto de equilíbrio para apoiar o caderno de anotações aberto no colo. Folheou várias outras páginas, mas o restante estava em branco.

Pesquisei os registros, buscando os arquivos de Trev. No meio da pilha, eu parei. "Veja isso."

O nome de Sam estava escrito no topo, e próximo a ele, MISSÕES BEM-SUCEDIDAS.

Nomes estavam listados abaixo, com cargos e status. Um cientista no Texas – Eliminado. Um senador dos Estados Unidos – Eliminado. Um CEO de Nova York – Eliminado.

Suprimi um arrepio de horror. "Você tinha um currículo."

Sam arrancou as páginas e estudou as informações. "Há planilhas de mortes para cada um de nós. Nick. Cas. Trev. Há vários outros nomes aqui também." Ele olhou outra página. "Números de conta bancária. Transferências financeiras de países estrangeiros." Sua testa se franziu de raiva. "Eles estavam recebendo depósitos por nós."

"Sura disse que a Agência tinha imunidade do governo americano, desde que o governo tivesse acesso privilegiado ao que fosse desenvolvido. Isso", fiz um gesto para a evidência, "prometer as 'unidades' a outros países, receber dinheiro por elas, provavelmente acabaria com essa imunidade."

"Pior que isso", disse Sam. "Eles seriam desativados. Devo ter roubado isso com a ajuda da Dani. Quando eles descobriram, a pegaram."

"Com a intenção de usá-la para chegar a você", acrescentei. "Então, você veio aqui cinco anos atrás para recuperar a evidência, mas eles devem ter pegado você antes que você pudesse voltar a este lugar."

"E então eles limparam minhas memórias." Ele levantou a cabeça rapidamente, como se tivesse ouvido algo.

Entrei em alerta. "O que está acontecendo?"

Ele colocou a evidência embaixo do braço. "Corra."

Nós nos levantamos e saímos correndo em um piscar de olhos. Fomos para o norte, para longe da fazenda e da minha antiga casa. Eu estava uns 2 metros atrás de Sam, mas parei de repente quando Trev saiu de trás de uma árvore.

Sam se arqueou. "Que droga, Trev. Pensei que fosse um dos homens do Connor. Quase atirei em você."

Trev tirou uma arma de debaixo da camisa e a apontou para Sam. "Desculpe", disse ele, tão baixo que não tive certeza de tê-lo ouvido.

Dei um passo para trás, mas Sam manteve sua posição. "O que diabos você está fazendo?"

Olhei rapidamente para o lado e tomei um susto. "Sam."

Riley estava atrás de nós, com dois de seus homens. Nick estava lá também, braços atados às costas.

"Trev?", disse Sam.

Riley falou primeiro. "Regra número um de uma operação, Samuel: Sempre tenha um agente secreto."

Quando eu e Trev trocamos olhares, várias coisas começaram a se encaixar. Trev era o cara que tinha perdido as armas. Era o único que escapara da casa ileso, com a explicação conveniente de estar lá fora com o cachorro. Era ele quem tinha o outro celular, que poderia chamar quem ele quisesse, quando quisesse, para avisá-los de onde estávamos.

"Não." A palavra saiu meio estrangulada.

Entre todos os rapazes, era em Trev que eu mais confiava. Ele era meu melhor amigo.

Cambaleei. Minha visão ficou nublada. "Trev?"

"Pare de enrolar", Riley falou duramente.

Trev se moveu para me pegar. Sam se moveu também, mas não foi rápido o suficiente. E eu não estava pronta para lutar. Não queria acreditar.

Trev passou um braço pelo meu pescoço, posicionando a arma em minha cabeça.

Eu me senti como se estivesse partida em duas. Ele tinha me enganado. E tinha feito um bom trabalho. Eu nunca tinha questionado sua lealdade.

"Joguem suas armas", disse Riley. "E a documentação."

Não faça isso, Sam, pensei. *Corra. Se alguém pode escapar, é você.*

Mas ele não fez isso. Ele nem hesitou. Jogou a evidência aos seus pés, então puxou a arma que estava debaixo da camisa e a jogou no chão enlameado.

Riley assentiu com a cabeça para um de seus homens. O agente mais alto e calvo pegou a arma de Sam e a evidência que tínhamos escavado antes de voltar para perto de Riley.

Mudei de posição, buscando um jeito de escapar de Trev, mas ele só me puxou para mais perto.

Enquanto Riley dava mais ordens, Trev sussurrou em meu ouvido. "São as alterações. Sam e os outros são incapazes de resistir a você. Não vê, Anna? Você é o motivo de estarmos aqui."

Tentei digerir o que ele estava dizendo. Será que estava tentando me enganar com mais mentiras? Minha mente vasculhou todas as coisas que Sam e eu tínhamos lido nos arquivos que encontramos.

A Agência sempre teve dificuldade para controlar Sam. Então eles começaram a Operação ALPHA, buscando implementar um comandante "programado". Queriam programá-lo para cooperar.

Enquanto Riley digitava alguns números em seu celular e um dos homens vinha algemar Sam, as palavras de Sam voltaram a mim: *Se você está tentando criar a última palavra em armas, você não as tranca em um porão por cinco anos. Você as coloca em campo e as testa e modifica até que fiquem perfeitas.*

Subitamente entendi tudo. O laboratório tinha sido o campo. E cada interação entre os rapazes e eu tinha sido um teste. Estávamos vivendo, testando e modificando o programa ali mesmo na fazenda.

Eu era o "comandante" e os rapazes eram programados para me escutar e me proteger.

"Eu sou a chave da Operação ALPHA", falei.

Riley se calou. Colocou o telefone no bolso.

"Quando eu pedia para os rapazes pararem, eles paravam", disse eu. "Eles me obedecem sem hesitar." Repassei mentalmente tudo que tinha acontecido nos últimos dias. Na casa na Pensilvânia, eu tinha pedido a Nick que não ferisse aquele policial com a cesta de lixo, e ele obedecera. Pedira a Sam que não matasse Riley atrás do shopping, e ele não o fizera, mesmo que na posição de Sam fizesse todo sentido matá-lo. E, na última noite, Sam e Nick haviam parado de brigar quando eu mandara.

É claro que eles tinham um instinto incontrolável de me proteger. Mesmo que descobrissem que eu tinha a capacidade de controlá-los, eles não se voltariam contra mim. Porque de algum modo a Agência os tinha programado para não fazerem isso.

A Agência, Connor, Riley – eles tinham pensado em tudo.

"Mas por que eu?"

Riley inclinou a cabeça para o lado, me analisando, me estudando com o olhar.

"Porque a única pessoa a quem Sam escutava era sua irmã mais velha. E então ela morreu."

Prendi a respiração. Dani estava morta? O olhar de Sam expressava sua dor.

Riley não deu tempo de a notícia ser digerida. "Nós já investimos muito dinheiro em Sam para desistir dele. Por isso, o Plano B. Dani não era a única irmã O'Brien, não é mesmo?"

As notas diziam que a Operação ALPHA devia explorar a possibilidade de replicar os atributos de controle entre Dani e Sam. E eles conseguiram. Haviam produzido uma ligação artificial entre os rapazes e eu. Pegaram algo que era humano – amor, respeito e confiança – e transformaram em algo científico, valioso.

Controle biológico.

Não me espantava que tivessem se esforçado tanto em trancar Sam e limpar suas memórias para manter as evidências que ele tinha roubado escondidas. As alterações – força, inteligência, envelhecimento mais lento, obediência – valeriam milhões.

Um cachorro latiu ao longe. As narinas de Sam se abriram e seus ombros ficaram tensos. Ele parecia estar pronto para pular sobre Riley, e isso não seria bom para ninguém.

Eu me torci, tentando encarar Trev. "Seu nome estava no arquivo", disse eu. "Cinco anos atrás. Você foi alterado, e eles tentaram vender você como uma arma."

"Ela está mentindo." Riley avançou para perto e me golpeou no rosto. Pontos rosa e amarelos preencheram meu campo de visão.

O abraço de Trev se soltou um pouco. Sam fez um som baixo que retumbava em seu peito enquanto tentava se soltar do homem que o segurava.

"Estou dizendo a verdade", falei nervosa.

"Pare", Trev disse para mim. "Por favor."

"Mas..."

"Não tente criar desculpas para mim, Anna."

Eu não iria falhar assim, presa pela única pessoa em quem sempre confiara. Não com a evidência tão perto, a documentação que lutamos por dias para localizar.

Esse não era meu fim.

Se eu era parte desse programa tanto quanto os rapazes, então não era uma garota frágil no meio de um programa secreto. Como Trev disse, eu era o motivo de estarmos ali. E, se eu era a chave, então tinha o poder de tirar o plano de seu curso.

Sam e eu trocamos um olhar.

No três, movi a boca sem produzir som, e ele assentiu com a cabeça quase imperceptivelmente.

Um.

Dois.

A adrenalina correu por minhas veias. Sentia-me mais forte do que nunca.

Três.

Agarrei Trev pelo pulso e puxei seu braço para cima, forçando a arma para longe da minha cabeça. Pego de surpresa, ele não resistiu, o que me deu tempo suficiente para girar, colocar minhas mãos em seus ombros e golpeá-lo com o joelho entre as suas pernas. Ele desabou no chão.

Nick saltou, girando as mãos amarradas por trás de seus pés. Pulou em cima de um dos homens ao lado de Riley e eles caíram, lutando.

Riley tentou me acertar mas eu desviei, pegando a pá do chão e empunhando-a como um porrete. Riley e eu gingamos de um lado para o outro e eu tentei acertá-lo. Ele se abaixou.

Uma arma disparou. O outro agente cambaleou para trás, segurando o flanco. Sam mal parou para ver se o tiro tinha acertado antes de mirar em Riley. Puxou o gatilho, mas a arma não disparou. Estava emperrada ou sem balas. Ele a jogou para o lado.

Segurei com mais força a pá enquanto Trev se levantava. Éramos eu e Sam contra Trev e Riley, e eu não tinha certeza de que conseguiria derrotar Trev. Minha única esperança era a pá. Fiquei de pé e alerta, minha raiva pela traição de Trev era todo o combustível de que eu precisava. Poderia amassar seu maldito rosto com aquela pá e não me sentir mal com isso.

"Desculpe", disse ele.

Pelo canto do olho, vi Riley puxar algo de dentro do bolso interno de seu terno. Percebi tarde demais que era uma arma. Ele apontou a arma para Sam e atirou.

"Não!"

A arma fez um som *tup-tup* leve, e dois dardos acertaram Sam no peito. Ele olhou para os dardos, e então para mim novamente.

Soltei a pá – *tinha de ajudá-lo* – enquanto ele caía de joelhos, seus olhos vidrados e desfocados. Nick me interceptou e me empurrou na direção oposta. Trev roubou a arma de um dos homens caídos.

"Sam!", gritei. Riley atirou novamente, e um dardo acertou a árvore perto de mim.

Nick pegou a gola de meu casaco e me arrastou para a mata. "Não temos tempo!"

Cambaleei, vi Sam lutando para me enviar uma última mensagem, seu dedo apontando para algo à minha esquerda.

O caderno e os registros, eles foram abandonados pelo homem de Riley.

Eu me separei de Nick.

"O que diabos você está fazendo?", ele gritou.

"Não podemos largá-los." Peguei a evidência enquanto outro dardo passava zunindo. Riley gritou. Um tiro ecoou. Nick me puxou para a frente dele e para longe da bala. Cambaleou para a frente, e sangue começou a ensopar sua manga em um ritmo alarmante.

"Ai, meu Deus", eu disse.

"Vá."

Nós corremos pela mata. O céu desabou em um aguaceiro. Escorreguei na lama, recuperei meu equilíbrio e continuei andando, embora não tivesse ideia de para onde ia, apesar de não *querer* ir.

Tínhamos deixado Sam para trás. Ele não poderia lutar. Eles poderiam fazer o que quisessem com ele. Poderiam apagar suas memórias novamente, e ele não teria ideia de quem eu ou ele éramos, e do que acontecera entre nós.

Galhos puxavam meu cabelo. Samambaias batiam em minhas pernas. Nick corria perto de mim, mas estava desacelerando. "Você está bem?", perguntei.

"Sim." Mas ele não parecia estar bem.

Passamos por uma cabana de caça, e depois por uma carroça abandonada, suas grandes rodas enferrujadas. Passamos por um riacho, pisoteando a água. Finalmente, as árvores à frente pareceram mais dispersas, e vimos uma estrada de terra. Havia um celeiro abandonado em um campo do outro lado da estrada, a estrutura se inclinando perigosamente para a esquerda.

Nick me empurrou na direção do celeiro. "E você?", perguntei. "Vou deixar uma trilha falsa."

Ele correu em outra direção, deixando sangue pingar de propósito nos arbustos.

Olhando em volta para me certificar de que a estrada estava vazia, corri para o outro lado, mantendo a evidência que tínhamos escavado apertada com força contra o peito. Apesar da chuva, a grama marrom estalava sob meus pés. Quando cheguei ao celeiro, enfiei a cabeça para olhar por uma janela vazia. O interior estava escuro e cheirava a terra molhada e madeira podre. Hesitei, insegura do que fazer, preocupada com Nick.

Ele reapareceu um minuto depois, com um galho de pinheiro nas mãos. Correu pela estrada, passando o galho no caminho para limpar nossas pegadas. Forcei a porta e Nick entrou atrás de mim.

"E agora?"

Ele olhou em volta. O sótão do celeiro tinha desabado, e madeira velha pendia das vigas, caindo no primeiro andar. Alguns compartimentos estavam vazios no canto de trás. Havia uma sala de ferramentas diretamente em frente, mas o sótão desabado bloqueava a entrada.

"Aqui", disse Nick, dando passos cuidadosos pelo chão até o meio do celeiro. Ele se abaixou apoiado em um joelho e arrancou as tábuas do chão, mostrando a estrutura do celeiro e a terra embaixo. As tábuas se soltaram facilmente, os pregos estavam enferrujados e inúteis.

"Entre."

"Está brincando comigo? E se o celeiro desabar e ficarmos presos?"

"E se Riley nos encontrar?"

Vozes gritaram na estrada lá fora. Alguém gritou: "Dê uma olhada no celeiro!".

Nick falou em voz mais baixa. "Entre na porcaria do buraco."

Entrei e ele se apertou perto de mim, com o galho de pinheiro do lado. Puxou as tábuas do chão de volta para o lugar até que se encaixassem.

Meu coração disparou. Eu não conseguia respirar direito. Nosso esconderijo era escuro e úmido, e eu me sentia como se tivessem me enterrado viva.

Contorci-me de lado para abrir espaço para Nick, porque ele estava ferido e estávamos praticamente um em cima do outro. As vozes do lado de fora se aproximaram. Deitei minha cabeça na terra, tentando fazer meu corpo parar de tremer.

O chão rangeu acima de nós.

"Olhem ali", falou Riley.

Um segundo conjunto de passos irrompeu pelo celeiro. Ouvi o barulho de detritos sendo remexidos, madeira estalando. "Nada aqui", disse o outro homem. Não era Trev. Riley já tinha reforços?

Um celular apitou. Riley respondeu, parou um pouco, e então disse: "Estamos voltando". Ao seu parceiro ele disse: "Trev achou um rastro de sangue na mata".

Terra caiu pelas rachaduras acima de nós enquanto eles saíam. Perto de mim, Nick suspirou pesadamente. Alguma coisa corria pelo chão a alguns metros atrás de nós. Eu me contorci, contendo um grito. *É apenas um rato*, disse a mim mesma. *Nenhum motivo para ficar com medo.*

Passaram pelo menos dez minutos antes de eu conseguir respirar normalmente de novo. Esperei pelo menos mais dez minutos antes de cutucar Nick.

"Acho que eles foram embora", falei. Quando ele não respondeu, eu me levantei apoiada em um cotovelo. "Nick?" Seus olhos estavam cerrados, e ele parecia mais frio do que o normal. "Nick. Acorde." Lágrimas de frustração ardiam em meus olhos. "Nick!"

Eu estava sozinha no meio do nada e enterrada embaixo de um celeiro. Nick estava inconsciente. A Agência tinha Sam e Cas. Trev havia nos traído. Riley estava em algum lugar lá fora, ainda nos procurando. Eu não sabia aonde ir. Não sabia o que fazer. Não conseguiria carregar Nick para algum lugar.

Tomara que nos encontrem, pensei. *Eu desisto. Não consigo mais continuar.*

Era Sam quem nos mantinha juntos, que dava as ordens que seguíamos, porque ele sabia o que devia fazer e quando fazer. Agora eu deveria ser a comandante? Eu não merecia o cargo.

Coloquei meu ouvido no peito de Nick, rezando para ouvir o som de seu coração batendo. Eu o ouvi, fraco, e estava batendo mais devagar do que deveria. O que eu deveria fazer em uma situação como essa. Deveria mantê-lo aquecido?

Suas mãos ainda estavam amarradas, então comecei ali, tentando soltar as fitas de plástico, sem muito sucesso. Desisti e abracei seu torso, puxando-o para mais perto para compartilhar um pouco do meu calor corporal. Quando fiz isso, minhas mãos passaram por algo duro em seu bolso.

Enfiei a mão e puxei o celular pré-pago. Suspirei de alívio. Havia pensado que Trev estava com o celular. Talvez Nick tivesse roubado dele quando Trev não estava prestando atenção, quando percebeu que Trev estava do lado da Agência.

Abri o telefone e descobri que tinha sinal suficiente para fazer uma chamada. O problema é que eu não tinha ninguém *para quem* ligar.

Não tinha amigos, e, mesmo que tivesse, estava a vários estados de distância da minha casa. E meu pai...

Papai.

Eu não era sua filha e ele não tinha obrigações comigo, mas ele tinha prometido quando eu fora embora que me encontraria, e eu queria acreditar nele. Queria que ele fosse o homem que eu conhecera por todos esses anos.

Eu não tinha nada mais a perder.

Digitei seu número de celular e apertei "ligar".

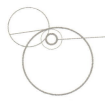

32

Meu pai atendeu o celular no terceiro toque.

"Papai?", disse eu.

Ele expirou ofegante. "Fique nesse número. Eu já te ligo de volta."

A ligação foi interrompida. Fiquei encarando o telefone, achando que ele fosse me entregar, que ele tinha desligado para que pudesse chamar o Connor e dizer que havia me encontrado...

O telefone tocou. O número na tela aparecia como THORTON GAS & GO.

"Alô?", eu disse.

"Meu telefone não é seguro", papai explicou. "Nunca assuma que é seguro ligar para ele".

Segurei o telefone com mais força.

"Você está usando um número listado?", ele perguntou. "Telefone celular? Sam está com você?"

"Eles estão com o Sam. E com o Cas. E Nick levou um tiro e ele... eu não sei. Ele não está respondendo."

Encostei a cabeça no peito de Nick, um ouvido no telefone com papai, o outro escutando a batida do coração de Nick.

"E... você encontrou Sura?"

Captei uma fraca esperança na voz de papai. Minha camisa ainda estava manchada com o sangue de Sura. Uma imagem de seus olhos mortos voltou à minha mente e não tive a coragem ou a energia para contar a papai o que tinha acontecido.

Talvez ele tenha entendido o que a minha hesitação significava, porque continuou antes que eu pudesse inventar uma resposta. "Eu nunca quis que você descobrisse desse jeito."

"Pai", comecei, e então parei. Ele não era mais o meu pai.

"Eu não queria machucá-la".

Mas você conseguiu, eu quis dizer. *Você e o Trev.*

Busquei um pouco de dignidade e endureci a voz. "Podemos falar sobre isso mais tarde. Neste momento, Nick é quem precisa da sua ajuda."

"Você está em Michigan?"

"Sim", eu disse depois de uma pausa. Se ele me dedurasse, paciência. Era um risco que eu estava disposta a correr. "Encontramos a casa. *Minha* casa. Estamos na mata atrás dela, na estrada mais próxima. Em um celeiro."

"Vou levar um tempo para chegar aí. Assim que fui liberado, fui direto para o endereço na Pensilvânia e encontrei a casa cheia de policiais".

Resmunguei. "Ah sim. Sam derrubou um policial sem querer".

Papai suspirou. "Não me surpreende, vindo do Sam."

"Quanto tempo você demora para chegar aqui?"

"Algumas horas. Seis, talvez."

Seis horas? Talvez Nick não tivesse muito tempo. E eu não aguentava mais ficar sentada naquele buraco. A claustrofobia tinha começado no momento em que desci ali, e, quanto mais tempo eu ficasse, pior seria.

"Venha rápido, por favor."

"Eu irei. Prometo. Não saia daí."

Olhei para Nick. "Não se preocupe. Não vou a lugar nenhum."

Olhei para o relógio no celular e esperei 45 minutos depois de terminar a ligação com papai. Cheguei à conclusão de que, se não estivesse segura agora, nunca estaria, então, por que não arriscar? Além disso, eu tinha de ir ao banheiro.

Precisei de algumas tentativas para conseguir soltar as tábuas do chão, mas, assim que consegui, explodi para fora do buraco como se escapasse de um afogamento, sugando ar fresco como se meus pulmões estivessem sedentos. Dei mais uma olhada em Nick antes de sair. Ele não tinha acordado, mas estava respirando direito.

Fui me aliviar atrás do celeiro, e então corri de volta para dentro. Sentei no chão perto do buraco e cutuquei Nick. Ele resmungou algo antes de voltar ao silêncio. Fiquei o observando por um tempo. Quando o celular disse que era perto das 4 da tarde, fui para as janelas quebradas na frente do celeiro. A tempestade tinha finalmente passado, deixando a terra encharcada. Mentalmente, desenhei o ambiente, como se fosse importante identificar todas as cores para poder compartilhá-las com Sam depois. Mas e se eu não tivesse a chance? E se nunca mais o visse?

O pensamento me deixou tonta.

Quando escutei pneus se arrastando lentamente sobre o cascalho, eu me afastei da janela e olhei por uma fresta. Pensei em ligar para papai no celular, e então me lembrei de seu aviso e coloquei o telefone no bolso. Em vez de ligar, fiquei observando. Ele estacionou no acostamento e desligou o motor. Eu estava aliviada de vê-lo sozinho, embora, de certa forma, esperasse que Riley saltasse de trás de uma árvore.

Papai atravessou o campo mancando. Senti uma dor interna ao lembrar daquele dia no laboratório, o horror de ver Sam atirando nele.

"Anna?", papai chamou.

Pus a cabeça para fora da porta. "Aqui dentro."

Quando ele se apertou para entrar, um silêncio desconfortável se instalou. Se existia algum momento para abraços de família, era esse. Contudo, papai não era meu pai, e eu nunca fui muito fã de abraços de qualquer modo.

Fiz um gesto em direção à sua perna. "Como está?"

"Não era tão ruim quanto parecia. Você está bem?"

Levantei o ombro um pouco, e senti vontade de despejar todas as coisas que me passavam pela cabeça. Estava doída, quebrada, triste e com medo. Mas queria que ele soubesse isso sem que eu tivesse que contar. Queria que ele pudesse me ler, como pais supostamente são capazes. Para dissipar todas as histórias que já tinha ouvido, para deixar tudo bem novamente.

Mas ele não fez isso.

"Onde está Nick?", ele perguntou.

Eu murchei. "Logo ali."

Nick tinha mudado de posição desde a última vez que eu o vira. Isso parecia um sinal positivo.

Papai começou a trabalhar, porque era nisso que ele era bom: trabalhar, consertar coisas. Entrou no buraco e pressionou seus dedos no pescoço de Nick. "A pulsação ainda está boa, mas lenta. Você consegue descer aqui também? Segurar as pernas dele para conseguirmos carregá-lo para fora? Não sei quanto peso conseguirei aguentar."

Fiz o que papai pediu, apertando-me no buraco perto das pernas de Nick. Segurei-o por baixo dos joelhos, papai contou até três e nós o levantamos. Papai apertou os dentes devido à dor. Nós balançamos Nick para o lado, soltando-o no chão, para que pudéssemos escalar para fora do buraco.

Levou uns bons dez minutos para sairmos e atravessarmos o campo até o carro, carregando Nick entre nós. Tentei aguentar o máximo de peso possível para reduzir o de papai, mas eu tinha apenas metade do tamanho de Nick.

"Eu consigo segurá-lo se você abrir a porta," papai falou ao chegarmos ao carro.

Levantei a maçaneta, mas meus dedos escorregaram, quebrando uma unha pela metade. Xinguei e tentei de novo, minhas mãos praticamente inúteis. Finalmente, conseguimos colocar Nick no banco de trás.

"Os arquivos", falei, enquanto papai se ajeitava atrás do volante. "Esqueci de pegá-los. Eles contêm informações sobre o programa, sobre a Agência. É o único trunfo que temos."

"Depressa", disse ele, dando partida no carro.

Corri de volta para o celeiro, mergulhei no buraco e saí com as evidências. Papai não desperdiçou um segundo quando voltei. Acelerou antes mesmo que eu fechasse a porta.

A chuva tinha se acumulado em poças, escondendo crateras. Acertamos uma dessas crateras e Nick gemeu. Eu estava passando para o banco de trás quando atingimos outra, e quase caí em cima dele.

Talvez Nick e eu nunca tivéssemos nos dado bem, mas eu devia algo a ele. Ele tinha se colocado na frente de uma bala por mim.

"Nick? Você consegue me ouvir?" Os dedos dele se apertaram em torno dos meus e eu deixei escapar um suspiro de alívio.

Seguimos por um tempo até papai parar em uma farmácia para comprar os suprimentos necessários para tratar Nick. Cerca de meia hora depois, encontramos um hotel discreto de beira de estrada e papai alugou um quarto, pagando em dinheiro para que a Agência não pudesse rastrear a transação.

Quando conseguimos levar Nick para dentro, seus olhos estavam tremulando. Nós o colocamos na cama, e papai retirou cuidadosamente suas roupas ensanguentadas. Ele trabalhou com a rápida precisão de um profissional, como se já tivesse feito isso antes. E talvez tivesse mesmo.

Usando o álcool antisséptico e o kit portátil de costura que tinha trazido, papai conseguiu costurar o ferimento causado pela bala, que no final das contas se revelou apenas um raspão profundo.

Fiquei sentada na cadeira, esfregando as mãos no colo enquanto esperava por algo, alguma novidade, perguntando-me onde Sam se encontrava e se estava bem. Eu estava ficando impaciente. Nós estávamos desperdiçando tempo. A qualquer momento, Riley e Connor iriam apagar as memórias de Sam, e nada do que conseguíramos realizar importaria mais.

Quando papai terminou, lavou as mãos, tomou um pouco da água engarrafada que trouxe junto com os suprimentos médicos e pegou um canudo. "Ele vai ficar bem, eu acho. Não encontrei nenhum dano importante. Ele só perdeu muito sangue e está exausto. Provavelmente desidratado também, eu acho."

"Por que você está fazendo isso?" Eu estava com essa pergunta entalada durante a última hora, perguntando-me se ligar para ele tinha sido um erro. Ainda esperava que Riley arrombasse a porta a qualquer momento.

Papai levantou o canudo e o enfiou na boca. "Estou fazendo o que deveria ter feito muito tempo atrás." Ele foi para a janela, afastou a cortina laranja grossa e deu uma olhada no estacionamento. "Concordei em trabalhar no projeto dos rapazes porque estava passando por um período difícil. Sua mãe e eu...", ele se interrompeu. "Quero dizer, Sura e eu... nós estávamos separados fazia algum tempo, mas ela ainda era parte importante da minha vida, e nós estávamos brigando novamente... De qualquer modo, eu queria me afastar de tudo o máximo possível. Ouvi falar do projeto na casa da fazenda e concordei em participar antes de saber o que isso implicaria."

Ele passou a mão no cabelo grisalho, alisando-o. "E então, quando você apareceu..." Ele balançou a cabeça, o cabelo saindo do lugar de novo. "Bem, eu estava preso naquele momento. Não achei que você fosse descobrir. Pelo menos não do jeito que aconteceu."

"Riley disse que eu fui alterada também. Isso é verdade?" Papai olhou para mim com pesar, confirmando com um movimento de cabeça. "Quando recebia meus tratamentos?"

"Você recebia tratamentos duas vezes por mês, em sua comida."
Ele me observou, esperando a ficha cair.

"A limonada." Ele tinha me medicado em minha limonada, a única tradição que tínhamos. Sam e os outros estavam passando por crises de abstinência desde que deixáramos o laboratório. Eu também tivera dores de cabeça. Achei que fossem do estresse.

Papai prosseguiu. "As alterações pelas quais você passou foram mínimas. Suspeito que você possa ser mais forte do que a garota média com seu tipo corporal. Mas, principalmente, você está conectada aos garotos em algum nível que mesmo eu não consigo entender. E eles seguirão você sem hesitar."

"E quanto ao Trev? Ele foi alterado da mesma forma? Eu tenho algum controle sobre ele?"

"Por que você quer saber?"

Contei sobre a traição de Trev. Ele ficou tão surpreso com a notícia quanto eu tinha ficado.

"Uau. Eu não fazia ideia. Os tratamentos do Trev eram diferentes, sim. Pensei que estivessem testando uma droga diferente nele, para ver como ele iria interagir com você e os outros. Eu nunca imaginaria que ele estava trabalhando para a Agência."

"Isso explica muita coisa. Não me lembro de ele me ouvir quando faria mais sentido não me obedecer. A Agência não gostaria que ele ficasse sob meu controle." Esfreguei os olhos com a base das mãos. "Por que estavam tirando os garotos do laboratório, para começo de conversa?"

"Iriam transferi-los para outra instalação e deixar você na casa da fazenda para testar a conexão entre estados. Connor queria testar os limites do programa antes..."

"Antes de vendê-lo."

Papai suspirou. "Eu tento não me envolver em tudo isso. Só gosto da parte científica. Ou, pelo menos, gostava."

Ele prendeu o canudo entre o indicador e o dedo médio. "Eu sabia o que ele estava fazendo, aliás."

Olhei para ele. "O quê?"

"Sam. Sabia que ele estava tentando escapar. Os canudos. Eu sabia." Ele massageou o septo do nariz. "Todos esses anos em que os mantive lá embaixo, não houve um dia sequer no qual não imaginasse como seria deixá-los sair e ir embora. Levou algum tempo para que eu aceitasse o que estava fazendo. O fato de Sam e os outros não lembrarem de muita coisa ajudou. E você ajudou. Você ajudou a tirar essas coisas da minha cabeça. Eu subia e você estava lá esperando por mim, e por um instante eu esquecia os garotos no laboratório." Papai se ajeitou na cadeira no canto oposto da sala, apoiando os cotovelos nos braços da cadeira. "Devo muito a todos vocês. Gostaria que existisse alguma forma de compensá-los. Realmente gostaria."

"Precisamos resgatá-los", falei. "Sam e Cas."

Papai balançou a cabeça. "Não vejo como poderíamos fazer isso, Anna. Lamento. A Agência tentará limpar as memórias dele novamente, e Sam..." Ele balançou a cabeça.

"O quê?"

"Eles já o levaram ao limite. Suas memórias foram alteradas mais do que as dos outros. Ele estava tendo *flashbacks* de memória, mesmo no laboratório. Mas eu não registrei isso. Estava preocupado com o que fariam com ele se descobrissem. Suspeito que, sem o supressor, esses lampejos irão piorar..."

Eu gelei.

Papai deve ter notado a minha expressão, porque disse: "Eles *ficaram* piores, não foi?".

"O que vai acontecer se tentarem apagá-lo novamente?"

Papai balançou a cabeça como se dissesse que não tinha certeza da resposta, mas que ela não era boa. "É melhor se não nos envolvermos. Você está livre. Nick está livre. Isso é mais do que eu jamais poderia ter desejado."

Eu me levantei. "Diga o que vai acontecer com ele, pai. Você precisa me contar."

"É só uma teoria", ele balbuciou. Levou o canudo de volta à boca, parou, e então disse: "Poderia ser debilitante. Poderia deixá-lo incapaz. Incontrolável. Volúvel. Eu não sei. Poderia haver inúmeras consequências".

Respirei fundo, tentando adiar as lágrimas que pressionavam minhas pálpebras. "Não posso simplesmente abandoná-lo."

"Não há nada que possamos fazer."

Olhei para o caderno de anotações e os arquivos na mesa perto da janela. Sam pedira que eu os pegasse, porque sabia que eram importantes.

Essas informações eram as únicas armas de negociação que eu tinha. "Talvez exista algo."

Nick acordou com um resmungo, um pouco depois das 2 da manhã. Eu estava assistindo TV e cochilando ao longo da última hora, acordando a cada dez minutos ou algo parecido para garantir que ele ainda estava respirando.

Aos poucos, ele se sentou, apertando os dentes para conter a dor. "Sam?", ele sussurrou.

"Ei", falei, me aproximando dele. "Cuidado."

Ele me notou na semiescuridão e ficou tenso. "Anna."

"Sim. Estou aqui. E você levou um tiro. Então precisa se deitar de novo."

Ele grunhiu. "Provavelmente não é a primeira vez."

"Você quer um pouco de água?"

"Tylenol."

Nós tínhamos isso também. Enchi um copo de plástico com água da pia e sacudi até caírem dois comprimidos da garrafinha nova. Eu os passei para ele, observando Nick na luz tremulante da TV, tentando identificar sinais de que *não* estivesse bem. Ele parecia bem, mas isso não significava que realmente estivesse.

Nick pegou o Tylenol e bebeu o copo de água todo. Olhou em volta no quarto. "Onde estamos?"

"Em um motel perto da Traverse City."

"Quem está ali?" Ele indicou o amontoado que era meu pai na cama ao lado. Quando contei, ele abaixou a voz e retrucou abruptamente: "O que diabos ele está fazendo aqui?".

"Eu o chamei. Você tinha desmaiado, e eu não sabia o que fazer. Você não me deixou muitas opções."

"Ele está do nosso lado agora?"

Dei de ombros. "Para ser sincera, eu não sei realmente. Acho que sim."

"Alguma novidade sobre Sam?"

Pensei em contar a Nick o que meu pai tinha dito sobre os lampejos, as consequências de outra manipulação de memória, mas isso só iria adicionar combustível à raiva de Nick. "Não sei de nada ainda. Meu pai acha que ele já era."

Nick abaixou a cabeça. A TV passou para um comercial. "Não podemos deixá-lo lá."

"Eu sei."

"Ele sempre cuidou de mim."

Mais do que a nossa própria família, pensei. Sam tinha cuidado de todos nós.

E eu sabia o que ele diria sobre irmos até ele para salvá-lo: *Não façam isso. Se afastem o máximo possível da Agência e de Connor. Usem a prova contra eles se eles forem atrás de vocês.*

Entretanto, eu não poderia simplesmente esquecê-lo. Não poderia deixar Connor arruinar Sam com outra limpeza de memória para que pudessem usá-lo em benefício próprio. Havia uma dor inegável em meu peito, como se estar separada de Sam, mesmo que por algumas horas, me rasgasse por dentro. Eu queria ir, ir, ir, agora mesmo. Não queria ficar parada em um quarto de hotel por mais um segundo.

Como se captasse minha linha de pensamento, Nick me encarou. O brilho da TV apenas amplificava o azul reluzente de seus olhos. "Sam diria que é uma ideia estúpida tentar salvá-lo."

"Mas que outra opção nós temos? Meu pai..." Papai se mexeu embaixo do lençol, remexendo-se ao som de seu nome. Eu sussurrei: "Acho que tenho um plano. Não sei se vai funcionar, mas já é alguma coisa"

Nick se levantou. Ele foi ao banheiro, andando devagar e hesitante. "Qualquer que seja o plano", disse ele, "conte comigo."

33

O escritório mais próximo da Agência ficava em uma cidade costeira: Cam Marie, em Michigan. Era para lá que Riley tinha levado Sam. Um vento oeste gelado empurrava o cabelo em meu rosto enquanto andávamos pela calçada, o sinal de travessia apitando atrás de nós.

Do meu lado, Nick estava rabugento. Seus ombros estavam rígidos, suas mãos escondidas dentro dos bolsos da jaqueta. Naquela manhã, enquanto consumíamos um café e uma rosca, ele tinha dito: "Isso é maluquice. Você sabe disso, certo?".

E eu tinha respondido: "Sim. Um novo patamar de loucura. Mas o que temos a perder?"

"Bem..." Ele mordeu um pedaço da sua rosca de cebola e alho. "Nossas cabeças. Nossa liberdade. Ou algo mais criativo, como nossos dedos..."

"Certo. Entendi."

Entretanto, estávamos ali e não havia como voltar atrás. Papai tinha razoável certeza de que não seríamos feridos. Tínhamos tomado medidas para o caso de alguém nos ameaçar, mas elas não fariam diferença se Connor realmente nos quisesse.

O prédio da Agência tinha uma fachada na frente. ESCRITÓRIO MESSHAR E MILLER, dizia a placa em grossas letras douradas. Uma garota ruiva em uma mesa circular nos atendeu. Atrás dela, janelas altas ofereciam uma ampla vista do Lago Michigan, com suas ondas se esticando em cristas espumosas. À sua esquerda subia uma escada, com corrimão também de vidro, de modo a não obstruir a vista. Colunas de elevadores ocupavam a parede à nossa direita.

"Bom dia, Arthur."

Nick tirou as mãos dos bolsos, flexionando os dedos como se quisesse sacar sua arma ao primeiro sinal de perigo.

"Estamos aqui para ver o Connor", disse papai.

A mulher assentiu com a cabeça e apertou um botão no painel de controle. "Estão esperando por vocês lá embaixo."

"Obrigado, Marshie", papai falou. Ele nos indicou a direção de uma porta debaixo da escada.

Nick se inclinou. "'Estão esperando por vocês lá embaixo?'", ele repetiu. "Isso é reconfortante."

A porta abria para uma escada longa que descia abaixo do nível do solo. Apertei com mais força a pasta grande em minha mão, a que continha todas as informações que Sam roubara há cinco anos. Um calafrio percorreu minha espinha. Eu não estava me sentindo muito confiante, e o comentário de Nick só piorou a situação.

Simplesmente entrar e entregar alguns papéis em troca de nossa liberdade parecia fácil demais, mas não sei que outra escolha nós tínhamos. Eu precisava salvar Sam e Cas. Especialmente Sam, antes que o danificassem.

Nossos passos ecoaram pela escadaria conforme as solas dos nossos sapatos batiam nos frisos metálicos dos degraus. Descemos e descemos em espiral, passando por quatro andares, até que papai parou na porta marcada como B5.

Com a mão na maçaneta, ele se voltou para nós, rugas se aprofundando em sua testa. "Deixem que eu fale. Combinado?"

Nick grunhiu. Eu assenti. Papai empurrou a porta. Chegamos a uma pequena área de recepção, onde um homem estava sentado atrás de uma mesa de mogno, um telefone preso no seu ouvido, deixando as mãos livres.

"Arthur", disse ele, sorrindo. "Que bom revê-lo."

Papai se mexeu desconfortavelmente. "Sim, também é bom revê-lo, Logan. Connor está?"

"Ele já vai sair."

"Não podemos entrar?", papai perguntou, e Logan balançou a cabeça.

Então nós esperamos. Nick estalou as juntas da mão, um dedo de cada vez. Eu tive que resistir à tentação de andar de um lado para o outro. Quando achei que enlouqueceria de ansiedade, uma porta atrás de Logan se abriu e cinco homens entraram na sala.

"Já era hora", Nick resmungou, afastando-se de uma parede com um empurrão do pé.

Papai colocou uma mão no peito de Nick, mantendo-o a distância. "Connor já pode nos receber?", ele perguntou aos agentes.

O homem à frente, com uma cicatriz que ia do queixo ao ouvido, sorriu. "Já." Ele sacou uma arma e atingiu papai com um dardo tranquilizante. Eu mal tive tempo de entender o que tinha acontecido quando Nick me empurrou para fora do caminho e começou a distribuir socos.

A arma voou para trás da mesa. O homem das cicatrizes caiu, mas havia outros quatro para enfrentarmos. Nick começou a avançar em direção ao próximo agente, mas um homem alto e loiro veio por trás e o socou pela direita. Outro punho atingiu o rosto de Nick. Seus olhos se reviraram e ele caiu.

"Parem!", gritei. "Por favor, estamos aqui para falar com..."

Alguma coisa pesada e dura bateu em minha testa, interrompendo-me, e as luzes se apagaram.

A dor na minha cabeça foi a primeira coisa de que me dei conta. Depois veio a náusea. Eu me retraí e evitei abrir os olhos. Encostei no ponto que doía mais e gemi quando senti o calombo na testa.

Tudo voltou de repente, e eu abri os olhos.

Estava em um quarto quadrado sem janelas, com uma porta e uma cama. Um copo de água permanecia intocado em uma pequena mesa de cabeceira. Riley estava sentado em uma cadeira no canto oposto.

"Você está acordada", disse ele. "Finalmente."

O som de sua voz fez minha cabeça vibrar, e eu lutei contra mais uma contração.

"Por que...", comecei, mas Riley me interrompeu.

"Você armou uma divulgação da prova na mídia em caso de uma emergência?"

Coloquei as mãos sobre os olhos, como persianas, bloqueando o brilho das luzes fluorescentes. Firmei os pés no chão.

"Anna. Só vou dizer isso mais uma vez. Você armou uma divulgação de emergência?"

"Sim", sussurrei.

"Quais são os detalhes?"

"Onde ele está?"

"O quê?"

Apertei os olhos. "Onde está Sam? Onde estão os outros?"

Riley ajeitou o cabelo, arrumando a parte da frente. "Em uma cela. Onde merecem estar."

"Eu não vou dizer nada a você até me levar até eles."

Ele cruzou uma perna sobre o joelho. "É uma pena, porque não vou levá-la a lugar algum até você me contar os detalhes da divulgação na mídia."

Ele falava em sílabas lentas, esticadas, como se não tivesse certeza de que eu entendia sua língua.

Meu peito se encheu de raiva. "Bem, isso é uma pena", retruquei, "porque não vou contar nada até você me levar aos rapazes."

Ele suspirou. "Muito bem. Então acho que vamos apagar suas memórias e torcer para que Arthur conte os detalhes." Ele se levantou.

Papai. Ele veio até aqui me ajudar, se colocou em risco. Eles o torturariam para obter respostas? Sim, fariam isso.

"Espere."

Canalize Sam, pensei. *O que ele faria?*

"Sim?" As sobrancelhas de Riley se arquearam altas em sua testa enquanto esperava.

Eu precisava sair dali. Tinha de encontrar os outros. Tinha de encontrar papai. Ir até Riley e Connor tinha sido ideia minha, e eu havia posto todos nós em perigo. Precisava da solução mais rápida e segura. Precisava de um plano.

Uma porta. Sem janelas. Mesa de cabeceira. Copo d´água. Uma cadeira. Uma passagem de ar no teto. Cama feita de metal.

Havia mais guardas lá fora? Alguma câmera em algum lugar? Espiei rapidamente o quarto. Não havia câmeras que eu pudesse ver. Eu precisava de uma distração.

"Não tenho o dia inteiro, senhorita O'Brien."

"Tem um banheiro aqui?" Engoli e suprimi a dor que irradiava do centro da minha cabeça.

"Tem um no final do corredor, e você pode usá-lo depois..." Enquanto falava, ele se virou ligeiramente, fazendo um gesto em direção à porta, e eu aproveitei a oportunidade.

Com a mão esquerda, enrolei o lençol da cama nos dedos. Com a mão direita, peguei a água. Puxei o lençol até que as pontas se soltassem do colchão. Levantei-me rapidamente e joguei o lençol enquanto Riley sacava a arma. O lençol o cobriu. Esmaguei o copo em sua cabeça e ele se estilhaçou em milhares de pedaços. Água escorreu pelo meu cotovelo. O vidro cortou meus dedos, então eu não sabia se o sangue que ensopava o lençol era meu ou de Riley.

Os pés dele se enroscaram no lençol. Chutei onde achei que seu joelho estaria e ouvi algo estalar. Um grito surdo escapou de seus lábios enquanto ele caía. Segurei as costas da cadeira com as mãos, ignorando as pontadas de dor da minha pele cortada.

Ele se levantou para ficar de joelhos e eu puxei a cadeira para trás e para cima. Ela explodiu com o impacto, partindo-se em pedaços. Riley desabou com um grunhido final.

"Senhor?", alguém disse do lado de fora da porta.

Eu congelei. *Pense.*

"Senhor?"

Puxei a arma de Riley do coldre em seu ombro e peguei o lençol de volta. Escondi-me atrás da porta, apoiando-me na parede. A porta se abriu e eu chutei. A porta bateu no guarda e quicou de volta. Eu a contornei e acertei o queixo do homem com minha palma da mão aberta. Ele cambaleou e eu enrolei o lençol em volta de seu pescoço, dando um puxão. Ele caiu de costas. Subi em cima dele, apertando a arma contra sua mandíbula.

"Onde eles estão mantendo os rapazes?"

"Não vou dizer nada a você", ele falou, mas seu lábio inferior tremia.

"Acha que eu não vou atirar? Vou contar até três para você testar sua teoria. Um. Dois."

Eu realmente apertaria o gatilho? Esse lugar tinha roubado minha vida, e qualquer pessoa que trabalhasse aqui era tão culpada quanto Connor e Riley. Usei meu peso para pressionar a arma. O cano esfregando no osso.

"Última chance", disse eu. "Três..."

"Espere!" Sua testa brilhava com suor. Eu relaxei, mas só um pouco. "Vá para a direita. Então vire à esquerda. Desça a escada para o próximo andar. Siga em frente. Você vai ver o laboratório à direita."

"Você tem um *walkie-talkie* ou telefone?"

O homem fez que sim com a cabeça. "No meu cinto."

Eu me levantei, mas mantive a arma no lugar. Arranquei tudo que estava preso ao seu cinto e esmaguei com os pés, reduzindo os aparelhos a pilhas de plástico e fios.

Afastei-me, mantendo a arma mirada no homem. "Não saia daí."

Manobrei até chegar ao corredor e puxei a porta com força, fechando-a atrás de mim. A maçaneta girou quando o homem tentou escapar, mas a trava ainda estava acionada.

Olhei para ambos os lados, colocando a arma embaixo da camisa. Minha cabeça continuava doendo. O lugar estava estranhamente silencioso. Segui as indicações que o agente tinha me dado e não encontrei ninguém. Desci a escada pulando degraus, os pés rápidos e leves, a mão deslizando pelo corrimão de metal. Na porta do andar debaixo, parei e escutei.

Nada.

Abri a porta aos poucos. O corredor parecia deserto. Corri adiante, e quando comecei a achar que havia tomado a direção errada em algum ponto, que tinha recebido orientações falsas, encontrei o que procurava.

Através de uma meia-parede de janelas, vi o laboratório e dentro dele os rapazes, presos atrás de outra parede de vidro como a da casa na fazenda. Eles me viram também e correram para a frente, todos os três enfileirados.

Sam. Meu olhar parou nele primeiro, analisando-o. Ele estava machucado? Eles haviam apagado suas memórias?

Encontrei a porta do laboratório destrancada e a empurrei. Havia bancadas cobertas de arquivos, recipientes e bandejas à direita. Vários monitores estavam alinhados nas paredes de trás, as telas mostrando que estavam bloqueados.

Cas assoviou. "Você é um colírio para os olhos, Anna Banana."

"Você não deveria estar aqui", disse Sam.

Suspirei de alívio. Ele me conhecia. Isso significava que ainda não tinham apagado sua memória.

"Eu não vou abandonar vocês, rapazes." Havia um teclado numérico na parede próxima da sala deles. "Vocês por acaso não sabem a..."

"Sete, três, nove, nove, dois, quatro, um", Sam disse.

Teclei os números. O teclado apitou. A parede deslizou e os rapazes saíram. Sam me abraçou, pegando-me de surpresa.

"Você está bem?" Ele estudou minha testa e o sangue seco que eu sabia estar lá.

"*Você* está bem? O que eles..."

"Merda", disse Nick, cortando-me.

Todos se viraram em direção à porta a tempo de ver Connor entrar, uma arma em punho. Ele puxou o gatilho sem hesitar. "Pow". Um tiro. Foi tudo que ele precisou.

Sangue espirrou na minha cara e Sam caiu no chão.

34

"Chega de brincadeira", disse Connor.

Comecei a pegar minha arma escondida, mas mudei de ideia quando uma fileira de agentes entrou. Estavam completamente uniformizados, vestindo as mesmas jaquetas blindadas que eu vira nos homens e na mulher que morreram no laboratório. Coletes grossos à prova de bala protegiam seus torsos.

Riley, mancando e sangrando, entrou por último, empurrando papai. Eu me agachei junto de Sam e limpei o sangue de seu rosto com minha manga. "Sam?" Seus olhos rolaram um pouco antes de se fixarem em mim. O tiro tinha acertado em algum lugar entre o ombro e o peito. Sem arrancar sua camisa, eu não saberia dizer exatamente onde. Havia tanto sangue.

"Sam?" O terror fez meus olhos arder. "Você consegue me escutar?" Ele grunhiu. Tossiu. Não falou nada, e isso tornou tudo pior.

Riley juntou meu cabelo em seus dedos e me puxou para trás. Cas tentou avançar em sua direção, mas estava fraco demais para lutar. Riley sabia disso. Eu sabia disso. Cas sabia disso. A arma apontada para a minha cabeça também não ajudava.

"Agora que temos a atenção de todos", disse Connor, virando-se para me encarar. Geralmente bronzeado o ano inteiro, ele parecia mais pálido do que na última vez que eu o vira, e me perguntei como tinha se saído na briga com Sam no laboratório. Quando ele respirava, isso parecia exigir um pouco de esforço, uma fraqueza da qual eu não me esqueceria tão cedo.

"Isso é um erro", falei, e recebi um puxão rápido no cabelo em resposta. Continuei mesmo assim. "Temos evidências que mostram vocês recebendo dinheiro de outros países, *vendendo pessoas*. Você não pode se safar mais. Sabe que temos medidas estabelecidas para o caso de não podermos sair daqui."

Connor colocou uma mão no bolso de sua calça feita sob medida. "Ah é? Bem, nesse caso, eu deveria simplesmente deixar você ir? Deixar você perambular porta afora?" Ele deu dois passos curtos, deixando seu rosto a centímetros do meu. Quando falou, senti o cheiro forte de uísque. "Você faz ideia de quanto dinheiro já investi no Sam? E então, deixá-lo fugir assim... Ele é um projeto de 1 milhão de dólares com pernas, e eu estou *quase* o abatendo a tiros."

Algo mais mudara em Connor desde a última vez que eu o tinha visto. Ele havia abandonado seu charme. E talvez essa fosse sua verdadeira forma: cruel, ambicioso, impiedoso.

"Então, se está claro que eu estou a um passo de matá-lo" – ele cutucou meu peito com um dedo – "é porque já passei do meu limite de tolerância com você."

Pela primeira vez, eu estava realmente com medo do Connor. Talvez por isso ele tivesse usado seu sorriso branco perfeito todos esses anos – para me acalmar, me domar, me fazer pensar que era inofensivo. É claro que eu sabia que ele chefiava o programa, sabia que poderia ser frio, mas nunca temi pela minha vida perto dele, nem mesmo quando apontou uma arma para minha cabeça no laboratório. Isso era diferente, porque agora eu sabia que ele estava perdendo o controle sobre nós.

"Deixei-os ir, Connor." Papai se aproximou, vulnerável. "Em exatamente oito horas, todas as evidências que Sam roubou serão distribuídas para os principais veículos da mídia. Sabe quanto dinheiro isso vai te custar? Mais do que o Sam vale. O governo vai ser forçado a cortar o financiamento, e aí o que acontece? Não acho tão absurdo acreditar que eles virariam as costas a você completamente. Usariam você como bode expiatório para o público."

As narinas de Connor se alargaram de raiva. Uma mecha do seu cabelo exageradamente loiro caiu fora de lugar. "Não finja nem por um segundo que está isento disso tudo."

"Não estou. Mas também não quero mais fazer parte do programa."

Papai sempre parecera tão pequeno e insignificante perto de Connor e Riley, mas naquele momento eu podia ver a força e a sabedoria de um homem que mal conhecia. Eu gostava desse papai. Eu o admirava. "Solte a Anna, para começo de conversa, e negociaremos os termos."

Connor fez um gesto, a boca torcida de desgosto. Riley sussurrou algo antes de me soltar. Fui imediatamente para o lado de Sam. Ele ainda respirava e seus olhos permaneciam abertos, mas seu olhar estava sem foco. Parecia a ponto de desmaiar. Sua pele estava ficando pálida, o que ressaltava ainda mais os machucados no seu rosto.

Ele precisava de cuidados médicos. Olhei rapidamente para Cas. Ele estava reto como um totem, sem demonstrar nenhum sinal dos impactos de seus ferimentos. Mas, se tivéssemos que lutar, eu não tinha certeza de que ele teria alguma chance.

E Nick... talvez conseguisse aguentar, mas estava fraco também. Se chegássemos às vias de fato, eu sabia que não poderia lutar contra todos sozinha.

Connor cruzou as mãos na frente do corpo. "Tudo bem, então, vamos negociar."

"Precisamos primeiro conversar sobre as condições", disse papai.

Connor inclinou a cabeça para o lado. "Por favor, me impressione."

"Dê a eles a liberdade."

"Liberdade?" Connor andava, a linha finamente passada de sua calça em perfil destacado. "E quem me garante que não irão liberar as informações depois disso?"

"Não faremos isso. Contanto que você nos deixe em paz", falei.

"Eu tenho outra ideia." Ele abriu os braços. "Deixarei todos irem embora se cooperarem com uma alteração de memória."

Um nó se formou em meu estômago. Eu não deixaria que mexessem nas memórias de Sam. "Não."

Connor olhou na minha direção. "Anna." Ele fez meu nome soar como um suspiro. "Tão rabugenta e determinada. Que tal assim – você concorda em trabalhar para a Agência, e eu poupo sua memória. Os outros serão apagados e os deixaremos ir."

Isso não era uma contraproposta. Era ainda pior. Mesmo que Sam sobrevivesse a outra limpeza, como eu poderia deixá-lo ir embora? Ele desapareceria, pois era bom nisso, e eu ficaria presa a Connor pelo resto da vida, sabendo que Sam estaria perdido em algum canto sem nenhuma lembrança de mim.

Além disso, se as alterações de controle fossem permanentes, então Connor poderia me usar contra os rapazes quando quisesse, tivessem ou não suas memórias.

"Também não concordarei com isso."

Connor fungou. "Então nenhum de vocês sairá daqui. Que tal lhe parece?"

"Oito horas, e o tempo está passando", papai o lembrou, nem um pouco dissuadido pela agitação crescente de Connor. "É um impasse, Connor."

Os homens atrás de Riley manuseavam nervosamente suas armas. Riley mudava o peso de uma perna para a outra, a mandíbula fechada contra a dor que devia estar sentindo no joelho machucado. Bem feito.

"Você não pode nos manter aqui para sempre", falei. Eu me levantei, mas continuei próxima a Sam. "Somos seres humanos. Merecemos usar nosso livre-arbítrio, ter direito às nossas próprias vidas, sem uma empresa clandestina controlando cada movimento nosso, roubando nossas memórias e..."

"Eu me voluntario."

Recuei.

"Eu ficarei", disse Sam, esforçando-se para engolir, como se mesmo aquele pequeno ato exigisse um esforço considerável. "Deixe os outros ir."

"Não." Eu me agachei. "Não, Sam. Vamos todos sair daqui..."

"Eles não vão deixar isso acontecer, e eu não posso lutar." Ele tossiu novamente e teve de rolar para cuspir o sangue da boca.

"Nós temos um plano, e..."

"Foda-se o plano." Suas pálpebras estavam pesadas. Eu mal conseguia ver a íris de seu olho esquerdo sob a mancha vermelha dos vasos sanguíneos rompidos.

Lágrimas pinicavam em meus olhos. Eu tinha acabado de descobrir a verdade sobre tudo em minha vida, e não queria perder isso. Não queria perder Sam. Não podia perder Sam.

Minha voz saiu meio desesperada, mas não me importei. "Você é tudo que eu tenho." A única constante, a única pessoa da minha vida antiga, da vida de que eu não conseguia me lembrar.

Ele me atravessou com aquele seu olhar fixo. "Então me deixe fazer a coisa certa."

Fechei os olhos. Seus dedos encontraram os meus. Enterrei o rosto em seu peito, minha visão nublada. "Não vou me lembrar de você."

"Você vai", ele sussurrou no meu ouvido. "Um dia, eu irei encontrá-la."

Enrolei meus braços em volta dele, com cuidado para não apertar demais. Ele ainda cheirava a sabonete Ivory e ar de fim de outono. Eu esqueceria isso? Esqueceria seu nome? O modo como ele se sentia. O jeito como olhava para mim.

Eu não sabia o que existia entre mim e Sam, se é que existia algo, mas o vazio que se abria em meu peito me dizia que isso era suficiente, e que talvez a conexão entre nós fosse real, e não alguma coisa fabricada e falsa produzida pela ciência.

Era algo pelo qual valia a pena lutar.

"Lamento", sussurrei. Quando me levantei, ele me olhou como se dissesse, *Seja o que for que você esteja prestes a fazer, não faça.*

Mas eu precisava fazer aquilo, e a pressão reconfortante da arma roubada de Riley nas minhas costas me dizia que era possível. Eu tinha uma chance, não importava quão pequena fosse.

Cambaleei para o lado de Riley. *Seja fraca.* Estendi as mãos como se quisesse me deixar ser algemada. *Seja vulnerável.* Ele franziu o rosto, mas puxou uma braçadeira plástica de sua jaqueta. E, quando o plástico fino estava machucando a pele embaixo dos meus pulsos, chutei o joelho machucado de Riley e puxei a arma que estava embaixo da minha camisa. Atirei em um dos capangas sem nome de Connor e de repente todos estavam em movimento.

Nick cabeceou um cara. Cas socou outro. Alguém me derrubou no chão e eu chutei, e me debati, pressionei o cano da arma para cima e atirei à queima-roupa. Fui encharcada de sangue e empurrei o homem para o lado, levantando-me rapidamente.

Nick derrubou um sujeito magricela. Um gorila acertou um golpe no queixo de Cas, mas Cas ainda estava de pé, esmagando o pé do cara com o calcanhar de seu sapato.

"Parem!", Connor gritou. Ele estava com Sam ao seu lado, a arma pressionada em sua têmpora.

"Faça o que ele mandou, Anna." Uma veia saltava na testa de Sam. "Droga. Façam o que ele disse e podem todos ir embora."

"Larguem as armas", ordenou Connor.

Obedeci e levantei as mãos. "Não o machuque."

"Anna", Sam rosnou.

"Não vou deixá-lo", falei, pragmática.

Connor riu, mas soou quase triste e pesaroso. "Pelo menos sei que o programa funcionou. Vejam só vocês dois, não conseguem ficar separados. Se nós trabalhássemos juntos, poderíamos tornar o programa muito melhor."

Deixei as mãos cair ao meu lado, a determinação subindo por mim. "Prefiro morrer aqui a trabalhar para você."

Connor derrubou Sam. A arma agora apontava fixamente para mim. "E sabe do que mais, pequena Anna? Você tem dado muito mais trabalho do que vale. É apenas uma engrenagem na máquina. Não é insubstituível. No final das contas, tudo funcionará bem sem você." Ele apertou os olhos e puxou o gatilho.

O tempo parecia ter se desacelerado. Fiquei tensa, esperando pelo impacto, quando papai mergulhou na minha frente. A bala o acertou, e ele me derrubou também. Bati no chão de concreto, perdendo o fôlego conforme o peso de papai me pressionava. Em suas mãos estava uma arma.

"Pegue-a", disse ele em um sussurro quase inaudível.

Uma sensação de compressão e esmagamento preenchia os espaços entre minhas costelas, mas eu a ignorei e peguei a arma. Papai rolou para o lado. Mirei em Connor e puxei o gatilho, sem nenhum segundo de hesitação me tirando a única chance de finalmente me livrar dele.

O tiro acertou Connor no peito.

Apertei de novo e uma segunda bala atravessou seu ombro.

Ele cambaleou.

Atirei de novo.

Por um único segundo, olhamos nos olhos um do outro. Então um filete de sangue desceu por sua camisa e o tempo voltou a se acelerar. Atirei uma última vez – só mais uma, para garantir que ele nunca mais viesse atrás de mim.

O tiro abriu um buraco em sua cabeça, e seus olhos ficaram vazios enquanto ele caía de lado.

A sala inteira ficou quieta. Connor desabou.

Soltei o ar que nem percebera que estava prendendo. Os rapazes estavam em volta de mim em algo parecido com um semicírculo, Cas com uma arma na mão e um roxo grande no rosto, Nick com um brilho presunçoso no olhar.

Os outros homens estavam caídos no chão em torno de nós. Riley não estava lá.

Percebi Sam a alguns metros de Connor. Soltei a arma, corri para o lado de Sam e o sacudi. Ele ficou tenso, resmungou. "Desculpe", falei. "Você está bem?"

Seus olhos tremeram e se abriram. "Droga, Anna, você poderia ter sido morta." Ele tossiu. "Você não pode ser tão descuidada..."

Eu o beijei. Quando recuei, eu disse: "Cale a boca, pode ser? Você precisa de sua energia".

Um sorriso genuíno apareceu em seu rosto e eu me apaixonei por ele de novo.

"Acho que ele está delirando", disse Cas.

"Não ouse morrer", disse eu.

"Eu nem sonharia com isso", ele respondeu, logo antes de desmaiar.

Conseguimos chegar ao piso B1 usando as escadas. Nick carregava Sam sobre um ombro. Cas levava o papai da mesma maneira. Antes, Nick tinha tentado verificar se papai tinha pulso, racionalizando que deixá-lo seria mais fácil para todos nós, especialmente se estivesse morto. Contudo, eu não o deixei fazer isso. Porque não queria saber se ele estava bem ou não. Eu não iria deixá-lo lá de qualquer forma.

Tínhamos acabado de chegar ao térreo quando a porta no B1 se abriu.

Cas tinha uma arma apontada para a pessoa antes mesmo de ela passar pelo limiar da porta.

Trev olhava para nós.

Nick depositou Sam no chão e empurrou Trev, batendo-o contra a parede. "Se você tentar impedir a gente de sair daqui eu vou matá-lo."

Trev levantou as mãos. "Eu não farei isso, mas é bom que você saiba que Riley está esperando no *lobby* por vocês, e chamou mais homens. Eu posso ajudá-los a sair daqui."

Perguntei: "E por que deveríamos confiar em você?"

"Você é um traidor, cara", Cas acrescentou.

Trev parecia desapontado. "Eu nunca fui um de vocês. Eu sempre fui um agente secreto."

Cas ajeitou papai em seu ombro. "Você nos enganou."

"Achei que estava fazendo o meu trabalho. Eu pensei..." Ele piscou, o arrependimento marcando os cantos de seus olhos. "Eu *hackeei* os arquivos da Agência, e acho que vocês tinham razão. Comecei como o restante de vocês, mas em algum momento eles me fizeram pensar que estava do lado deles. Achei que estava trabalhando para salvar alguém que amava. Foi isso que me disseram. O trabalho de agente secreto não deveria ter demorado tanto tempo. Eu era um prisioneiro daquele laboratório tanto quanto vocês."

"De que lado você está agora?", perguntei.

"Nenhum. Mas posso ajudá-los a sair daqui."

Nick soltou Trev e o empurrou. "Não vou te seguir a lugar algum."

"Vocês serão parados assim que entrarem no lobby." Ele deu um passo, e então parou. "Atrás dessa porta" – ele apontou para trás – "fica um corredor que levará a um estacionamento. Tem um carro lá que vocês podem usar."

Os rapazes pareciam em dúvida.

Puxei a bainha da minha camisa, a vontade de me mover muito forte. Queria sair dali. Queria verificar cada centímetro de Sam para ter certeza de que ele estava bem. E quanto mais tempo passasse ouvindo-os discutir, mais tempo levaria para chegar ao Sam.

"Nós não temos nada a perder a esta altura", falei. "E, se é que isso vale alguma coisa, eu acredito nele."

Nick resfolegou, mas colocou Sam em seu ombro de novo. "Está bem, vamos lá. Mas, se você nos enganar de novo, eu juro por Deus..."

Trev levantou as sobrancelhas. "Deixe-me adivinhar: Você vai me matar?"

"Considere isso uma promessa", respondi, e tinha toda intenção de cumpri-la. Trev me olhou cheio de tristeza, e fiz o melhor que pude para ignorá-lo. "Mostre o caminho."

O carro ao qual Trev nos levou era um sedan cinza, discreto, com janelas escurecidas. As chaves estavam na ignição, esperando.

Com a ajuda de Trev, colocamos papai no banco de trás e Sam ao lado dele. Nick foi para a direção e nós fomos para o outro lado, Cas nos meus joelhos.

"Espere." Trev enfiou a mão no bolso da calça e puxou um pen drive preto. "Eu não sei se vocês querem as informações ou não, mas os arquivos de todo mundo estão nesta unidade. Desde o início até o fim. Pode ajudar a explicar algumas das lacunas nas suas memórias. Achei que vocês mereciam isso."

"Obrigada", falei, e peguei o pen drive.

Cas bateu nas costas de Trev, o som do impacto ecoando pelo estacionamento. "Você ainda é um calhorda."

Eu ia entrar no carro, mas Trev me parou. Todos os meus sentidos estavam em alerta. Isso dizia bastante sobre como meu relacionamento com ele tinha mudado. Eu odiava o que tinha acontecido. Odiava o que ele tinha feito.

"Sim?"

Um machucado coloria a pele perto do seu olho esquerdo. Ele parecia tão cansado e desanimado. "Todos esses anos... eu queria que você soubesse..."

"Anda logo!", Nick grunhiu.

Trev se aproximou, sua cabeça baixa como se as palavras que estava prestes a dizer fossem cruas e verdadeiras demais para enfrentar. "Você realmente era o lado bom daquele laboratório. Eu queria que você soubesse disso. O que quer que eu tenha dito ou feito, era real, mesmo que a minha identidade não fosse."

"Você era o meu melhor amigo." Deixei toda a tensão fluir para fora dos meus ombros. "Nunca mais poderei te olhar do mesmo jeito. Nunca."

"Eu sei."

Eu o abracei, pegando-o de surpresa. Ele cambaleou para trás antes de se inclinar em minha direção e me apertar. "Cuide-se", eu disse.

"Você também. Eles não vão parar de correr atrás de vocês, você sabe."

Agora que Connor estava morto, eu não sabia a que "eles" Trev se referia, se era Riley ou alguém mais alto na hierarquia. Naquele momento, eu realmente não me importava. Inclinei a cabeça em um adeus silencioso antes de entrar no banco de trás perto de Sam e segurar sua mão frouxa na minha.

"Vou abrir a porta de saída", disse Trev, "e vocês estarão por conta própria."

"Parece bom para mim", Nick falou em voz baixa, acionando o motor.

Trev digitou um código na saída. A porta da garagem sacudiu e subiu, deslizando em seus trilhos de metal. Prendi a respiração, porque, embora quisesse acreditar em Trev, ainda esperava que Riley estivesse nos esperando do outro lado.

A luz do dia entrou pela abertura, refletida no exterior polido do nosso sedan emprestado. Nick conduziu o carro pela pequena rampa de concreto e se misturou ao tráfego.

Papai acordou com um sobressalto uns 15 quilômetros depois. Ele havia levado um tiro nas costas. Sua pele tinha a cor de claras de ovos e seus olhos estavam cercados de preto.

"Me leve a um hospital", resmungou, e nós não discutimos. Nick encontrou um em minutos.

"Quer que nós fiquemos?", perguntei, enquanto Cas buscava uma cadeira de rodas.

Papai balançou a cabeça. "Vão para o mais longe que puderem."

"Mas..."

"Anna." Ele me olhou de uma forma mais paternal do que nunca antes. "Vá, por favor."

Cas apareceu com a cadeira de rodas. Com a ajuda dos rapazes, movemos papai do carro para a cadeira, embora isso precisasse de muito esforço conjunto. Estávamos todos feridos de alguma forma.

"Qual é a história?", perguntou Cas. "Mendigo?"

Nick puxou as mangas de sua camisa para cima. "Nós o encontramos assim?"

"Eu faço isso", falei, assumindo o controle da cadeira. "Vocês estarão aqui quando eu voltar?"

Cas sorriu, mostrando suas covinhas. "Não vamos a lugar nenhum."

As portas automáticas se abriram com um "vuuush", e me lembrei na hora da porta de entrada do laboratório na nossa antiga casa na fazenda. Perguntei-me o que aconteceria com ela agora. Onde o papai moraria? E quanto aos meus pertences? Não conseguia pensar em nada de que sentiria falta. Meus desenhos, talvez. Só isso.

"Com licença", chamei. "Este homem foi ferido." Achei que *ferido* era melhor que *baleado*. Também não queria ninguém me questionando.

Uma mulher atrás do balcão apertou um botão em uma central de chamadas complexa e disse: "Os enfermeiros estão a caminho".

Dei a volta até a frente da cadeira e segurei as mãos de papai nas minhas. "Você vai ficar bem?"

Ele inclinou a cabeça. "Vou ficar ótimo. Agora vá."

"Nos veremos novamente?"

"Você realmente quer isso? Depois de tudo que fiz..."

"Sim, quero. Você é tudo que eu conheço. Sempre será meu pai."

Ele balançou a cabeça, evitando olhar para mim, e me perguntei se ele estava com vontade de chorar também. "Nunca pensei que ouviria você dizer isso. Não depois de descobrir a verdade."

Uma enfermeira veio rapidamente, pegando a cadeira. "O que aconteceu?"

"Ele está ferido. Eu... Ahm..."

"Ela me encontrou caído na rua assim", disse ele. "Se não fosse por essa jovem, eu poderia estar morto."

"Vamos levá-lo para a sala de emergência." Outra enfermeira apertou o botão de abertura automática da porta. A porta ampla se abriu para dentro, revelando a intensa atividade da sala.

Papai piscou enquanto as enfermeiras o carregavam para longe.

Lá fora, entrei no carro que me esperava e fiquei perto de Sam. Seus olhos estavam entreabertos.

"Você está acordado. Graças a Deus. Não vou conseguir convencê-lo a ir ao médico também, não é?"

"Cas pode dar um jeito em mim", disse ele, resmungando.

Cas bufou. "Não sei, cara. Isso pode ser perigoso. Você pode acabar com menos órgãos do que tinha quando começou."

Enquanto Nick se afastava do acostamento, Sam entrelaçou os dedos nos meus. Sorri um sorriso verdadeiro, que se espalhou por todos os cantos da minha alma. Porque os rapazes estavam novamente a meu lado e nós estávamos livres.

35

A grama frágil foi esmagada por mim enquanto me sentava em frente às lápides no meio do Cemitério de Port Cadia. As folhas tinham se acumulado na base das pedras maciças e no vaso solitário de flores mortas.

Li os nomes nas lápides, de novo e de novo.

CHARLES O'BRIEN
QUERIDO MARIDO E PAI
MELANIE O'BRIEN
QUERIDA ESPOSA E MÃE

"Oi", falei para o silêncio, sentindo-me estranha, mas de alguma forma mais próxima deles, meus pais *de verdade*. "É a Anna. Precisei de muito tempo para voltar para casa. Mas estou aqui." Passei a mão pela borda bruta da lápide do meu pai, e então me encostei à da minha mãe. "Queria conseguir me lembrar de vocês."

Esperei que algo viesse a mim, alguma memória antiga surgindo do buraco profundo que a Agência tinha criado. Mas nada aconteceu. Eu nem sabia a cor do cabelo da minha mãe. Ou se o meu pai tinha olhos castanhos.

Talvez estivesse esperando demais. Só ver seu lugar final de descanso era suficiente, por enquanto. Eu estava aqui, e eles eram reais, e pelo menos isso era um começo. Eu tinha todo o tempo do mundo agora para descobrir quem eles tinham sido, ou se possuía algum outro familiar remanescente, talvez um tio ou uma tia que pudesse ajudar a preencher as lacunas.

Sam se agachou perto de mim, ainda se recuperando dos ferimentos sofridos duas semanas antes. Seu cabelo estava mais longo e mais escuro, quase igual ao preto do seu casaco grosso de lona. Era o começo de novembro, e a neve caía em flocos finos ao nosso redor, ainda sem conseguir se acumular no chão.

"Eu os encontrei," disse eu.

Sam acenou com a mão, sinalizando para os outros que os túmulos haviam sido encontrados. Cas e Nick partiram para o carro estacionado fora da cerca de ferro forjado, deixando-nos sozinhos.

"Você acha que a Dani tem um túmulo?", perguntei.

Sam olhou para longe, para fora do cemitério. "Não sei. Podemos investigar."

Assenti com a cabeça, sentindo uma pontada de tristeza por ela. Com base nas poucas informações que encontramos no pen drive, sabíamos que ela havia morrido logo antes de Sam ser levado para o laboratório da casa na fazenda. Ainda não sabíamos como isso tinha acontecido. Mais uma pergunta sem resposta.

Ainda era estranho pensar nela como minha irmã, porque eu não conseguia lembrar nada dela. Em vez disso, pensava nela como um parente distante que nunca conhecera, mas que claramente havia significado muito para Sam um dia.

Ela devia ter sido incrível de algum modo incomensurável.

"E agora?", eu disse, pegando as folhas do vaso de flores, fazendo a mim mesma a promessa mental de que voltaria na primavera com algo novo. "Para onde vamos a partir daqui?"

Ficáramos hospedados em um motel na Península Superior nas últimas semanas enquanto Sam se recuperava, mas tínhamos feito o check-out ontem. Parar em Port Cadia no caminho para o sul tinha sido ideia de Sam. "Para você concluir essa parte da sua vida", disse ele, e agora que eu estava aqui, e me sentia grata, mas estar nessa cidade me deixava desconfortável.

"Acharemos um lugar onde ficar por um tempo", disse Sam. "Algo mais permanente para que possamos estudar o resto das informações no pen drive. Precisamos saber se existem outros como nós, e, se sim, o que a Agência planeja fazer com eles."

Começáramos a analisar os arquivos logo depois de escapar da Agência. Já tínhamos coletado informações sobre a droga "Alterados", como era chamada nos arquivos, e como havia nos afetado. Havia, porém, centenas de arquivos. Levaria um tempo até organizarmos tudo.

"E você tem certeza de que não coloco você em perigo?"

Sam inclinou a cabeça para o lado e me olhou como se dissesse que eu estava sendo absolutamente ridícula.

"Bem", dei de ombros, "preferi perguntar a assumir. Com tudo que aprendemos, Nick não estava tão errado. Eu *sou* um risco, e talvez fosse mais seguro..."

"Pare." Ele se levantou.

Eu disse um adeus em voz baixa para os meus pais enquanto Sam me oferecia a mão para me ajudar a levantar. Mas, mesmo quando estava de pé e equilibrada, ele não largou minha mão.

"Você não é um risco. Eu li o arquivo do tratamento uma dúzia de vezes. Os elementos de controle não são permanentes."

"Mas não sabemos quanto tempo vão durar. Não te deixa preocupado pensar que a Agência pode me capturar e usar contra vocês?"

Ele começou a andar e me levou com ele, nossas mãos ainda unidas. "Mais um motivo para ficarmos juntos. Você é a única pessoa em quem confio. Isso não é algo que se desperdice."

Sorri. "Você confia mais em mim do que em Cas?"

"Cas escolheria uma caixa de cerveja em vez de mim."

Meu riso ecoou pelo cemitério. "Isso não é verdade!" Tirei o cabelo do meu rosto. "Você pode confiar nos outros."

"Mas foi você quem salvou a minha vida."

Uma sensação calorosa, como sol em pele nua, me preencheu. Ele estava certo, é claro. Eu não tinha como negar. Sempre me importara com ele e o amara, inclusive, mas arriscar sua vida por alguém muda as coisas. Não era apenas amor. Era um milhão de outras coisas entrelaçadas. Emoções que eu nem sabia nomear.

Quando disse que morreria por ele, era verdade. E sabia que ele arriscaria sua vida por mim também.

Uma brisa soprou, espalhando folhas em nosso caminho. A neve não era mais suave, caindo duramente em nossos rostos. Eu me aproximei de Sam.

Minha mão roçava a bainha de sua jaqueta.

Quando chegamos ao final de uma fileira de lápides, ele passou a andar mais devagar.

Nossos ombros encostaram. Senti que ele me observava. "Que cor você usaria?"

Um sorriso se espalhou no meu rosto enquanto eu o observava.

Meu olhar varreu o céu. "Branco titânio. Um branco tão puro que você..."

Ele parou e me puxou. Com um toque do dedo, levantou meu queixo. Apenas alguns centímetros entre nós. A neve derretia no meu rosto. O vento não parecia mais tão frio.

"Quase poderia sentir o gosto?"

A distância entre nós sumiu e ele pressionou seus lábios contra os meus.

Este livro foi composto com tipografia Electra
e impresso em papel Pólen Bold 70 g/m² na Gráfica EGB.